문학사와 권력, 권력의 문학사

문학사와 권력, 권력의 문학사

김원중 지음

중국 문학사
서술 시각에 관한
담론

서문

문학을 전공한다면 문학사를 떠올리지 않을 수 없다. 필자는 이 책에서 '문학사와 권력'이라는 대주제를 통해 중국 문학사 서술 방식의 특징적 면모를 초기 중국 문학사에서 최근 문학사에 이르기까지 공시적이면서 통시적인 서설적 담론으로 펼치고자 했다.

이런 제목 설정의 의도는, 물론 식견 있는 독자들은 어느 정도 간파했겠지만, 중국의 주요 문학사의 서술 시각이 중화인민공화국이 성립된 1949년을 기점으로 하여 이전과 이후의 확연한 구분을 보이게 된 데 따른 것으로, 문학사 서술이 이념화·권력화·교재화된 양상에 관한 서설적 논의가 담긴 작업으로 이해하면 무방하다. 즉 글로벌 시대 또는 다원주의 시대라고 하지만 여전히 패권이 난무하는 오늘, 이런 검토 작업을 통해 필자는 문학사 서술을 어떤 방향에서 하는 것이 객관적인 혹은 보편적인 공감을 이끌어낼 수 있는지 점검해보고자 했다.

작업 과정에서 더러는 한국의 몇몇 중국 문학사 핵심 업적들의 관점과 비교해보았다. 물론 중국이든 한국이든 문학사 집필을 필생의 작업으로 생각하고 수많은 개정 작업을 통해 독보적인 위상을 구축하고 있는 학자들의 탁월한 연구 성과에 감탄하고 경외심마저 느꼈다. 필자는 이 점을 특기하면서도 그 서술의 차이점과 양상을 다양하게 보여주며 어떤 문학사의 서술 방식이 좀 더 설득력이 있는지 점검하고자 했다.

이 책은 결론에 해당하는 5장을 빼면 총 4장으로 구성되어 있다. 1장은 '문학사 서술, 무엇이 문제인가'라는 제목으로 문학사 서술의 문제점을 점검하면서 탈중화주의 문학사의 존재 가능성을 점검했다. 2장에서는 탈권력의 문학사를 위한 점검 사안은 어디에 있는지, 또 한족 중심의 문학사 서술의 문제점은 무엇이고 화이 공존의 문학사 서술은 가능한지를 점검했다. 3장에서는 초기의 대표적인 중국 문학사의 서술 시각과 1920~1930년대의 몇몇 문학사의 시각을 점검했다. 특히 독창적인 문학사 해석을 주도한 《백화문학사白話文學史》의 저자 후스胡適의 서술 시각을 중점적으로 점검하면서 그가 추구한 문학사의 문체 혁신 작업과 살아 있는 문학을 표방한 이유 그리고 그동안 소홀히 취급한 백화문학에 대한 재평가 작업이 문학사의 주류와 비주류, 권력과 탈권력의 시각과 어떤 접점이 있는지 점검하고자 했다. 4장에서는 1949년 이후 출간된 중국 문학사들의 이념 지향과 교재 지향 문제를 중점적으로 점검했으며, 이 과정에서 1949년 이전과 이후의 서술 방식이 확연하게 차이 난 점을 부각해서 검토했다. 특히 그 당시 문학사를 이념의 잣대를 개입시켜 환치시키는 과정에서 일정 부분 문학사의 취지와 목적을 상실하게 될 위험성을 내포하게 된 점들을 이론적으로 점검하고자 했다.

말하자면, 이 책에서 탈권력의 문학사와 탈중화주의 문학사, 해석의 문학사가 되기 위한 논의의 시발점으로 삼고자 한 이유는 객관적인 문학사가 존재할 수 있는가 하는 문제로 집약된다. 문학의 본질을 있는 그대로 보여주어야 하는 것이 문학사이고, 주지하듯 중국 문학의 핵심 동력이 유가와 도가 그리고 불교의 유입 등으로 인한 사상의 융합의 면모와 화이 충돌 과정에서 생긴 다양한 문화적 산물임을 감안한다면, 1949년이라는 시점에 중화인민공화국 성립의 근원인 이념의 잣대에 의한 문학사 서술 시각의 근본적인 변화의 원인과 이유를 살펴보는 것이 이 작업의 의도다.

이 책에서 '문학사와 권력'이라는 다소 도발적인 제목으로 필자는 어느 정도의 부담감을 가지고 논의했는데, 물론 지면 관계와 필자의 능력 부족으로 인해 면밀히 살펴보지 못한 측면이 강하지만, 한편으로는 문학사에 관한 이해도는 해당 전공의 심도 있는 연구를 위한 밑거름이 될 수 있다는 확신과 더불어 문학사의 수준이 바로 해당 전공의 학문적 성과와 직결될 수 있다는 믿음을 갖게 되길 바란다. 다소 미흡한 논의에 그쳤지만, 필자는 문학사 서술 방식에 관한 다양한 논의의 점검을 통해 그동안 출간된 우리의 중국 문학사가 나아갈 방향을 함께 고민해보고자 하는 시도로 연계되길 기대하고 있다. 거칠게 말해서 문학사는 단순히 과거 문학 발달의 역사를 기술하는 것이 아니고 문학 현상에 관한 해석 행위의 출발점이요, 문학사 자료의 취사와 작품 평가를 기본적인 전제 조건으로 하기에 서술 시각이 중요한 시금석이 된다. 문학사는 문학으로서의 존재 의의를 가능하게 하는 문학적·역사적·사상적 속성을 밝히는 작업이기에, 그 역사적 맥락을 제대로 인식하는 평가와 해석이 전제되어야 하고 문학에 대한 감식안과 비평적 안목이 없으면 곤란하다.

모처럼 연구년을 맞이하여 펴내는 이 책은 필자가 그동안 문학사 서술 시각에 관한 문제의식을 갖고 써온 논문들을 토대로 정리한 것으로 수정과 보완을 거쳤다. 아울러 문학사 서술 방법이라는 대주제를 다루기에는 부끄럽고 턱없이 부족한 분량이지만, '문학사와 권력, 권력의 문학사'라는 제목의 편린이나마 엿보기 위한 소박한 첫걸음으로 이해해 주길 기대한다. 물론 국내에 이 방면에 관한 연구서가 없는 현실적인 면도 있기는 하나, 필자는 발표 시기가 다른 데서 오는 시각의 편차를 고려하되 학술지에 발표한 원형을 유지하면서 단행본이 갖추어야 하는 논지의 일관성을 유지하고자 노력했다는 점을 위안 삼아 밝혀둔다.

2021년 9월

김원중

차례

1장

문학사 서술, 무엇이 문제인가

1

문학사 서술 시각의 객관성 문제

문학사를 어떻게 서술할 것인가

한국의 현대문학사가現代文學史家인 권영민 교수는 "문학사는 개별적으로 존재하는 문학 텍스트를 역사적 실체로 취급하며, 그 존재 방식과 의미와 가치를 하나의 역사적 관점으로 설명한다. …… 문학사는 이미 소멸한 역사의 흔적을 찾아 나서는 작업이 아니라, 시대의 흐름 속에서 그 존재를 실현하는 실체로서의 문학 텍스트에 대한 역사적 해석을 그 목표로 한다."[1]라고 하면서, 문학사가 비록 과거의 텍스트 분석을 전제로 하지만 결국 새로운 의미를 부여할 수 있도록 재구성되어야 한다는 입장을 분명히 밝혔다. 이런 의미에서 권 교수는 "문학사는 창조적인 예술로서의 문학을 학문이라는 논리적 범주 속에서 해석하고 평가하는 것을 목표로 한다."[2]라고 결론지으면서, 문학사 연구는 이렇다 할 만한

1 권영민, 《한국 현대문학사》 1, 민음사, 2020, 25쪽.

독자적인 방법론에서 출발하는 것이 아니고 역사상 모든 문학적 현상을 대상으로 다양한 해석을 내놓아야 한다고 했다. 이는 바로 〈책머리에〉에서 "문학사 연구는 문학 텍스트가 구현하는 의미의 본질이 역사적 맥락을 언제나 초월할 수 있는 것임을 놓쳐서는 안 된다."[3]라는 말과 연계된다. 문학사 연구가 지니는 의미는 문학의 역사적 변화를 중시하므로 문학 텍스트를 읽는 당대적 맥락은 필수적이라는 말이다.

그렇다면 문학사의 방법론을 점검해보는 데 있어 문제점이나 한계는 어디에서 기인하는가? 일찍이 이 문제에 대해 국문학자 이경선은 반세기 훨씬 이전에 〈문학사文學史의 방법론方法論 서설序說〉(《사상계》, 1957) 이라는 논문의 서두에서 "문학사文學史의 방법론方法論을 운위云謂한다는 것은 자칫하면 이론적理論的 유희遊戲에 흐를 위험성危險性이 있다." (101쪽)라고 했다. 그의 우려에도 불구하고 국문학계에는 20여 종의 주요 문학사가 집필되었으며, 20여 년 전에 김윤식은 《북한문학사론》(새미, 1996)을 출간하기도 했다. 이 문학사를 집필한 국문학계의 노력이나 문학사관 문제를 탐색해온 그들의 집념은 문학의 역사를 서술함에 있어서 필연적인 선택과 의도적인 배제의 가설이 다기망양多岐亡羊처럼 난립한 상황을 직시하여 문학적 실체를 제대로 규명하며 작가와 작가, 작품과 작품의 연관성에 주목하면서 그 미묘한 문학적 변천사를 포착해내는 작업은 문학을 연구하는 데 있어 매우 중요하면서도 가치 있는 일

---

2 권영민, 앞의 책, 30쪽.

3 권영민, 앞의 책, 6쪽.

이라는 인식 때문에 가능한 것이 아니겠는가?

이미 개성은 보편성의 구체적 내용이며 보편성은 개성의 추상명사에 지나지 않는다고 하는 데서 출발한 국문학자 조연현도 1년 뒤에 〈민족문학과 세계문학〉(《자유신문》, 1958년 1월 1일자, 3쪽)에서, 어떤 한 민족의 민족적 특성을 강조한 것이 민족문학이고 인류적 보편성을 강조할 때 세계문학이 된다는 점을 분명히 드러내고 있다.[4]

세계에서 유래를 찾아볼 수 없을 정도로 독창적으로 발전한 중국사의 흐름 속에서 문학의 역사를 개관하는 문제는 중국 문학의 세계화 문제와 문학사[5] 자체의 생존 문제와도 관련되는 중요한 사안이다. 필자가 이 책을 통해 문학사 서술의 방법론을 검토하는 문제는 중화사상과 민족 담론이 양자 사이에 존재하는 역설적 지층들을 인식하고 출발해

---

4 그러나 여기에서 '세계문학'의 반열에 중국 문학 혹은 한국문학이 보편적으로 포함되어 있다는 의미는 아니다. 아직도 세계문학 속의 동양문학은 그 목록만 보아도 쉽게 알 수 있듯이, 여전히 저평가되어 있다. 널리 알려진 민음사의 세계문학전집 300여 권의 목록을 예로 들어보면, 중국 고대 문학작품인 신화, 전설과 가오싱젠高行建의 작품 등을 제외하면 중국 문학작품이 거의 없다. 문학동네나 을유문화사 등 다른 출판사 세계문학전집도 서양문학 일변도로 크게 다르지 않다. 이는 중국 문학작품의 세계화에 대한 한계를 보여주며 우리에게 하나의 시사점을 말해준다. 이러한 원인은 어디에 있는가? 세계의 문학이라는 보편성의 화두에 답할 만한 중국의 문학작품은 결국 존재하기 힘든 것인가? 물론 단순히 출판사들의 선정만 놓고 의미를 부여하는 것은 과대한 해석이라는 비판의 소지도 있겠지만, 중국 문학에 대한 지나친 혹은 막연한 기대는 금물이라는 점을 분명하게 보여주는 역설적 단서가 될 수 있다는 점에서 타산지석他山之石이 될 수 있겠다.

5 좀 더 자세한 정보는 김원중, 〈중국고전 문학사 다시 쓰기(rewriting) 작업을 위한 몇 가지 전제〉, 《중국학논총》 제24집, 2007. 12, 129~147쪽 참조.

야 하는 문제인데, 중화사상이라는 초월적 기표가 엄존하는 현실에서 민족주의의 불가피성과 지위 획득을 예단하는 것이 매우 어렵다는 현실을 아울러 인지해야 한다. 사실상 중국은 진秦나라에 이미 이족夷族과의 경계가 엄연한 만리장성을 구축했으니, 이는 단순한 건축물 이전에 남북을 가르는 하나의 중요한 장벽의 역할을 하면서 주류와 비주류의 이분적 문화체를 구성하게 되었다. 중국이 분열되었던 위진남북조魏晉南北朝, 북송北宋과 남송南宋을 비롯하여 이족에 의해서 점령당했던 요대遼代와 금대金代, 원대元代, 청대淸代 등의 시기에 구성된 문학적 성과는 거의 700년간 지속된 한족漢族과 이족의 갈등 관계 속에서 구축[6]되었다고 해도 과언이 아니다.

널리 알려진 바와 같이, 일본이 중국보다 훨씬 먼저 중국 문학사 서술 작업을 시도하고 나서 중국의 각성이 이어져 왕궈웨이王國維의 《송원희곡사宋元戲曲史》나 루쉰魯迅의 《중국소설사략中國小說史略》 등을 비롯하여 최근까지 1,600여 종의 문학사[7]가 탄생하게 되었다. 1912년에 지은 《송원희곡사》는 왕궈웨이가 3개월 만에 쓴 것이라고 하지만, 왕궈

6　중국의 입장에서 다른 문화에 대한 전파를 중심으로 쓰지 않고 주변 문화, 말하자면 이족이 중국 민족의 문화 형성에 기여했다는 식의 논의는 서방 학자들에 의해 이루어졌는데, 정재서의 연구에 의하면 E. H. 셰이퍼E. H. Schafer는 《사마르칸트의 황금 복숭아The Golden Peaches of samarkand》(1963)라는 책에서 문화제국주의라고 불리는 당대의 문화 탐구의 관점을 노스탤지어와 엑조티시즘의 문제로 규정하면서, 특히 이백李白 시가에서의 고구려 가무를 노래하거나 다른 당대의 전기 작품에서도 호병胡餠에 관한 이야기 등을 다루고 있다. 정재서, 〈세계화·당唐·오늘의 중국中國〉, 《중어중문학》 제43집, 2008. 12, 3~16쪽 참조.

웨이의 자부심이 강하게 드러나 이후 학문을 하는 사람들은 자신으로부터 시작해야 할 것이라고 하면서 이 책의 서술 시각의 독창성에 대한 입장을 〈자서自序〉에서 힘주어 말하고 있다. 소설이란 장르에 입각한 진정한 의미의 중국 문학사라고 불릴 수 있는 《중국소설사략》은 제목이 함축하고 있는 겸사에도 불구하고 문학사의 원류라고 할 만큼 참신하고 획기적인 시각을 보여주는 명저이다.

국내 중국 문학계의 주목할 만한 업적으로 김학주·정범진·허세욱 교수 등 원로 교수들과 서경호 교수 등의 문학사가 있는데, 이 중에는 30년 이상 꾸준히 사랑받는 명저도 있다.[8] 시간이 지났으나 여전히 몇몇 책들은 만만치 않은 위상을 구축하고 있다.[9] 이등연, 임춘성, 전형준, 최용철, 김월회, 정상홍, 홍석표 교수 등도 중국 문학사 연구 방법론과 관련한 연구를 하는 학자들이다.

---

7 타이완臺灣의 황원지黃文吉가 주편主編한 《타이완출판중국문학서목제요臺灣出版中國文學史書目提要(1949~1994)》(만권루萬卷樓, 1996)의 부록인 〈중국문학사총서목中國文學史總書目(1880~1994)〉에 의거한 숫자이다. 이런 많은 사례는 전 세계 다른 나라와는 근본적으로 다른 초유의 방대한 성과물이다. 또 한춘밍韓春萌은 〈1600부의 문학사에 직면하여直面1600部文學史〉(《중국도서평론中國圖書評論》, 2007)라는 서평 형식의 글에서 "근년에 출판된 중국 문학사 교재 중에서 많은 책들이 학계의 주목을 받았다. 장페이헝章培恒과 뤄위밍駱玉明이 편저한 고대문학사는 계급분석법의 음영을 탈피했고……."라고 한 것 등에서 확인된다. 그는 첸리췬錢理群 등이 지은 《중국 현대문학 삼십년》을 관점이 참신하고 학술성이 뛰어난 독창적인 저서로 평가했다.

8 김학주 교수는 《중국문학사를 위하여》(명문당, 2016)라는 단행본 〈서문〉에서 본인의 대표 저서를 《중국문학사》라고 했으며, 《중국문학사》를 펴낸 이래 10여 차례 교정했고, 지금도 수정 작업 중이라고 밝힌 바 있다.

문학사의 서술 방식에 대한 몇 가지 점검 사안

중국 고전문학사상 최초의 문학사[10]는 문헌을 모아놓은 자료의 역사라고 해도 과언이 아니다. 문학작품뿐만 아니라 사상사나 어학 분야에서 다루어야 할 내용까지 포함되어 있어 문학사·언어학사·사상사 등이 한데 얽혀 있는 형국이라는 말이다. 중국 고전문학사에서, 초기의 문학 관념은 종법 제도와 귀신 숭배에 따라 세속 사람들의 관념이 형성되었고, 예악 문화가 제사 문화를 대체하면서 사회의 주류를 이끄는 문화적 산물이 되었다. 이 때문에 이 시기의 문학 관념 역시 문치 교화文治教化와 서로 관련된 일종의 사회의식 형태를 내포하고 있으며, 무

---

9 김학주 교수의 《중국문학사》와 《중국문학사론》이나 정범진 교수의 《중국문학사》 등이 대표적이고, 고대와 근대라는 2권으로 된 허세욱 교수의 문학사 작업은 그 방대한 사료학에 경의를 표하게 되는데 주목할 만한 문학사 방법론도 담겨 있다. 아울러 서경호의 《중국 문학의 발생과 그 변화의 궤적》(문학과지성사, 2003)이란 두툼한 책도 독창적인 견해와 탄탄한 문체가 돋보이는 저작이다. 이 밖에 지세화가 중국의 책을 저본으로 하여 편저한 《이야기 중국문학사》(상·하권, 2002, 일빛)는 비교적 흥미진진한 구성으로 알려져 있으나 학술적인 논의보다는 일반론에 가깝다. 한편 독자들의 취향을 고려하여 《그림으로 읽는 중국문학 오천년》(예담, 2002)이란 번역서도 있다.

10 중국 최초의 문학사가 《문심조룡文心彫龍》에서 시작된다는 견해는 장원쉰張文勳, 《유협의 문학사론劉勰的文學史論》〈인언引言〉(베이징: 인민문학출판사北京人民文學出版社, 1984)에서 이루어졌다. 유협劉勰의 이 책이 문학이론 저작임에는 분명하지만, 문학사와 연계시켜 깊이 있고 체계적인 논의와 명쾌한 문학사관을 견지하면서 각 시대의 문학 발전과 변화 상황과 개별 작품을 분석하고 평론한 공이 있으므로, "이 방면에서 말하자면 《문심조룡》은 우리에게 우리나라 최초의 문학사 대강을 제공한다고 할 수 있으니 이는 헤아릴 수 없는 명예다(就這方面來說《文心雕龍》給我們提供了我國最早的文學史大綱也, 并不算是譽)."라고 단언했다.

릇 예악 제도와 문헌, 전적 또는 도덕, 윤리, 종교, 예술, 행위규범에 입각해서 문학을 대할 수밖에 없었다. 이러한 시기는 분명 문학 관념에 대한 광범위한 의미를 인정하고 집필해야 한다. 사회의 발전과 문화의 진보에 따라 사회의식 형태와 사람의 정신생활도 점점 세밀화되어 정치·경제·철학·역사·종교·예술 등이 서로 독자적으로 발전하면서 개별 체계를 갖추게 되었고, 문학 역시 기타 사회의식 형태로부터 떨어져 나와 서서히 독립하게 되었다. 예컨대, 남송 송나라 문제文帝 원가元嘉 15년(438)에 현玄·사史·문文·유儒 등 4학을 건립했는데, 이 시기에 와서야 문학의 외연이 형성되었다.[11] 역사와 철학 및 문학의 세분화는 비록 문학의 입지를 축소시켰지만, 이것은 오히려 문학의 생장을 촉진하는 계기가 되었고, 문학에 관한 관심과 문학의 창작 규율에 대한 탐구로 이어졌다. 물론 문학의 응용 문체와 심미적 문체의 명확한 구분은 적어도 5·4 신문화운동기에 이르러서야 비로소 중시되었는데, 이는 서양의 문학 관념이 중국에 들어오면서 문학 관념에 대한 현대적 의의를 종용하게 된 것이다. 따라서 이러한 문학 관념의 역사적 발전 과정을 검토하는 것은 문학사 편찬자가 반드시 신중하게 대처해야만 하고, 문학사 집필 시 주의해야만 하는 고려 사항이다.

그러므로 우리가 현대적 문학 개념에서 고대 작품을 검토한다면, 많

---

11 김월회는 기존의 중국 문학사를 문학성, 강독, 역대라는 욕망의 산물로 규정하고, 그 대안으로 '문文과 학學의 근대적 결합의 해체'의 '문文으로서의 문학사'를 제안했다. 〈중국의 문학사유와 그 내면: 중국문학사 서술 시각의 다양화를 위한 한 시도〉, 《중국문학》 제36집, 2001, 90쪽.

은 작품이 문학의 영역에서 배제된다. 현대적 문학 개념에 입각하지 않고 제기되는 문제는 비非문학의 표준이 무엇인가 하는 점도 있다. 그러나 이것은 회피할 수 없는 문제이기도 하지만, 그렇다고 쉽게 해결할 수 있는 성질의 것도 아니다. 시간을 초월하여 1900년대 초기는 문학의 독자적인 영역이 공인된 다음에도 문학사를 서술함에 있어서 그 범위를 지나치게 넓게 잡아 서술 대상을 확장하는 경향이 여전했다. 바로 그 중심에서 진화와 혁신으로 대변되는 5·4 신문화운동이 새로운 역사의식과 새로운 문화 창조력을 제공했던 것이다.

필자는 시대적인 순서에 따라 작품과 문학적 사건을 기계적으로 열거하는 서술 방식에 동의하지는 않는다. 흔히 서술하는 문단의 조류사나 장르의 변천사, 문체나 작품들의 변천사를 그대로 나열하는 것은 이미 선구적인 업적에서 말해주고 있다. 단지 문학 외적인 활동과 문학작품 자체를 함께 조망하는 작업이 필요하기는 한데, 문학사는 분명 풍부한 교양서로서의 역할을 하면서 왜 그런 문학작품이 위대하게 평가되고 있는지에 대한 사회적 합의 혹은 독자의 동조를 이끌어내는 작업이어야 하기 때문이다. 이 말은 문학사를 집필함에 있어서 반드시 문학사에 대한 관점이 있어야만 문학사를 쓸 수 있고 그렇지 않으면 문학사를 쓸 도리가 없다는 의미다.

문학사관은 문학 현상에 대한 해석 행위의 출발점이고 문학사 자료를 취사하고 문학작품을 평가하는 데 있어서 결정적인 역할을 하게 되는 지표이다. 그러므로 문학사관은 문학사 편찬의 논리적 전제가 된다. 문학사관이 다르면 저마다 관심 있는 문학 현상이나 서술하는 문학적 사실도 달라지게 되고, 문학사의 면모 또한 이렇게 전개될 수밖에 없다.

문학사 서술의 핵심은 바로 표준 혹은 기준에 관한 문제인데, 이것은 어떠한 기준에 의해서 문학사를 쓰느냐 하는 문제다.

문학에 종사하는 사람들은 반드시 문학에 대한 기본적인 인식이 있어야만 한다. 그러나 기본적인 인식이 그렇게 쉬운 것은 아니다. 설령 자신의 관점이 있다 하더라도 대체로 인정하는 보편적인 관점을 획득하기란 역시 쉽지 않기 때문이다. 이론적으로 본다면, 문학은 그것이 사회적인 의식 형태와 구별되는 정신적 산물이라는 본질적 속성을 가지고 있다. 인문과학의 영역이나 연구 대상이 특수한 문학은 더욱이 보편타당한 원칙에 부합되기가 더욱 쉽지 않다.[12]

화이 공존華夷共存과 탈중화주의 문학사 존재 가능성

우리가 '중국中國'을 민족과 국가 그리고 문화와 지역 등의 '중심中心'이라는 의미로 인지한다면, 이 단어의 이면에는 '동이東夷'·'서융西戎'·'남만南蠻'·'북적北狄' 등과 대립적 관계임을 인정하는 의미를 함유하고 있다. 그러면서도 우리는 중국사가 '화華'와 '이夷'의 역동적인 관계 속에서 발전했다고 보는데, 그러한 역동성은 하夏·상商·주周 삼대에 형성되기 시작한 화하華夏 의식이 진한秦漢대에 이르러 자리 잡았으나, 그 이면에는 이민족의 도전이라는 현실적인 어려움에 직면하게 되었고, 위

---

12 예를 들면, 문학에 대한 인식 또한 저마다 서로 달라서 어떤 사람은 '문학은 언어예술'이라고 하고, 어떤 사람은 '문학은 고뇌의 상징'이라고도 하며, 어떤 사람은 '문학은 정신의 등불'이라고도 하고, 어떤 사람은 '문학은 현실의 거울'이라고도 하는 식이 그러하다.

진남북조시대에 이르러 북방 호족의 남하와 더불어 화이가 공존하는 국면을 조성하게 되었던 사실에서 입증된다. 문화제국주의 시대였던 당唐나라는 호한일가胡漢一家, 화이여일華夷如一의 시대를 지향하면서, 신라나 일본과 활발하게 문화 교류를 했다. 당나라 중엽에 발생한 안사安史의 난 이후 당나라는 전 세계의 중심에서 다시 중국 속의 중국으로 움츠러드는 국면을 맞이하게 되었다. 원元나라는 기마민족인 몽골족에 의해 통치받았던 시기로서 화이관이 송두리째 붕괴되었으니, 비록 이 시기가 비교적 짧았다 하더라도 결코 간과할 수 없었다. 건달 출신 주원장朱元璋이 세운 명明나라는 뒤바뀐 화이 관계를 뒤집어보려 했으나, 결국 만주의 여진족女眞族 황제가 다스린 청淸에 문화의 주도권을 다시 넘겨주어야 했다. 한족에 비해 턱없이 부족한 인구로 중국 지배를 성공한 만주족滿洲族이 중국 문화에 직접적인 동화同化 혹은 한화漢化하지 않고 그들의 민족성과 정체성을 일정 부분 유지해 나가면서 통치의 틀을 확고히 다진 것인데[13], 만주족의 정체성 유지의 기반이 된 팔기제八旗制는 단순한 사회 군사적인 조직이라기보다는 정체성 유지의 일등 공신이었다. 마크 C. 엘리엇Mark C. Elliot의 《만주족의 청제국》이라는 책에 자세히 나온다.

> 나는 만주족의 정체성과 민족 주권이 존속된 이유는 그것이 만주족의 제도와 특별하게 겹쳐 있었기 때문이고, 이 가운데 특히 1601년에 만들어

---

13 마크 C. 엘리엇 지음, 이훈·김선민 옮김, 《만주족의 청제국》, 푸른역사, 2009. 〈서론〉의 '한화와 만주족' 부분 참조.

> 진 팔기 때문이었다는 가설을 제시한다. 만주족의 지배는 군기처 같은 기구 등 여러 형태로 나타났지만 팔기제보다 더 만주적인 것은 없었다. 청 황실은 습관적으로 팔기를 '국가의 근본'이라고 불렀다. 이 책의 목적 가운데 하나는 그 말의 의미를 탐색해보는 것이다. '만주족의 역사적 정체성을 위한 유일하고 확실한 기구'는 황제보다도 팔기였다. 팔기는 만주 헤게모니의 뚜렷한 표상이었다. 결국 만주족 본연의 문화적 원형을 그대로 유지할 수 없게 되었지만, 청조는 적시에 팔기제를 개혁해서 제도적인 방어막을 지켰고, 그 기반 위에서 만주족의 정체성을 지켜 나갔다.(49쪽)

물론 이러한 엘리엇의 관점은 청 제국이 화이 공존의 완벽한 구축이라는 기존의 가설을 일정 부분 뒤집는 것이다.

문학사가인 푸쉬엔종傅璇琮은 중국 고전문학 연구 방법론을 언급하면서 학계는 마땅히 문학 환경의 유동성과 객관적 역사의 회귀라는 두 방면에 주의를 기울이고 문학 연구도 국부적인 것이 아닌 전체적인 관점에서 이해해야 한다는 입장을 피력했다.[14] 이는 문학을 정신의 산물로 파악하는 것으로, 어떤 한 민족의 정체성과 관련되는 문제는 문학의 절대적 기준과 정신적 교류의 문제가 함께 존재해야 한다는 의미이기도 하다. 국문학자인 조동일도 같은 맥락에서 이렇게 말했다.

---

14 두샤오친杜曉勤, 《초성당시가의 문화해석初盛唐诗歌的文化闡釋》, 동방출판사東方出版社, 1997, 1~2쪽 재인용.

> 문학은 정신이므로, 문학사는 정신사를 포괄한다. 그런데 문학은 물질생활을 통해서 구체화된 정신이다. 물질생활의 역사도 문학사 속에 분명하게 나타나 있어, 문학은 정신을 물질생활과 함께 나타낸 물질생활의 보고서이다. 정신의 역사와 물질생활의 역사를 갈라놓고 우열을 다투는 것은 사실 파악에서나 이론 구성에서나 잘못되었다. 문학사는 정신의 역사이면서 물질생활의 역사이다. 문학사의 역사철학은 정신의 역사와 물질생활의 역사를 하나로 합쳐 파악하는 이론을 제공할 수 있다.[15]

중국의 문학사관 역시 같은 맥락이라고 볼 수 있는데, 지금까지 대부분의 중국 문학사가 그 방대함과 깊이 면에서 상당할 정도의 업적을 쌓았음에도 불구하고, 문학사를 사회의 체제나 지식 혹은 권력의 기제로 사용[16]하여 '소수민족 문학少數民族文學'[17]에 대해 과소평가하고 왜곡하는 집필 태도를 지녔음을 부정할 수 없다. 사실상 중국 문학사에서 소

---

15 조동일,《세계문학사의 허실》, 지식산업사, 2006, 58쪽.

16 리샤오펑李曉峰, 〈다민족문학: 중국문학의 흠결多民族文學: 中國文學史觀的缺失〉, 《민족문학연구民族文學研究》, 2007. 3, 16쪽 참조. 필자가 본고에서 사용하는 '다민족 문학사관'이란 용어는 중국의 몇몇 학자들이 선행적으로 사용한 것인데, 그들의 대체적인 시각은 중화주의를 강화하기 위한 의도적 포석으로 이용하는 경향이 강하다는 점, 말하자면 그 순수성이 의심된다는 점에서 필자의 입장과 그 방향성이 다르다.

17 이 용어에 관한 최초의 사용자는 마오둔茅盾 선생이고, 1949년 10월에 중화인민공화국의 성립 즈음이라는 고증이 있다. 관지신關紀新 주편,《20세기 중화 각 민족 문학 관계 연구20世紀中華各民族文學關系研究》, 민족출판사民族出版社, 2006, 20쪽 참조.

수민족이 갖는 위상은 적지 않은데도 말이다.[18] 말하자면 문명의 동질성과 이질성의 문제에서 배태된 동아시아 문학은 그 자체가 이미 하나의 문학사의 영역을 넘어서고 있다는 것이다.[19]

중국 문학이 세계문학과 소통하고 합리적이고 논리적인 설득력을 얻으려면 이를 위한 현실적인(합리적인) 서술의 기법 혹은 논리를 찾아내야만 한다.[20] 우리가 중국 문학의 문학적 가치는 인정하지만, 그 가치는 우리만의 논의가 되어서는 안 되고, 어떤 모임의 축사 형식 같은 느슨한 서술 태도에서 벗어나 냉철한 인식하에서 객관적 태도로[21] 접근하여

---

18 그는 한국문학의 지평을 넘어선 제3세계문학이라든지, 한국문학과 세계문학이라는 논의의 확장을 통해 공동문어문학과 민족어문학이라는 틀을 내세우고 있다.

19 이러한 성과가 담긴 저작이 조동일의 《세계문학사의 전개》(지식산업사, 2002)인데, 이 책은 서구 중심주의를 극복하기 위한 서술과 방법의 문제를 도입해서 쓴 거대 담론의 방식을 취하고 있으며, 여기서 한족 중심주의를 취하는 주요 중국 문학사에 하나의 시사점을 던져준다. 중국 현대문학 전공자인 전형준도 《동아시아적 시각으로 보는 중국문학》(서울대학교 출판부, 2004, 21쪽)에서 "동아시아는 한편으로 서구 중심적이며 다른 한편으로 자본주의적인 근대를 극복하기 위한 방법이어야 한다. …… 무엇보다 동아시아의 담론은 자본주의적 근대에 대한 치열한 성찰과 함께 이루어져야 한다."라고 했다.

20 박소현은 〈새로운 중국문학사를 위한 제언〉(《중국어문학논집》 제103집, 2017, 355쪽)에서 이렇게 말했다. "서구적 근대를 극복하는 세계문학사의 재구성을 위해서도 동아시아 문학사의 완성이 반드시 필요하다. 동아시아 문학사가 실제로 가능한가라는 의구심은 아랍 문학사를 한 모델로 살펴볼 만하다."

21 위안싱페이袁行霈가 주편한 책의 〈서문〉에서 "문학사의 존재는 객관적이니 문학사를 서술하려면 마땅히 문학사의 실제에 접근하는 것을 추구해야 한다(文學史的存在是客觀的, 描述文學史應當力求接近文學史的實際)."(《중국문학사中國文學史》 제1권, 5쪽)라고 한 데서도 분명하게 드러난다.

문학적 사실관계와 그 연관성을 따져나가야만 하기 때문이다.

이 말은 책임 있는 문학사 서술의 출발이란 기본적으로 해석에 주력해야만 하는 문학사를 의미하며, 그 해석은 비평적 글쓰기 혹은 메타 기술로서 시도되는 평가사評價史임을 알아야 한다는 뜻이다. 설령 오독의 여지가 있다 하더라도 중국 문학의 보편적 세계화를 위한 경쟁력 강화라는 방향 모색의 한 축이다.

예컨대, 말만 쉬운 절충론은 지양해야 하는 서술 방식인데, 이것도 좋고 저것도 좋다는 애매한 논조는 타인에게 혹은 그러한 문학작품을 알지 못하는 일반 독자에게 설득력을 발휘하기 어렵다. 기존 문학사에서 흔히 비조나 원류 등의 서술[22]이 보편적 동의를 찾기 위해서는 더 세밀한 논의가 필요해 보인다. 객관적 근거가 확립되어야 설득 가능한 독자층이 생겨나고, 해당 작품에 천편일률적인 논평이 아니라 그에 합

---

22 예컨대 다음과 같은 서술 방식이 역설적이지만 이런 사례에 해당할 수 있다. 즉 "이상을 종합해보면《시경詩經》의 시들은 단순한 노래의 가사였을 뿐만이 아니라, 고사를 강창 형식으로 연출하는 데에도 활용되었고, 심지어 고사에 얹히어 희곡 형식으로 연출되는 연예에도 원용되었던 노래의 가사이다. 그러니《시경》은 중국 문학사에 있어서 전통문학의 중심을 이루는 시가의 조종祖宗이라 받들고 있지만, 다른 한편으로는 중국 소설, 희곡의 조종도 되는 것이다."(밑줄: 인용자)(김학주,《중국문학사론》, 서울대학교 출판부, 2001, 59쪽) 이러한 서술 방식은 특정 작품이나 해당 장르의 영향력 확장이라는 측면에서는 공감할 수 있으나, 현실적으로 모든 장르의 원류가 된다는 서술이 현 시기 독자들에게 객관적인 설득력을 확보하기가 다소 어려운 측면이 있다는 점도 고려해야 할 것이다. 물론 필자가 문학사의 복잡한 전개 혹은 장르 상호 간의 영향 관계를 부정하는 것은 아니지만, 주요 3대 장르인 시가·소설·희곡의 공통 원류가 된다는 식의 결론 도출은 무리가 아닌가 반문해 본다.

당한 평가가 내려지게 된다.

문학사 서술 방식에 대한 소통적인 글쓰기의 문제가 필요한 근본적인 이유는 문학사가 일반 교양서로 읽히는 동시에 학자들에게도 연구사적 의의를 주어야 하는데, 그렇지 못한 이유는 중국 문학사의 서술 방식이 너무 낙후된 데[23] 일차적 원인이 있다. 문학사에 많은 문학인이 수록되어야 하는 것은 온당하지만, 문학 자체의 역사성과 문학의 원인이 되는 역사적 흐름을 함께 고려하는 서술 방식을 모색해야만 한다. 사실상 문학사는 왕조사가 되어서는 안 되고, 정치적 사건과 결부되어서도 곤란하며, 가장 중요한 것은 문학 자체의 변화에 중점을 두고 서술의 방향을 잡아야만 한다. 아직도 중국 문학사는 연대기적 서술 방식 아래에 시와 산문을 비롯한 아문학雅文學 위주의 방식이 지속되며, 탄생의 배경이라는 사회사적 문제와 함께 이백李白과 두보杜甫, 백거이白居易 등의 생애와 기본적인 작품 해석과 번역 그리고 간단한 해설 등 경전화된 작가와 작품 중심주의에서 한 치도 벗어나지 못하고 있다. 작품에 대한 해석 역시 단선적인 설명 방식이 적지 않다.

이런 작업과 달리 서구의 중문학계에서 꾸준하게 진행되어온 속俗문학에 대한 재평가 작업은 상당한 시사점을 주는데, 전홍철의 분석[24]대로

---

23 여기서 낙후된 서술 방식은 독자와 커뮤니케이션을 해나가는 소통의 글쓰기가 아니고, 단절과 일방적 글쓰기의 형태가 강하다는 의미다. 10여 년 전에 출간된 박한제 외의 《아틀라스 중국사》(사계절, 2007)나 40여 년 전에 쓴 박이문의 작지만 강한 책인 《노장사상》(문학과지성사, 1980)이라는 책도 하나의 사례가 될 수 있다.

24 전홍철, 〈중국 민간문학의 문학사적 자리〉, 《중국학연구》 제21집, 2001, 156쪽.

"이러한 안배와 중국 문학의 혁명적 전환을 연계시키면 불교문화가 중국에 뿌리를 내린 육조 시기를 경계로 전통문학의 제1기가 마감되고 드라마와 강창 문학 그리고 소설이 본격적으로 성행하는 전통문학 제2기로 접어든다."라는 논리를 끌어낼 수 있다.

이러한 집필 방식은 중국 문학사의 기존 방식과 확실하게 구분되는 관점인데, 북조 문학, 불교문화(서역 문화), 강창 문학, 동아시아적 구비연행 서사문학이라는 이 네 가지 테마에 대한 일관된 관심을 기울인 서술의 한 방식이라는 점이다.[25] 이들은 거의 홀시되던 테마들로 불교가 외래문화이고, 그런 외래문화를 수용한 중국 문학의 변화 양상을 살필 수 있는 소중한 자료임에도 불구하고 문학사의 왜곡 혹은 편협한 글쓰기가 계속되어왔다.[26]

문학사는 문학의 역사이기에 해석과 평가가 꼭 필요한 요건으로 해

---

25 이런 맥락에서 국문학자 사재동은 〈고전문학사의 기술방향〉이라는 논문에서 이렇게 말했다. "고전문학사에 대한 관점의 확립이다. 문학사관이란 좀 더 이론적이고 보편적인 것이다. 그렇지만 고전문학사는 진화론적 자연발생의 작품들이 화석화되어 연결된 연대기적 산물이 아니라는 사실부터 확인되어야 한다. 이것은 적어도 그 시대의 천재적 개인이나 집단에 의해, 당대의 국내외 문학·예술·문화와의 교섭·교류 아래 획기적으로 창작·형성되고, 널리 유전·연행되어온 생명적 유통의 역사라는 점이 확실하기 때문이다. 이런 점에서 고전문학사는 그 작품·장르의 유통사·연행사로 존립해야 된다. 그래서 고전문학사는 언제 어디서나 국내외 문학사·예술사·문화사와 동등하게 형성·전개되었다는 것이 공인되어야 한다." (밑줄: 인용자) 사재동, 〈고전문학사의 기술방향〉, 토지문화재단 엮음, 《한국문학사 어떻게 쓸 것인가》, 한길사, 2001, 91쪽.

26 전홍철, 앞의 논문, 168~169쪽 참조.

당 작품의 비중을 정하는 기준이 된다. 문학사의 참신한 해석과 보편타당한 평가 과정을 통해 문학사는 진정한 의미의 소통이 이루어지게 되는 것이다.

더구나 우리는 문학사 서술이 기존 중국 문학사의 경전화된 것들을 참조하여 동초서초해서 쓰거나 정년쯤 되어 쓰는 필생의 대업으로 남겨두어서도 안 된다. 사회의 급격한 진보와 더불어 지금까지 잠든 채로 놓여 있는 문학의 역사에 숨결을 불어넣는 작업이 필요한데[27], 작업하려고 해도 이미 늦어버리는 것이다.

이러한 절박함에도 불구하고 필자는 "그동안의 한국문학사는 기준이 희박한 채 선택된 작품 및 작가의 '틀 끼우기'에 주력해왔다. 어떤 유형의 이념의 틀에, 어떤 유형의 형식의 틀에, 그리고 한 시대의 틀에 끼워넣는 것으로 역사적인 자리매김을 하고자 들었다."[28](밑줄: 인용자)라고 한 비판이 중국 문학계에도 그대로 적용될 여지가 있을 것으로 생각된다.

이런 점에서 근대의 산물인 민족의 개념은 매우 중요한 문화사적 의미와 역사적 맥을 공유하는 것인데, 여기에서 필자는 이 같은 인식이야말로 민족 문학사관이 타자인 이민족의 문화를 이해하는 주요한 방식의 하나로 전제될 수 있을 것으로 본다. 문학사는 문학작품의 역사적

---

27 이경선 선생은 1957년에 쓴 논문에서 분명한 어조로 이렇게 말했다. "문학사도 역사인 이상에는 역사의 일반 법칙을 벗어날 수 없고 또 문학은 어디까지나 문학이므로 문학 이론상의 제법칙에 입각한 것이니, 사회 일반사史로부터 상대적으로 독립한 합법칙성을 인정할 수 있다. 따라서 문학사는 과학으로서 성립될 수 있다."

28 김열규 외, 《한국 문학사의 현실과 이상》, 새문사, 1996, 62쪽.

발전 과정이면서 어느 한 시대의 문화적 표징이고, 또 한 시대의 역사적 징표이다. 이는 문화의 각 영역 중에서 핵심 위상을 구축하고 있는 문학을 한 시대의 총체적 문화라고 해도 과언이 아니기 때문이다.

따라서 필자는 지금까지 늘 타자의 범주로 본 이민족에 대한 근본적인 물음에서 시작되는 이 문제를 비교 시각적 차원에서 접근해보아야 한다고 본다. 이러한 이유는 문화적 우월주의가 강하고 화이관이 뚜렷한 중국의 문학사 서술 방식이 과연 얼마나 공정한 잣대를 제시하는가 하는 점이 회의적이기 때문이다.

적어도 중국 문화사에서 이족이 갖는 위상이 적지 않으며, 한족은 그들과의 충돌과 화해를 통해 통섭을 모색한 경우도 적지 않은데, 중국 문학사는 지나칠 정도로 자기 긍정, 심지어 자기 과대의 전제 속에서 서술되는 것이 아쉬운 점이다. 이런 양자 사이에 한자라는 권력 매체가 존재하면서 중국인들로 하여금 문명의 주체라고 자부하게 만들었으며[29], 화이론적 세계관을 구축하는 데로 기울어지면서 문학사 서술 방식도 상당 부분 설득 커뮤니케이션의 상실로 이어졌고, 그들만의 문학사로 변질시켜버렸다.

이런 점을 인식해볼 때, 화이 공존이라는 역사적 상황의 추이 속에서

---

29 세계의 모든 외국어를 중국어로 번역하는 데서도 알 수 있듯이, 중국인이 자국의 문화에 관한 우월의식은 우리의 상식 이상이다. 널리 알고 있듯이, 중화사상이라는 이러한 특수한 사례는 사실상 대영제국이나 팍스아메리카나와는 다른 차원의 것으로서 이 용어가 중국인의 의식 내면에 깊숙이 자리 잡고 있는데, 문제는 이 용어가 얼마나 세계사적 보편성을 획득하고 있느냐 하는 점이다. 그런데 중화사상에서 비롯된 자국 중심주의 시각은 우리 학계에도 영향을 끼쳤다.

도 중화사상에 대한 지나친 경도는 중국 문학사의 서술 방향의 왜곡으로 귀착될 위험성이 있다. 1949년 이후 이데올로기의 개입 하에 국가 단위의 문학사 집필 작업을 대대적으로 수행한 것은 명백히 역사 왜곡이다.[30] 이러한 문학사 서술은 1949년 신중국新中國 성립 이후 중국 정부가 개입되어 문학의 사상적 자유는 물론 여타의 문제점도 상당 부분 개선되지 않았고, 방향만 다르지 여전히 중국이 의도적으로 지향하는 문학사 집필 방식인 셈이다.

그런 관점의 문학사를 우리 중문학계 역시 은연중에 받아들이게 되면서 결국 중국 문학사는 그들만의 문학이라는 인식 모델인 동시에 우리의 문학사 인식에도 중대한 영향을 끼치게 되었다. 우리가 적어도 "문학사란 하나의 역사로서 문화공동체가 시간을 따라서 이룩한 문학 현상의 여러 실적을 총괄해서 종적으로 정리한 형식"[31]이라는 점을 인식한다면 문화공동체로서의 이민족에 대한 배려를 통한 객관적이고 공정한 서술 방식을 모색하지 않을 수 없다. 여기서 객관성과 공정성이란 단어에 설명이 필요하다.

필자가 객관성의 문제를 거듭 거론하면서 떠오른 문장이 바로 E. H. 카E. H. Carr가 말한 대로 "역사에서의 객관성objectivity은 역사적 사실들

---

30 김원중, 〈중국문학사 서술의 이념성 개입여부와 서술향방의 관련양상—1949년 전후 주요 문학사의 사관史觀을 중심으로〉, 《중국학보》 제51집, 한국중국학회, 2005. 6, 91~134쪽.

31 임형택, 〈한국문학사의 서술방향과 체계〉, 토지문화재단 엮음, 《한국문학사 어떻게 쓸 것인가》, 한길사 2001, 35쪽.

에 대하여 순수하게 객관적일 수 없는데, 그것은 역사가가 부여하는 의미에 의해서만 역사의 사실이 되기 때문이며, 오로지 관계의 객관성, 즉 사실과 해석 사이, 과거와 현재와 미래 사이의 관계의 객관성일 뿐이다."[32]라는 발언인데, 카가 말하는 객관성은 지금 존재하는 고정불변의 판단 기준에 의존한다기보다 미래에 남겨진 역사 과정의 진전에 따른 발전 따위를 의미한다는 맥락으로 이해되어야 한다. 이러한 카의 말처럼 역사는 역사가들이 선택한 사실이기 때문에 객관성이란 말 자체는 성립하기 어렵고 곤혹스러운 용어임이 틀림없으며, 이런 점은 문학사의 객관성 문제에도 적용될 수 있다. 절대적 객관성은 불가능해도 그 자체, 즉 시도 자체가 의미 있다는 말이다. 이런 측면에서 문학사에서의 객관성도 문학적 사실을 다루는 문학사가의 가치 기준과 의미 부여에 의한 객관성의 확보가 관건이 되며, 과거와 미래 사이의 일관된 연관성을 확립할 때만 의미와 객관성을 지니는 것이다.

이 단어는 우리가 문학사를 서술함에 있어서 과도 해석 혹은 과장 왜곡의 소지가 없어야 한다는 식이다. 말하자면 무조건적인 의미 부여를 지양하자는 것으로서, 예를 들면 《문심조룡文心彫龍》이 상당한 문학이론서임은 분명하지만, 이 책이 일관되게 지향하는 '절충折衷'론의 논리적 한계에 대한 비판적 검토를 유보한 채, 이 책에 대한 무조건적인 찬양은 그것의 문학사적 위상을 감소시킬 위험성이 있다는 것이다.[33]

---

32 E. H. 카E. H. Carr, 《역사란 무엇인가》, 까치, 2013, 180~191쪽.

해석의 문학사를 위한 몇 가지 전제

문학사란 주요 서술 대상인 작가와 작품을 선별하여 평가하고, 그것을 문학사관에 의거하여 역사적인 맥락에서 유기적 흐름에 따라 서술한 것이다.[34] 연대기적 서술 양식을 따라야 하는 것은 일정 부분 피할 수 없다고 해도[35], 새로운 유형과 다채로운 시각을 기준으로 주요한 장르나 작품에 대한 과감한 배치와 재평가 등을 병행하면서 논리적인 면과

---

33 이런 문제는 김학주 교수의 《중국고대문학사》에서도 확인된다. 김 교수는 5장에서 춘추전국시대의 역사서가 대부분 허구적인 얘기라는 것을 전제로 하면서 《중국문학사론》 2장에서도 '소설사 자료로서의 《서경書經》'이란 장을 설정하여 이것들을 모태로 중국의 소설사나 희곡사를 다시 써야 한다고 강조했다(13~24쪽). 물론 논쟁의 소지는 없지 않지만, 이들 역사서가 거의 허구로 이루어져 있다는 것은 일반 사학계에서 대체로 인정하지 않는 것이며, 중국 역사서의 계보를 보더라도 이런 점은 지나친 해석이라서 객관성과 공정성을 해칠 만한 것이다. 이런 입장은 역사로서 분류된 《서경》에 대해서도 동일한 시각에서 출발하여 현저히 유사한 결론을 도출하여 그의 결론의 취지를 무색하게 만들었다.

34 공저자인 르네 웰렉René Wellek과 오스틴 워런Austin Warren은 《문학의 이론Theory of Literature》 '19장 문학사'에서 문학사를 논의했는데, 이들의 관점은 '문학적이며 동시에 역사적인 문학사를 쓰는 것이 가능한가?'라는 의문을 제시하면서 문학사를 사회사나 사상의 역사 또는 연대순으로 배열된 개별 작품에 관한 인상 혹은 판단이라고 규정지었다. 또한 난판南帆은 〈문학사와 경전文學史與經典〉(《문예이론연구文藝理論研究》 제5기, 1998)에서 이렇게 말했다. "형식이 번잡한 문학사는 이미 방대한 가족 체계를 구성하고 있고, 이런 체계는 통상적으로 문학과의 중요한 주춧돌로 간주되고 있다. 많은 사람들은 문학사에 대하여 호감을 갖고 있으며 …… 그들의 마음속에는 문학사란 문학 지식의 집대성이라는 것이다." '한국 현대문학사의 해체와 재구성'이라는 부제를 달 정도로 도발적인 문학사 논쟁을 주도한 천정환·소영현·임태훈은 《문학사 이후의 문학사》(푸른역사, 2013, 6쪽)에서 이렇게 말했다. "문학사는 우리의 문학적 체험과 정서 생활에 영향을 미치는 거대한 메타 지식의 체계이다."

역사적인 면을 함께 거론해 나가는 작업, 그 해석의 구체적 근거를 이끌어내는 온전하고도 유쾌한 방식의 작업이 되어야만 설득 커뮤니케이션 구축에 기여하게 된다.

새로운 문학사가 가능하냐는 발언은 새로운 문학사의 집필이 불가능한 것처럼 보이는 말이기도 하며, 문학사라는 말 자체가 갖는 도전과 곤혹이요 문학사 집필의 영원한 난제이기도 하므로 말 자체를 꺼내기가 쉽지 않다.

한 민족의 정신사요 사회사이며 문화사의 성격을 함유하고 있어야 하는 문학사는 세계문학사와의 흐름을 공유하면서 그들과의 다원 관계를 유지하는 심판자의 자세로 중국 '민족'과 이민족의 문화적 실체를 다시 점검하고 문학의 역사를 새로 구성해보아야 하는데 그 문제가 예상보다 쉽지 않기 때문이다.

물론 한민족인 한국의 경우와 중국의 화이華夷 관계는 다른 환경임에는 분명하나[36] "문학사 자체가 근대적인 코드"라고 비판한 회의론자도

---

35 문학작품을 연대기적으로 나열하거나 문단 내외의 사건을 일관된 이념 혹은 관점으로 배열하는 일은 매우 어려워진 실정이다. 이는 권보드레가 말하는 모자이크나 브리콜라주식 문학사라면 극복할 수 있는 여지가 있겠다. 즉, 주제와 시기 자체를 서로 겹치게 하고, 다른 방향에서 기웃거리고, 시선의 단일성 자체를 교란하는 문학사를 제안했는데 잘 검토해볼 일이라고 생각한다.(《문학사 이후의 문학사》, 57쪽 참조)

36 정재서는《동양적인 것의 슬픔: 넘어섬, 그 힘의 예증까지》(살림, 1998, 86~87쪽)에서 중국 신화 연구에 있어 해석과 의미 부여의 문제를 검토하며 이 논의의 소임이 단순히 화이론적 지배구조를 드러내 보이는 것이 아니라 서사적 허구를 사실로 복원시키는 새로운 해석의 전망을 제시하고자 했다.

있다.[37] 국문학자 고미숙에 의하면, 근대 민족국가가 실체화한 문학사는 국가와 민족이라는 단위의 국가주의 코드를 바탕으로 한다. 그는 문학이야말로 경계를 강화하고 장르는 문학사를 정교화시키는 역할을 하고 있다고 비판한다.

우리는 중국 문학을 중국 민족의 정신사의 입장에서 다시 질서화하려는 시도를 결코 과소평가해서는 안 된다. 서술의 자부심을 드러내면서[38] 쓴 후스胡適의 《백화문학사白話文學史》와 위안싱페이袁行霈의 작업은 결국 민족문학에 대한 전망, 아니 중국 민족의 문학 정신사라는 측면에 확실한 의미를 부여하고 있다. 그러나 화이관의 충돌, 1840년 아

---

37 박소현은 〈새로운 중국문학사를 위한 제언〉(《중국어문학논집》 제103집, 2017, 339~360쪽)에서 이렇게 말했다. "근대적 문학사의 일반적인 형태는 위대한 작가들과 일련의 정전을 통해 한 국가나 민족의 문학 전통을 구축하는 한 나라의 문학사였고, 이런 특성으로 문학사 쓰기는 근대 국민국가 건설이라는 민족적 과제의 일부로서 촉진되었다." 박소현의 논점은 모든 문학 연구는 결국 역사적 연구로 환원될 수밖에 없고 어떤 문학사든 문학사는 다시 써질 수밖에 없는 운명이라는 확신과 다름 아니다. 또한 임형택은 〈한국문학사의 서술방향과 체계〉(토지문화재단 엮음, 《한국문학사 어떻게 쓸 것인가》, 한길사 2001, 29쪽)에서 이렇게 말했다. "요컨대 문학사는 근대적 산물의 일종이다."

38 후스胡適는 스스로 자신의 《백화문학사白話文學史》를 평가하여 "그래도 한 권의 중국 문학사 명저 선본이라고 할 만하다(還可以算是一部中國文學名著選本)."(15쪽)라고 했으나, 그는 송대宋代 이후의 것은 다루지 않아 중국 문학사의 면모를 보여주겠다는 자신의 취지를 무색하게 만들었다. 그러나 그의 단언대로 문학사 선본으로서 충분한 가치를 지닌 명저임이 틀림없다. 필자가 특히 의미를 부여하는 것은 그의 시각의 독창성인데, 백화문학을 "중국문학사 중심 부분(中國文學史中心部分)"(후스, 《중국신문학대계中國新文學大系·건설이론집建設理論集·도언導言》, 《후스 문집胡適文集》 1, 127쪽)이라고 한 데서도 그의 창견을 엿볼 수 있다.

편전쟁 이후 급속히 진행된 근대로의 이행과 전통과 반전통의 충돌 속에 지속된 근대화 과정, 1911년 공산당 성립과 1949년 신중국의 성립 등 일련의 정치적 변동 속에서 형성된 사상과 시대의 관점, 즉 마르크스·레닌주의라는 이념성이 개입하면서 중국의 문학사는 이념적 문학사인 동시에 화이사관을 강화하는 방향으로 전환되었다. 그래서 이런 서술 방식이나 태도에서 나온 문학사는 결코 객관화될 수 없다. 유물론이라는 일면성에 편향되다 보니[39] 그것과 수천 년 이상 단절되어 존재해온 문학의 실체 파악에 한계를 드러냈고, 문학의 총체성을 온전하게 드러내는 데도 실패했다. 우리는 문학사 서술의 이데올로기 문제를 간

---

39 이러한 사례는 1950년대 초반에 출간된 책들에서 대부분 확인할 수 있는데, 박정희는 "초기에 중국 대륙에서 출현한 몇 부의 문학사는 모두 개인의 작품이고, 예를 들면 왕야오王瑤의 《중국신문학사고中國新文學史稿》(상권, 1951; 하권, 1953), 차이이蔡儀의 《중국신문학강화中國新文學史講話》(1952), 장비라이張畢來의 《신문학사강新文學史綱》(1955), 딩이丁易의 《중국현대문학사략中國現代文學史略》(1955) 등이다. 여기에서 주목할 만한 것은 첫째, 이러한 개별적인 문학사가는 그들의 저서가 출판된 후 부단히 비판을 받았다는 것이다. 1952년 8월 《중국신문학사고》 상권이 출판되자 국가출판총서國家出版總署에서 좌담회를 개최하여 이 책에 대한 비평을 전개했다. 이것은 국가기구가 비판 활동을 조직하여 개인이 저술한 문학사를 제약하고 국가의 요구에 부합하는 문학사로 만들려는 의도이다."(박정희, 〈왕야오王瑤와 그의 《중국신문학사고中國新文學史稿》〉, 《동북아문화연구》 제12집, 동북아시아문화학회, 2007, 155쪽)라고 했다. 1951년, 이 당시 중앙교육부 주도하에 각 학과 과정 개혁 소조인 중국어문소조中國語文小組는 라오서老舍, 차이이, 왕야오, 리허린李何林 등에게 '중국신문학사교학대강'을 작성하도록 하고 중국 현대문학사의 기본적인 틀을 확립했던 것인데, 이러한 국가 개입의 문학사 집필은 그 방대한 성과에도 불구하고 치명적이고도 서글픈 문제점을 수없이 야기하면서 현대문학의 진정한 가치에 대한 폄하를 유도하게 되었다.

과하지는 않지만, 그것은 개인의 문학사관에 의한 것이지 획일적이고 강요된 이데올로기는 아니다.[40] 이념에 의한 강제된 서술보다 문학 그 자체의 본질을 꿰뚫어 볼 수 있는 다양한 접근법으로 쓴 문학사가 필요한 것이다.

객관적인 문학사의 탄생은 현재 상황을 극복해야 하는 당위로서의 실천적 행동에서 비롯된다.[41] 케케묵은 논쟁이지만, '문학의 역사인가, 역사의 문학인가?' 하는 문제는 우리에게 문학사를 중국인들의 시각에 의한 방식과 틀에 박힌 연대화 작업으로 이해하겠다는 강박관념에서 나오는 것인데, 문학사는 시간뿐 아니라 공간적 개념도 중요한 것임을 분명히 인지해야 한다. 즉 현대적 상황이란 이 책이 서술된 시점의 상황을 의미한다. "문학사라는 역사 구성의 충동은 '위기의 현재'를 극복하는 합리적 기제를 역사 속에서 찾고자 하는 의식에서 출발한다. 특히 민족문학사의 경우, 과거 역사의 내부에서 불변적이며 지속적인 어

---

40 이런 면에서 다음과 같은 박정희의 발언, 즉 "각각의 문학사가의 문학 역사에 대한 논술의 차이는 필연적인 것이고, 자기가 쓴 문학사 속에 어떤 자료를 선택해 쓰는지, 그 자료를 선택하는 기준이 무엇인지는 문학사가의 문학관과 역사관에 의해 정해진다. 이러한 관점은 문학사가가 자료를 선택하는 기준이 된다. 문학사가의 선택에 영향을 주는 것에는 여러 가지 요소가 있는데, 개인적인 취향 이외에도 이데올로기 문제를 언급할 수 있다."(박정희, 앞의 논문, 143쪽)라는 말은 유효하다. 사실상 문학사관의 문제는 이선영의 말처럼, "필자는 부득이 문제해결의 한 방법으로 '한국문학사대계 편찬의 기본시각' 또는 사관에 관한 하나의 시안을 마련해 제출함으로써, 이를 단서로 삼아 적절한 문학사관의 확립을 위해 필요한 논의와 최선의 합의가 이루어지기를 기대하기로 한다."(이선영, 〈한국문학사대계 편찬의 기본시각, 토지문화재단 엮음, 《한국문학사 어떻게 쓸 것인가》, 한길사, 2001, 11쪽)는 점에서 보아도 유효한 발언이다.

떤 정신을 상징하고 그것을 보편성 속에서 설명함으로써 합리적 기제를 마련한다."[42]라고 한 데에서 알 수 있듯이, 과거의 현재성과 불변적 가치를 통해 하나의 역사는 구성된다. 이러한 점은 상당한 업적을 쌓은 한국문학사계에도 같은 고민을 드러내고 있는데, 〈필연적 미완의 기획으로서의 '문학사': 김현의 한국문학사 서술에 대하여〉라는 제목의 논문을 쓴 정은경은 주로 김현의 한국문학사 서술 시각을 분석하면서 문학사 서술 방법론의 요체가 '과거의 집적물로서 구라파식 진보의 개념에 의지하지 않고 새로운 의미망을 구축하겠다.'(김윤식·김현, 《한국문학사》, 민음사, 1989, 12쪽)는 의지의 결과물이라고 보았다. 김현은 전통단절

41 "모든 역사는 현재의 역사(베네데토 크로체)라고 했을 때, 그 발상의 하류에는 비전 발견의 생산성 혹은 창조성까지 놓여 있지만 이 진술의 직접적 의미 관련은 현재의 상황과 이를 극복해야 하는 당위當爲로서의 실천 요구이다. …… 그럼에도 불구하고 우리가 구태여 방법론비판方法論批判을 내세운 이유는 우리 자신이 확고부동한 신념을 한국 역사 전체를 향해 지니고 있지 못한다는 점에 있는 것이다. 이 회의 과정이야말로 우리가 역사를 대하는 존재인 것이고, 이 의식의 미로는 우리가 문학사를 기술해 나가는 순간마다 우리를 향해 도전해올 것이다. 그렇지 않다면 우리는 구태여 문학사를 기술할 필요가 없으리라. 그러니까 우리는 마침내 패배할 것이고, 그 패배가 철저하게 될 수만 있다면 우리의 임무는 당대의 것으로 끝나는 것이다. 이 말은 그다음 세대는 자기 당대의 요청 사항으로서의 문학사를 갖게 된다는 의미를 내포한다." 김윤식·김현, 《한국문학사》, 민음사, 1996, 22쪽. 사실상 김현의 관점은 "문학이 그 독자성, 흔히 자율성autonomie이라는 말로 표현되는, 그것 자체의 특성을 갖기 위해 애를 쓰게 된 것은 그것이 지배적 이데올로기와 동떨어지면서, 다시 말해 지배 계층의 이념을 선전하는 선전관의 역할에서 벗어나면서부터이다. 문학은 정치에서 벗어나면서 그 독자성을 획득한다." 김현, 《한국문학의 위상/문학사회학》, 문학과지성사, 2009, 43쪽.

42 박승희, 〈세계에 대한 근대적 이해와 문학사〉, 《동북아 문화연구》 제18집, 2009, 151쪽.

론과 이식문화론으로 대표되는 불연속성을 부정하고 심층적 연속성을 주장했다고 규정했다. 이미 30여 년 전에 작고한 김현은 클로드 레비스트로스Claude Levi Strauss의 명제를 이어받아 문학사 서술 방법론을 상당히 독창적인 시각에서 이렇게 요약하고 있다.

> 문학사는 단순한 과거의 집적물의 나열이 아니라 문학사가의 정서적 반응을 요구한다. 문학적 집적물이 정서적 반응을 요구하는 것이라는 진술은 동시에 그것이 개인적 산물이라는 전제를 갖고 있다. 집단적 소산이라고 할 수 있는 고려가요, 경기체가 등은 문학사적에서 제외되는 것이 아니라 문학적 변주, 변이와 이행, 다른 문화와의 관계 등을 밝히는 상상적, 풍속적 전거로서 논의되어야 한다. 문학적 집적물의 유효성은 그 작품의 역사성 여부와 관련된다. 가장 행복한 유효성을 획득한 작품은 안정된 사회에서 그 사회의 풍속, 관념에 알맞은 작품을 생산했을 때의 작품이며, 격동기의 불행한 작가들은 자기가 속한 사회의 이념을 그대로 드러내면서 동시에 새로운 사회의 이념을 진보적으로 표현할 때 유효성을 띤다. 과거의 문학적 집적물은 문학적 실체가 아니라, 관계를 이루려는 기호이다. 부분과 부분의 상호관계로 이루어지는 전체, 즉 의미망에서 관계 가치를 설정하는 것은 문학사가의 몫이다. 진보를 서구화와 동일시해서는 안 된다. 새로운 의미망의 구축은 구라파식 진보의 개념에 의지하지 않는 것이어야 한다.[43]

---

43 정은경, 〈필연적 미완의 기획으로서의 '문학사': 김현의 한국문학사 서술에 대하여〉, 《국제어문》 제42집, 412쪽 재인용.

가장 정평 있는 중국 고전문학사를 주도적으로 편찬한 위안싱페이 역시 "중국 문학사를 지음에 외국의 문학이론을 거울삼아야 하겠지만, 반드시 중국 문학의 실제에서 출발해야 하고 외국의 최신 유행 이론을 공식화하여 억지로 중국 문학을 해석할 수는 없다."[44]라고 하면서 외국 문학이론의 접목에 있어서 중체서용中體西用의 입장을 분명히 드러내고 있다. 그러므로 그의 획기적인 업적에도 불구하고 그의 문학사 편찬 작업이 근현대문학 사이에 존재하는 전통과의 단절 혹은 굴절 등이 문학사에 고스란히 공시성과 통시성을 간직한 채 존재한다고 보는 것은 무리다. 그러면서도 그의 작업이 중국 민족과 이민족을 공존공영의 화이의 공존을 모색하는 새로운 유형의 민족문학사를 탄생시키기 위한 하나의 디딤돌을 제공한 것은 상당 부분 입증된 셈이다.

위안싱페이는 중국 문학사가 중국이라는 보편적 화두와 소수민족이라는 변이적 특수성 사이의 모순 속에서 형성되어왔다는 점을 분명히 알고 있다. 중국이 자국의 우월주의에 대한 지나친 열정은 중국 문학사를 보편적 기제로 확립시키는 것이 아니라 오히려 문학의 다양성과 발전을 저해하는 것임을 인식한 것으로 보인다.

사실상, 중국 중심의 문학사 인식에서 벗어나 우리가 중국 문학사를 재구하려는 시도는 문학 형태의 기능과 변이를 중심으로 문학이라는 일반사를 구축하려는 시도[45]로 이어져야 한다는 것이다. 역사는 다시

---

44 "撰寫中國文學史應該借鑒外國的文學理論, 但必須從中國文學的實際出發, 不能將外國時髦的理論當成公式生搬硬套地用于解釋中國文學." 위안싱페이, 《중국문학사中國文學史》, 고등교육출판사高等教育出版社, 1999, 6쪽.

쓸 수밖에 없다. 문학사도 세월이 쌓여 새로운 역사 서술을 요구해올 뿐 아니라, 그때그때의 위기와 가능성이 역사에 대한 새로운 시각을 요청받기에 그러하다.[46]

중국 문학사가 작품과 작가의 역사를 내면화하고자 한다면 단순히 시간적 순서에 의한 구성이 아니고, 문학적인 모든 가치 기준을 평가하고 그에 합당한 서술의 방식을 마련하는 것이 중요한데, 여기서 객관성은 중국 민족이건 이민족이건 개별 작품의 심리적 가치와 작품의 내용까지도 합당한 기준을 공유하는 것이 전제되어야 한다는 것이다. 그리고 새로운 시각에는 단순 서술형의 문장이 아닌 문제의식을 갖춘 해석의 문학사가 되어야 한다.

적어도 문학의 우열은 작품 자체로 결정되며, 결코 작품에 대한 평가로 결정되지 않는다. 어떻게 문학사를 쓰더라도 루쉰魯迅을 삼류 작가로 분류하거나 《홍루몽紅樓夢》을 삼류 작품으로 평가할 수는 없다는 것이다. 문학이라는 텍스트가 지닌 개체성을 새로운 평가 기준에 의해 새로운 문학사를 얼마나 설득력 있게 쓸 수 있느냐는 회의론이 바로 그것이다. 그러기에 집필자가 어떤 입장을 서술의 출발점으로 삼느냐

---

45 미셸 푸코Michel Foucault에 의하면 전체사histoire globale와 일반사histoire generale는 다음과 같은 특징으로 대별된다. 전체사의 기획이 한 문명의 총체적 형태, 공통된 의미작용, 거대한 통일성으로 이루어진다면, 일반사는 중심 없는 분산, 분절, 어긋남, 상이한 시간성에 그 특징으로 독립된 계열들의 다수적인 역사성을 의미한다. 미셸 푸코 지음, 이정우 옮김, 《지식의 고고학》, 민음사, 1992, 30쪽.

46 한계전, 〈한국 현대문학사의 문제〉, 토지문화재단 엮음, 《한국문학사 어떻게 쓸 것인가》, 한길사, 2001, 43쪽.

에 따라 같은 대상이라 하더라도 전혀 다른 형태의 문학사가 탄생할 수 있다.

그렇다면 문학사는 무엇이며 그 서술 방향을 설정함에 있어 어떤 방식을 취해야 하는가? 문학사 서술이 연대기적인chronological 울타리를 벗어나지 않고 필자의 전공 영역field에 일정한 형식format을 가지고 쓴다고 볼 때, 과연 문학사 집필이라는 말이 어느 정도의 신빙성과 구체성을 획득할 수 있을까?

물론 필자는 문학사 집필의 당대성當代性, 즉 현대성을 의심하지는 않는다. 말하자면 오늘의 관점에서 문학을 바라보는 시각[47]이 근본적으로 필요하다는 것으로서, '문학사文學史'는 현대적 의미의 범주의 차원에 속한다. '문학사'란 말이 '문학文學'과 '역사歷史'의 합칭이지만, 이때

47 이러한 시각을 보여주는 이 방면의 중요한 성과가 있다. 최근 현대문학사 출간에 있어서 가장 두드러진 성과를 보인 것이 첸리췬錢理群과 원루민溫儒敏, 우푸훼이吳福輝 세 사람이 함께 출간한《중국 현대문학 삼십년中國現代文學三十年》이라는 책이다. 세 사람은 1980년대 이래 현대문학의 연구 성과를 받아들였는데, 주로 작가와 작품 및 문체 연구 방면이었다. 이들 집필자 개인들의 학술적 연구 성과를 이 책에 집어넣었다는 것이다. 이 책은 작가와 작품과 문화현상에 대한 독창적인 분석과 각종 문체 혹은 장르에 대한 정확한 해설로 이 방면의 대표적인 저작이 될 만하다. 1999년에 다시 홍쯔청洪子誠은《중국당대문학사中國當代文學史》라는 책을 썼고, 천쓰허陳思和 역시《중국당대문학사교정中國當代文學史教程》이라는 책을 편찬했다. 이 두 권의 책 역시 '다시 쓴' 중국 문학사의 대표적인 저작들이다. 이들이 견지하는 관점은 오늘날의 문학 역사 발전에서의 정체성과 개방성, 심미성의 통일을 추구한 점인데, 문학사 집필의 당대성과 개성을 중시했다. 홍쯔청은 문학의 생태 환경에 독특한 서술 시각이 돋보인다. 천쓰허는 문학의 관건이 되는 단어에 대한 강조 및 텍스트에 대한 세밀한 해독 등에 치밀하다.

의 '문학'은 더는 옛날 의미가 있는 '문학'이 아니고, '역사'도 전통적인 '역사'와는 다른 것이다.

그렇다면 왜 고전문학 연구자보다 근현대문학 연구자들 사이에서 문학사 문제가 계속 제기되어왔는가? 소위 1949년 이후의 문학을 연구하는 당대문학當代文學(우리 식으로 말하면 현대문학이다) 연구자들이 사'史'를 쓰려는 시도가 있었다. 그리고 이들이 주로 관심을 기울인 문제는 문학사 서술의 방법론에 관한 것, 말하자면 문학사 서술의 '현대성 문제'였다.[48] 즉 '현대성 이론 시야 속의 문학사 문제'로서 포스트모더니즘Postmodernism 혹은 비평론Critical Theory이라는 두 이론에 크게 빚지고 있다고 해도 과언이 아니다. 이 역시 이미 베네데토 크로체Benedetto Croce의 "모든 역사는 현대사다."라는 말이 있듯이, 그 서술의 시점은 '오늘'이라는 관점에서 시작되어야 한다는 논지가 최근의 문학사 흐름의 관점인 셈이다.

부연하면, 중국 문학의 개별성과 특수성을 밝히는 데에 역점을 두는 측면에서 경이롭다고 할 정도로 참신하고 어떠한 이념이나 기존의 관념에도 얽매이지 않은 열린 시각을 보여주는 존 K. 페어뱅크John King Fairbank가 주편主編한 16권의 《캠브리지 중국사》(김한식·김종건 등 옮김, 새물결, 2007)라든지, 레이 황Ray Huang의 《허드슨 강변에서 중국사를 이야

48 오태석은 〈중국문학비평 연구의 패러다임적 연구〉《중국문학의 인식과 지평》(역락, 2001, 181쪽)에서 말한다. "방법론적으로 보면 현대문학 분야를 중심으로 이론 구축과 관점의 도입이 비교적 활발하게 진행되고 있다. 이러한 방법론적·패러다임적 논의들은 중국 문학 연구의 일반론으로서의 원전의 철저한 이해라는 기초 작업과 병행하여 향후 보다 확대·심화되어야 할 것이다."

기하다》(권중달 옮김, 푸른역사, 2001), 박한제의 《아틀라스 중국사》(사계절, 2007)와 같은 역사서 모델도 참고하여 중국 문학사 집필의 시각을 전환하는데 기여할 수 있겠다. 이들 세 권은 한 명에서 수십 명에 이르기까지 집필자가 다르지만, 읽어보면 일관된 흐름과 객관적인 시각, 긴장감 있는 문체가 일품이다. E. H. 곰브리치E. H. Gombrich의 《서양미술사》(백승길·이종숭 옮김, 예경, 2002)와 같은 유형도 참조할 만하다. 서양의 성과물로 꼽히는 중국 문학사로는 2002년에 40여 명의 전문 학자들이 집필하고 비토르 H. 마이어Vitor H. Mair가 편집한 《컬럼비아 중국문학사The Columbia History of Chinese Literature》가 구체적인 성과로 거론될 만하다.

2

중국 문학사 서술의 시각 문제: 교재 지향 문학사들의 시각의 형평성 문제

5·4 신문화운동: 문학사 서술의 서막

사실상 범세계적으로 중국 문학사 서술 방식에 관한 관심이 증폭된 데에는 일단 1980년대 이후 중국 현대문학사 집필이 5·4정신을 표방하는 신시기로 회귀하려는 움직임과 접맥된다고 하겠다. 이른바 문학사를 '다시 쓴다重寫'[49]는 논의인데, 이는 1980년대 중·후반기에 출현한 학술 사조로서 현대문학 연구계가 주로 제시했다. 중국 문학사에 대해 새로운 관점에서 다시 써보자는 것이다. 기본적으로 그것은 현대문학사 집필에 대한 최초의 자각으로 1949년 이래 문학 방법론을 토론한

49 '다시 쓴다'는 말은 '고쳐 쓴다'는 말과 같은 것인데, 예로부터 관청과 민간, 정사와 야사의 구분이 있었고, 동일한 사실에 대해 서로 다른 저작법을 보여왔던 사례가 적지 않다는 점에 주목해야만 한다. 말하자면, 문학의 존재 의의에 대해서 인정한 것인데, 이것은 '고쳐 쓴 문학사'가 20세기 초와 다른 점은 주로 1949년 이래 지속된 문학사 지식의 정치, 윤리 의식화에 대한 일종의 반발로써 권력화된 문학사 자체를 하나의 심미적인 대상으로 보자는 데 있는 것이다.

반성적 결과물이다.

즉 1949년 이전의 중국 문학사 서술의 주된 흐름은 역사 진화론에 입각한 사유와 그 당시 사회적 제약으로 말미암아 신문학에 대한 기준은 '고古'와 '금今', '신新'과 '구舊'라는 양분된 관점이 제공되어 전통문화를 구문학으로 보고 현대문학을 신문학으로 보는 이분법적 사고였다. 예를 들면, 주쯔칭朱自清의 《중국신문학연구강요中國新文學研究綱要》와 저우쭤런周作人이 편찬한 《중국신문학원류中國新文學源流》, 왕티에푸王鐵甫의 《중국신문학운동사中國新文學運動史》, 자오자비趙嘉壁가 편찬한 《중국신문학대계中國新文學大系》 등이다. 이 중에서 가장 잘 알려진 책이 주쯔칭의 《중국신문학연구강요》와 자오자비의 《중국신문학대개》이다. 주쯔칭의 관점은 역사적인 총결 태도로써 계통적으로 신문학의 성과를 연구하는 것이다.[50] 그는 신문학의 성장 배경과 신문학 운동, 아울러 문학 창작과 언어 문체의 복잡한 관계 및 1920~1930년대의 작가와 작품, 5·4 시기의 여성작가 등에 대한 비교적 세밀하고도 긍정적인 평가를 하면서 작가와 작품의 예술적 개성에 주의했다. 자오자비가 주편한 《중국신문학대계》 역시 중국 현대문학사에 대한 영향이 지극한데, 그는 주로 작품 선정을 통해 신문학의 가치를 평가하려고 했다. 그는 문학사 서술의 기본적인 방침으로 문학사조와 작가, 작품이 상당

50 그의 기본적인 시각은 '문학사 연구는 다른 많은 학과에 의해서 근거를 삼아야 하며 역사학을 주요한 성분으로 인식해야 한다'는 것이다. 문학사 자체는 곧 역사와 밀접한 관련을 맺고 있다는 것이 문학사를 연구할 때 고려할 만한 기본 원칙인데, 만일 문학사를 서술함에 있어서 이러한 점을 홀시한다면 문학사의 존립 근거에 문제가 있다고 주쯔칭朱自清은 생각했다.

히 긴밀한 관계를 지녔음을 염두에 두었다. 1949년 이후의 신문학 서술은 더욱더 학제화되고 체제 지향적으로 되었다. 이것은 마오쩌둥毛澤東의 신민주주의론新民主主義論에 입각한 문학사 서술의 기본적인 전제가 되었기 때문이다. 그리고 왕야오王瑤의 《중국신문학사고中國新文學史考》, 딩이丁易의 《중국현대문학사략中國現代文學史略》 및 1960, 1970년대 쓰여 출간된 기타 현대문학사도 대체로 마오쩌둥의 신민주주의 이론을 통해 문학사 서술을 완성하려는 의도가 다분하다고 하겠다. 왕야오의 《중국신문학사고》는 비교적 완비된 최초의 현대문학사라고 할 수 있는데, 문학사의 서술은 반드시 역사성과 예술성이 통일되어야 한다는 관점을 견지하면서 정치권력 지향의 문학사였다.

이렇게 쓰는 문학사 방식의 문제점은 이렇다. 지식은 사회화를 통해서 보급과 계승에 상당히 기여하게 되었는데, 왕야오의 관점은 현대문학을 읽으면서 동시에 공산주의 이념에 맞는 혁명 교육을 이어받는 것이었다. 말하자면, 현대문학사를 쓴 이들의 목적은 사회교육 체제의 전환과 맞물리면서 현대문학의 합법적 지위를 강화했고, 문학사와 혁명 정의와 역사는 반드시 서로 융합되며 현대문학은 곧바로 현대 혁명의 상징처럼 보였다. 즉 권력화와 정치화의 현대문학사가 이로 말미암아 광범위하게 사회적 지위를 획득하면서 문학사학과의 발전은 더욱더 이어졌다. 물론 이 시기 '다시 쓰는重寫' 문학사에 대해 왕더웨이王德威는 논쟁적인 논문 〈만청시대가 없었다면 어떻게 5·4 시기가 올 수 있는가(沒有晩淸何來五四)?〉라는 글에서 그 서단을 찾아보고자 시도했다. 그에 의하면, 20세기 중국의 주류 문학사관은 5·4 시기의 계몽주의적 문학사관이고, 1930년대 이후에는 점차 신민주주의 문학사관이 주도적이었으며[51], 1980년 이후에는 개혁개방을 바탕으로 현대화를 기반으로 삼는 신시기의 문학사관인데, 이러한 활동의 서단이 모두 5·4 시기로부터 시작된다는 것이 핵심 사안이었다.

교재 문학사의 서술 방식 문제

우리에게 널리 알려진 중국 문학사는 교재 혹은 교학을 표방하면서 쓰인 것이 적지 않다.[52] 가장 널리 알려진 류다제劉大杰의 수정판《중국문학발전사中國文學發展史》의 첫 표지에 보면 책의 제목 위에 '고등학교 문과 교재高等學校文科教材'라고 쓰여 있고, 최근 위안싱페이가 주편한《중국문학사中國文學史》도 책의 제목 위에 '21세기를 향한 과정 교재面向21世紀課程教材'라고 쓰여 있으며, 궈위헝郭預衡이 주편한《중국고대문학사中國古代文學史》(사책四冊, 상하이上海: 고적출판사古籍出版社, 1998)에도 표지에

51 물론 이 중에서 신민주주의 문학사관의 영향력이 가장 크다. 마오쩌둥이 1940년에 발표한 신민주주의 이론은 5·4운동이야말로 중국의 구민주주의와 신민주주의의 분수령이 되며, 5·4운동 이전 명明·청淸 80년의 특징은 구민주주의이고, 5·4운동 이후 20년의 특징은 신민주주의로 요약된다. 마오쩌둥이 생각하기에 5·4운동 이전에 중국 자산계급資產階級 민주혁명의 정치지도자들은 중국의 소자산계급이었는데, 5·4 이후에는 이들이 이제는 더는 중국 자산계급에 속하지 않고 무산계급無產階級에 속하게 된 것이다. 따라서 중국의 문화계나 사상계에서도 5·4 이전과 이후는 서로 다른 역사적 국면을 맞이한다는 것이 마오쩌둥의 기본적인 논지였다. 이러한 신민주주의 문학사관은 1950년대 이후 중국의 신문학사 집필을 주도하는 주된 흐름이었다.

52 교재 지향 문학사의 문제점을 비판적으로 분석한 논문은 다이옌戴燕의 〈문과교학과 "중국문학사"文科教學與"中國文學史"〉(《문학유산文學遺產》 제2기, 2000)가 있다.

'고등원 교문학 교재高等院校文學教材'라고 쓰여 있는 것을 보면, 교재 편찬의 문제는 단지 그 시대적 상황의 문제가 아니라 오늘날에 이르기까지 계속되는 사업임이 틀림없다. 한 걸음 더 나아가 비교적 최근에 출간된 동나이빈董乃斌 외 여러 명이 주편한《중국문학사학사中國文學史學史》(삼책三冊, 허베이성 스자좡石家庄: 인민출판사人民出版社, 2003)에서도 "이 책은 중국 사회과학 95계획의 중점 항목인 '중국사회과학원 중점 항목'本書系中國社會科學九五計劃重點項目'中國社會科學院重點項目'"이라고 명시했다. 이러한 책들은 대부분 교육행정기관과 대학이 위탁해서 쓰인 것이므로 이러한 문학사에는 상당수가 다음과 같은 문제점이 존재해왔다.

첫째, 시각의 편중 문제다. 많은 문학사가 뛰어난 명가와 명작에 의존하고, 명가와 명작에 대해서 상당한 편폭을 할애해서 해석을 하고 있다.《모시서毛詩序》에 보면,〈관저關雎〉라는 시가 후비의 덕을 찬미한 것이라는 관점이 한나라 때 있었다. 오늘날의 입장에서 보면, 그런 해석은 거의 불가능할 것이다. 그리고 종영鍾嶸이《시품詩品》에서 동진東晋의 유명한 시인인 도연명陶淵明을 중품中品에 집어넣은 것이라든지,《하악영령집河嶽英靈集》에서 두보의 시를 수록하지 않은 것은 후대에 도연명과 두보에 대한 긍정적 평가와는 전적으로 다른 것이다. 즉 당나라 때의 선집에서 두보의 시는 기본적으로 수록되지 않았으니, 그 당시에는 그가 중요하지 않은 인물이었음을 알 수 있다. 오대五代에 이르러, 위장韋莊의 선집에서 두보는 비로소 나타나기 시작했는데, 명·청 시대에 이르러 두보는 더욱 중요시되었다. 이런 것은 우리가 문학사를 하나의 유기적인 정체로 봐야 하는 이유가 된다. 당연히 비평의식(과거의 텍스트에 대한 비판) 또한 문학 연구를 포괄하며 문학의 집단과

선집 편찬 등의 작업을 유심히 고려해야만 한다.

이러한 것들은 종종 중국 문학사에서 거론되는 경전화canonization와 관련된 문제다. 만일 우리가 문학사를 문학 영웅들의 선집이라고 규정한다면, 문학사의 주된 목적은 보통 독자들에게 어떠한 하나의 경향 혹은 조류에 치중하여 서술한다는 의미다. 사실상 선집의 선정 또한 중요한데, 어떤 작가가 그 당시에 홀대된 원인 중에 하나는 선집에서 글을 수록하지 않았기 때문일 것이다. 예컨대 대부분의 동진 문학을 서술할 때 상당수의 문학사 저작들이 도연명에 대해서 자세하게 묘사하고 있지만, 그 당시에 문단의 주류를 점유했던 현언문학玄言文學에 대해서는 소략하고 심지어 제기조차 하지 않는 경우도 적지 않다. 이 당시 위진 현학가의 자연관과 사유체계가 그 당시 문론가뿐만 아니라, '자연'의 관념 체계 형성에도 지대한 영향을 끼쳤던 것이 사실인데도 말이다.[53]

1950년대 후기에 베이징대학北京大學의 스승과 학생들이 함께 편찬한 홍피紅皮 문학사, 즉 붉은색 가죽 커버로 된 문학사라는 것은 상당 부분 봉건제도와 통치 계층을 비판하는 것으로 표준을 삼아 작품을 선택하고 그에 대한 평가를 내렸다. 여기에는 고대 작가들이 민중에 대한 태도를 어떻게 견지하느냐에 따라 주안점을 두었는데, 이러한 방향은 궈모뤄郭沫若의 《이백과 두보李白與杜甫》라든지, 류다제의 수정판 《중국문학발전사》에서도 어렵지 않게 엿볼 수 있는 것이다. 궈모뤄는

---

53 김원중, 〈위진현학가의 자연관의 사유체계와 문론가에 끼친 영향〉, 《중국어문논총》 제28집, 2005, 183~217쪽.

이백을 법가로 보았고, 두보를 유가로 한정했는데, 법가는 역사의 진보를 추진하는 것이고, 유가는 역사에 방해가 된다는 것이다. 말하자면, 이백에 대해서는 좋게 평가하고, 두보에 대해서는 나쁘게 비판을 가한 것이다. 류다제도 유가와 법가의 이분법적인 틀 속에 끼워 넣으려 했다. 특히 우리에게 주목받은 것은 무측천武則天, 즉 측천무후를 문학사 영역에 집어 넣은 것인데, 이는 기존의 문학사에서는 존재하지 않았던 방식이다. 류다제는 측천무후의 출신 성분을 서족庶族이라고 했는데, 이는 문학사에서 묘사하는 사실성이 그 객관성을 상실한 전형적인 예다.

문학사와 정치권력의 결합은 그 시도 자체만으로도 확실한 한계가 있다. 만일 문학(혹은 작가)의 사상적 원류와 정신적인 역량이 공산주의 이념에 충실한 것이라면 문학 자체, 즉 문학의 본질에 관한 심각한 위협이 아닐 수 없기 때문이다. 만일 문학사를 사회의 체제나 지식 혹은 권력의 기제로 작용한다고 할 때, 그것은 이미 문학의 의의를 상실한 것일 수밖에 없다.

두 번째, 소수민족의 성취에 대한 부정 혹은 왜곡이다. 중국 문학사에서 소수민족이 갖는 위상은 적지 않다. 국문학자 조동일은《동아시아문학사비교론》1장 3절 '중국문학사中國文學史' 부문(72~101쪽)에서 주요 중국 문학사의 특징을 서술하고 있는데, 그는 한족의 문학사와 소수민족의 문학사 사이의 공존 문제를 다루고 있다 '우리'와 '세계'를 주체적으로 설명하는 일에 매진해 인문학 전체를 아우르는 방대한 이론 체계를 구축하려는 의도가 여기서도 앞서 지나친 확대 해석이 적지 않다. 1949년 이후 중국 정부는 한족 이외의 소수민족의 문학을 적극적으로 흡수하려는 노력도 병행했다. 마쉐량馬學良은 《소수민족문학집少數民族文學集·도언導言》에서 《시경》이나 《초사楚辭》에도 적지 않은 소수민족의 언어가 있다고 말하면서 중국 문학사에서 민족문학을 세우려면 소수민족의 민족문학의 위상을 인정해야만 하고, 그것이 중국 민족의 단합에도 유리하다고 말하고 있다.

세 번째, 관점의 유동성이다. 류다제의 서술 방식을 중심으로 그 구체적 차례를 살펴보면, 초판의 '남방의 신흥문南方的新興文'을 '굴원과 초사屈原與楚辭'로 고쳤고, '위진시인魏晋詩人'을 '조식에서 도연명까지從曹植到陶淵明'로 고쳤으며, '낭만시의 탄생과 전성浪漫詩的産生與全盛'을 '이백과 성당시인李白與盛唐詩人'으로 고쳤고, '사회의 흥망성쇠와 유미시의 부활社會詩的興衰與唯美詩的復活'을 '두보와 중만당시인杜甫與中晚唐詩人'으로 고쳤으며, '북송의 사北宋的詞'를 '소식과 북송사인蘇軾與北宋詞人'으로 고쳤고, '남송의 사南宋的詞'를 '신기질과 남송사인辛棄疾與南宋詞人'으로 고쳤으며, '원대의 잡극元代的雜劇'을 '관한경 왕실보와 원대 잡극關漢卿王實甫與元代雜劇' 등으로 바꾸면서 서술의 관점을 구체화하고자 했다. 물론 이런 관점의 변화는 단순한 수정의 문제가 아니라 그의 이데올로기적 사유의 궤적에 따른 변화의 양상이라는 데 문제가 있다. 말하자면 단순한 수정이나 보완의 문제가 아니라는 것이다.

네 번째, 조대朝代 중심의 정치적 상황에 따른 문학사의 통사적 전개에 치중하고 있다는 점이다. 문학사의 분기Periodization는 필요한 것이지만, 필연적으로 산적해 있는 문제도 많다는 점을 염두에 두면 이 역시 그리 간단한 문제가 아니다. 대다수의 중국 문학사가들이 생각하듯이 전통적인 조대 분기에 따른 집필 방법은 근본적인 결함을 내포하고 있다고 본다. 문학사 집필자들도 일본의 중국 문학사가들[54]의 영향을 받아 조대에 따라서 분류하는 데 이미 익숙해져 있는데, 몇몇 서방의 문학사가들은 100년 단위의 세기에 따라서 분류하기도 한다.

예를 하나 들면, 송대宋代 이후 곧바로 금대와 원대가 시작되는 서술 방식은 독자들에게 잘못된 관점을 심어줄 수 있다. 왜냐하면 사실상 금나라와 원나라 초년 그리고 남송은 같은 시기이기 때문이다. 만일 우리가 동시대에 속하는 남송만을 얘기하고 금과 원을 얘기하지 않는다면, 이는 심각한 역사적 안목의 결함이 있는 것이다. 그리고 또 다른 문제는 어떠한 장르의 출현이 어떠한 시대에 절대적으로 소속되는 것은 아니라는 점이다. 예컨대, 원대의 잡극 중에서 대부분 〈오동우梧桐雨〉와 〈한궁추漢宮秋〉 등은 우리가 문학사에서 봤을 때 모두 원대의 작품으로 알려져 있다. 그러나 원대에 볼 수 있는 본래의 작품이 현재 바라보는 것과 같은 것은 아니다. 그것이 어떤 모습인지는 우리는 기본적으로 잘 알지 못한다. 그것은 단지 초고일 뿐인데, 적지 않은 수정을 거쳐 오늘의 모습으로 정착되었다. 말하자면, 이 두 작품은 16세기인 명대에 이르러 이개선李開先이 고쳐 쓴 것으로 현재의 〈오동우〉와 〈한궁추〉의 모습으로 재현해낸 것이다. 이렇게 본다면 〈오동우〉와 〈한궁추〉를 원대의 원작으로 둘 것인가, 아니면 개작된 명대로 둘 것인가 하는 문제가 생겨난다. 즉 조대에 따라 작품의 연대를 구분하는 것이 상당한 위험 소

---

54 고조 사다요시古城貞吉의 《지나문학사支那文學史》(1897), 사사가와 타네오笹川種郎의 《지나문학사支那文學史》(박문관博文館, 1898)가 출판되었다. 고조 사다요시의 《지나문학사》가 대표적인 저작이다.

지가 있기 때문이다. 그래서 쑨캉이孫康誼 교수는 자신이 주도한 《케임브리지 중국사》 1권 1장에서 상고上古부터 서한西漢 말기를 1기로 보았고, 동한東漢부터 서진西晉까지를 2기로, 남북조(분열과 재통일의 시대)를 3기로 보았다, 아울러 당대唐代와 북송을 각각 한 장으로 설정했는데, 남송은 남방과 북방이라고 하고, 12~13세기를 함께 다루었다. 이어서 14세기라는 장을 설정하여 이것을 원조, 즉 원나라라고 하지 않았으니, 14세기는 원대를 포함할 뿐만 아니라 명나라 초기까지 함축하는 개념이다.

마지막으로 거론되는 것은 남성 이데올로기적 서술 방식의 문제다. 중국 문학사의 저작을 보면 여성 작가들은 기본적으로 홀시되었다. 설령 수록되었다 하더라도, 맨 마지막의 한 부분을 차지할 뿐 그다지 큰 역할을 하지 못했다. 일반적인 문학사에서 여성 작가들을 맨 마지막으로 내팽개치는 이유는 어디에 있을까? 이것은 그 당시에 이 여성 작가가 전혀 중요하지 않았다는 말을 의미하는 것은 아닐 것이다. 아무래도 봉건사회에서 가부장적인 요소가 개입되었을 개연성을 배제할 수 없기 때문이다.

쑨캉이는 우리가 문학사를 집필할 때 고려해야만 하는 것으로 독자의 문제를 거론하면서 《케임브리지 중국사》의 집필 방향으로 삼기도 했는데[55], 그것은 일정한 교육을 받은 독자군Generally educated readership이어야 하고 지구화Globalization와 문화해석cultural translation의 문제를 염두

---

55 쑨캉이, 〈새로운 문학사는 가능한가新的文學史可能嗎〉, 《칭화대학 학보淸華大學學報》 제20권 제4기, 2005.

에 두고 출발해야 한다는 것이었다. 쑨 교수는 문학사란 독자의 수요에 따라 집필 방향이 달라져야만 한다는 것인데, 마치 현재까지 지향되어 온 교재 지향 중국 문학사의 대안처럼 인식될 수 있겠다. 물론 쑨 교수가 말하는 독자의 문제와 중국에서 염두에 두고 있는 독자군은 그 자체가 전혀 다르다.

상식적인 논의이지만, 중국 본토의 교재 문학사란 어느 한 학자의 학술적인 업적이 아니라, 단지 교학의 편의를 위하고 이념에 치우친 성격이 강하기 때문이다. 따라서 교재 문학사가 표방하는 것은 모두가 보편적이고 공통으로 인식하는 문학사에 대한 일반적인 지식을 담고 있어서 그 자체의 활력이나 전문성이 부족하다. 즉 교재 문학사는 서술하는 대상을 취하는 것이지 평가에 근거를 둔 서술이 아니라는 데에 문제점이 있다는 의미다. 문학사는 평가evaluation 작업이 이루어지고 난 다음 그것을 서술해 나가는 것인데, 교재 지향이다 보니 그러한 평가가 결여되어 있다는 것이다. 문학사는 문학의 평가사評價史임을 염두에 두어야 함에도 불구하고 말이다.

우리는 당연히 기본적으로 적절한 자료로서 이전 사람들의 성과를 비판하고, 또 그들이 놓친 부분이나 잘못된 부분을 바로잡아야 한다. 그런데 무엇보다 중요한 것은 어떤 이념적 잣대에 의해서 도출된 시각이라기보다는 문학 자체, 문학 역사에 대한 개인의 독창적 의의를 제시하는 데서 출발해야 한다는 점이다. 예를 하나 들면, 새로운 관점에서 문학사 연구의 계통을 세운다는 취지하에 1980년대 주목할 만한 시각을 보여주는 것은 천보하이陳伯海의 《중국문학사의 거시관점中國文學史的宏觀》이다. 그는 전통 문학사관의 기초하에 문학관의 변천과 근대 문학사관의 변천에 거시적인 조감 방식을 취하면서[56] 이 방면에서 의미 있는 업적을 이루었다. 동나이빈 등 세 사람의《중국문학사학사》역시 전통적 시각에 충실한 중국 문학사라고 할 수 있다.

---

56 천보하이陳伯海는 〈중국 근세 문학사관의 변천中國近世文學史觀之變遷〉(《문학유산》 제3기, 1993, 4쪽)에서 중국 근세문학사의 발전 과정을 분석하여 전통에서 벗어나 순환론적 사유 틀에서 서방 진화론 사상과 마르크스주의의 변증적 발전 과정으로 전환하는 과정이라고 못 박았다. 천보하이는《중국문학사의 거시적 관점中國文學史之宏觀》(베이징: 중국사회과학출판사中國社會科學出版社, 1995)에서도 개혁개방 이전의 문학사관의 변천 양상을 5·4운동 이전까지, 5·4운동부터 신중국 성립까지, 신중국 성립부터 문화대혁명 시기까지 등 3단계로 나누었는데, 1단계는 순환론적 문학사관, 2단계는 진화론적 문학사관, 3단계는 계급론적 문학사관이라고 했다.

2장

문학사와 권력: 탈권력의 문학사는 가능한가

1

한족漢族 중심의 문학사관의 권력 지향성과 그 서술 시각 문제

서로 다른 문화집단 사이에는 충돌과 투쟁이라는 과정을 통해 서로 간에 교류와 공존의 틀이 존재하며 동화하고 융합되는 일이 생길 수밖에 없다. 중국사에서도 화이華夷의 투쟁, 진초晉楚의 투쟁, 남북 대치 등을 겪었지만, 문화의 교류와 융합은 대체적인 추세였다.[1] 특히 화이관이 강하면서도 이족의 습속의 차이를 인정한 고대 중국은 한족과 이민족이 공존한 시기가 700년 이상을 헤아리는 역사를 간직하고 있기에, 문학사 서술의 원칙과 방법을 정함에 있어서 우선 종족 배경 문제를 거론하지 않을 수 없다.

사상사적으로 보건대, 사서오경四書五經으로 대변되는 유가 경전儒家經典[2]은 정치와 문화, 종교 및 윤리 등 문화 전반에 걸쳐 깊은 영향을 끼쳐왔으며, 이런 면에서 이미 권력화된 기제 역할을 해오면서 화이관의

1 팡커리方克立, 〈이십일세기와 동서방문화二十一世紀與東西方文化〉, 《중국문화연구中國文化研究》 동권冬卷, 총제總第 18기, 1997.

이론적 토대를 형성했다고 본다. 그러기에 필자는 고대로부터 이어져 내려오는 유기체나 다름없는 문학사를 어떠한 의미에서든 획정한다는 것은 상당히 어려운 것이라고 본다. 적어도 문학사관의 획정 문제는 유구한 역사를 통해 형성된 주류와 비주류의 문제, 중앙과 변두리의 문제를 고려해야 하는 것으로서, 우리에게 오랫동안 고정화된 화이관과 천하관이 낳은 필연적 부수물일 수밖에 없기 때문이다.

사실상 그동안 주요 중국 문학사에서 집필의 한 맥으로 잡은 문학 경전화 전략의 문제는 중국 문학사에서 오랜 우열론으로 자리매김해온 '아속雅俗'의 문제와 결부시킬 수 있다. 흔히 '아속지변雅俗之辨'으로 대변되는 이분법적인 사고방식이 문학사 서술의 향방을 결정해왔는데, 적어도 송대 이후 속俗문학의 등장과 이민족의 중국 지배로 인해서 통속문학의 재평가[3]가 이루어지기 이전에는 분명 유가 경전의 입장을 견지하는 아문학이 속문학에 비해 우월한 위상을 점하고 있었다. 예를 들어, 중국 최초의 문학사가로 평가받는 유협劉勰의 문필론을 근거로 살펴봐도 입증된다. 유협은 경전이 후세 문학의 여러 가지 장르의 연원이

---

2 사실상 경전經典은 한 무제漢武帝가 백가를 축출하고 육경을 드높이며 공자의 가르침이 독보적인 자리를 차지한 뒤에야 비로소 신성한 지위를 지니게 되었다. 이로부터 2,000여 년 동안 학술적·종교적 문화 형태로써 유학의 종교적 교의를 지니게 되었고, 중국 고전문학사관의 사상적 기저를 이루었다. 경전이 문학사 서술의 질서와 평가의 기준으로 중대한 작용을 하게 되었다고 보는 이유는 자명하다. 흔히 유가 경전에 부여된 위상은 문학 전반에 관여하는 권력이었고, 그것은 어떤 작가와 이론가도 거역할 수 없는 창작의 틀이요 비평의 기준으로 굳건한 뿌리를 내렸던 것이다.

된다고 보았다. 그는 경전에는 각기 맞는 네 가지 다른 유형이 있으며, 《주역周易》은 논論·설說·변辭·서序의 '으뜸〔首〕'이라고 했고, 《상서尙書》는 소詔·책策·장章·주奏의 '근원〔源〕'이라고 했으며, 《시경詩經》은 부賦·송頌·가歌·찬讚의 '근본〔本〕'이고, 《주례》에는 육사六辭가 있고, 《예기禮記》에는 정명鼎銘이 있으며, 《의례儀禮》에는 축사祝辭가 있기 때문에 《예기》는 명銘·뢰誄·잠箴·축祝의 '서단〔端〕'이고, 《춘추春秋》는 기記·전傳·맹盟·격檄의 '뿌리〔根〕'라고 했다.[4] 유협이 오경을 문학 창작의 한 규범으로 삼았던 것은 경서에 내재된 도덕적 가르침보다는 문학적 공용성을 강조하려는 의도에서 말미암은 것이다. 즉 이러한 문필의 분류는 정치적·사회적 색채가 강렬하게 표현되었으며, 문장 명칭과 내용 및 그 운용의 경우에서도 이것을 표준으로 하여 다양한 풍격을 낳았다.[5]

---

3 물론 반론도 있다. 문학 진화론자인 후스胡適는 그의 반쪽짜리 문학사인 《백화문학사白話文學史》에서 신문학의 내원은 모두 민간에 있으며, 민간의 어린아이, 시골 농부와 아낙네, 원망하는 여인, 노래 부르는 아이와 춤추는 기녀 등은 문학의 새로운 형식과 새로운 풍격을 창조하는 자라고 했다. 정전둬鄭振鐸 또한 정통 문학의 발전은 '속문학'의 발전과 관련이 있는데, 수많은 정통 문학의 문체는 원래 속문학에서 승격되어 나온 것이라며, 《시경詩經》의 대부분은 본래 민가였고, 오언시는 민간에서 발생했으며, 한대의 악부, 육조의 신악부, 당오대의 사詞, 원명의 곡曲, 송금의 제궁조諸宮調 등과 같은 새로운 문체도 민간에서 발생하여 나온 것이라고 주장했다. 후스, 《후스 학술문집胡適學術文集》 상책上冊, 베이징: 중화서국中華書局, 1998, 155쪽; 정전둬, 《중국속문학사中國俗文學史》 상책, 상하이: 상하이서점上海書店, 1984, 2~3쪽.

4 "故論說辭序, 則易統其首; 詔策章奏, 則書發其源; 賦頌歌贊, 則詩立其本; 銘誄箴祝, 則禮總其端; 記傳銘檄, 則春秋爲根; 幷窮高以樹表, 極遠以啓疆; 所以百家騰躍, 終入環內者也." 《문심조룡文心雕龍·종경宗經》

적어도 유협은 그러했고 후대의 문학사가들도 그러했듯이, 상당수의 문학사에서 속문학의 영역에 속하는 소설이나 희곡 등의 위상이 아문학에 속하는 시가나 산문에 비해 폄하된 것인데, 그 이면에는 유교 이데올로기의 측면을 간과할 수 없다.

문학사가 역사와 문화의 공동체가 시간의 경과에 따라 성취한 문학 현상을 총체적으로 집대성한 것이라고 볼 때, 한족과 이족의 갈등과 화해의 역사적 사실을 인정하는 문학적 담론이 구체화되어야 한다. 실질적으로 보면 나라별 문학사에는 그 개별 국가의 문학사관이 내포되어 있는데, 소수민족 작가인 조설근曹雪芹이나 포송령蒲松齡 등은 다루지 않는 문학사가 없을 정도로 많으나 그들의 출신에 대해서는 모호하고 심지어 언급조차 하지 않았다. 아주 단순화시켜 중국 문학을 한족 문학과 이족 문학(혹은 소수민족 문학)으로 이원화시켜본다면, 한족이 주류를 이루면서 이족의 문학과 병존하는 발전 형태도 일정 부분을 인정해야 한다. 그러나 주지하는 바와 같이, 소수민족 작가 문학의 출현이 비교적 늦고, 이전의 소수민족 중에서 다민족 혹은 한족에 의해서 정체성이 느껴지는 문학은 주로 전통적인 문학에 제한되니, 우리에게 널리 알려진 〈하리파인下里巴人〉 같은 통속적인 작품은 광범위한 문학적 정체성을 획득하기가 여전히 곤란한 것이다. 사실상 문학에 일정한 위상을 부

5 《주례周禮·대축大祝》에는 "以通上下親疎遠近"을 주지로 한 여섯 가지 문체가 실려 있고, 공영달은《상서》로부터 전典·모謨·공貢·가歌·서誓·고誥·훈訓·명命·징徵·범范 등 열 가지 체재를 분석했으며, 채옹蔡邕의 《독단獨斷》에서는 조정 공문을 여덟 종류로 구분했다.

여하고자 하는 문학의 경전화 전략은 유교 이데올로기적 서술 방식의 문제인 동시에 여성작가 군들에 관한 홀시와 평가 절하로 이어졌으며, 이는 봉건사회의 가부장적인 요소의 개입과 연관된다. 한 걸음 더 나아가 이 문학의 경전화 전략 문제가 한족과 이족異族(이족夷族)의 이분법을 만들어 화이론華夷論에 의하여 한족의 우월성에 비해 소수민족의 문학적 성취에 대한 부정 혹은 왜곡을 가능하게 만드는 계기를 부여했다.

소수민족 문학에 대한 과소평가와 왜곡 혹은 폄하 문제

사실상 민족 혹은 소수민족이라는 개념의 제기는 여태까지 기존 상당수의 중국 문학사에서 작가의 종족 신분을 강조하지 않았던 데서 생겨난 것이다. 예를 하나 들면, 류다제劉大杰는 초판본에서 중국 문학사에서 소수민족 출신 작가는 아예 논외로 하거나 문학사적 기여를 최소화하거나 삭제하려고 했다. 예컨대, 선비족鮮卑族인 원호문元好問에 대해 한족漢族이고 송대 지식인의 계통이며 유가의 인생관을 지녔다고 왜곡했다.[6] 이런 사례에서 볼 수 있듯이, 중국인 특유의 중화사상에 입각한 시각적 편향이 드러나 있으며[7], 실상을 간과하고 억지를 부리는 무리수를 둠으로써 문학사의 설득력을 저해하는 장애물로 전락하게 만들었

6 "宋詩論畢, 我在這裏還要附着一位北國最出色的詩人元好問. 元字裕之號遺山太原秀容人, 金興定三年進士官至行尙書省左司員外郞, 金亡不任, 卒年六十八. 他的政治身分是金朝, 他的籍貫是太原, 確確實實是一位北國的詩人, 金亡不任, 又是一位遺民 …… 因爲他是漢人, 所以他的文化源流, 同宋代的讀書人完全是一個系統, 他的人生觀是儒家的人生觀, 他的古文是繼承韓歐的遺緖, 詩學杜甫, 詞學周邦彥."《중국문학발전사中國文學發展史》 중책中冊, 172쪽.

다. 이러한 사례는 민족에 대한 폄하로 이어져, 류씨는 명대 산곡가 풍유민馮惟敏의 투곡 〈권색목인변속勸色目人變俗〉에 대해 "그 당시의 색목인은 마치 민국시대의 기인과 같다. 그들을 온갖 추악한 모습의 생활습관과 언어 상태를 씀에 있어서 그토록 살아 있는 듯 그려내니 정말로 지극히 의의 있는 작품이다."[8]라고 논평했다. 이 같은 류다제의 논평은 소수민족 문학에 대한 과소평가와 왜곡을 단적으로 보여주는 것이다.[9]

이런 류다제의 평가의 이면에 자리 잡은 문제는 무엇인가? 그것은 두말할 것도 없이 화이관의 입장에서 쓰고자 하는 의도에서 나온 것으로서, 이런 관점은 중국 문학사의 시대구분이나 조대 구분에서도 드러나는 일반적인 현상의 하나로 거기에 소수민족의 공간은 거의 존재하지 않는 것으로 보였다.[10]

이런 기본적인 태도와 달리, 김학주 교수는 중당의 안사의 난 역시 단순한 내란이라기보다는 이족의 군대와 한족이 싸운 민족 전쟁의 개

---

7 이미 이러한 정황의 역사적 근거는 량치차오梁啓超가 "우리 이런 화하 민족은 매번 한 차례의 동화작용을 거치고 나서 문학계는 반드시 빛을 내게 되었다(我们這個華夏民族, 每經一次同化作用後, 文學界必放光彩)."(샤샤훙夏曉虹, 〈량치차오의 문학사연구梁啓超的文学史研究〉, 왕야오王瑤 주편, 《중국문학연구현대화진정中国文学研究现代化進程》, 베이징대학 출판사北京大学出版社, 1996, 1~57쪽 재인용)라고 한 발언과 연계시켜보아야 하는 문제다. 즉 량치차오는 '화하華夏'란 말에 이미 전통이 강한 민족주의적 색채를 분명하게 드러내면서 중화주의의 부활을 선언했다.

8 "那時的色目人, 好像民國時代的旗人. 把他們寫得醜態百出, 生活習慣言語狀态, 畫得那麼活現, 眞是極有意義的作品."

9 그러나 1957년 판에서는 이 작품에 대해 한 구절도 평가를 덧붙이지 않았는데, 이는 당시의 정치적 환경에 영향을 받은 결과이다.

념으로 확장하면서, 남송 이후에는 더욱 화이가 교류하면서 중국인의 정신을 장악하고 문학사의 큰 틀로 확장되었다고 주장했다. 그는 이렇게 말한다.

> 이 때문에 남송 이후의 중국 문학은 이족 문화의 영향과 압박 아래 자신의 전통을 잃고, 이전에는 이른바 대아지당大雅之堂에 오르지 못하던 서민적인 성격을 띤 고사故事가 중시되는 소설과 희극을 중심으로 발전이 전개되기 시작한 것이다. 한편 남송 이후로 발전한 신유학은 이러한 이족 문화의 영향과 압박을 자연스럽게 받아들일 수 있는 정신적인 풍토를 마련해준 셈이었다.[11]

이러한 이민족 문학의 위상 평가는 역사적으로 존재하는 주류와 비주류의 등식에서 다수를 차지하는 한족과 소수밖에 안 되는 이민족 사이에 존재하는 틈을 메꾸려는 의미 있는 작업으로 평가될 만하며, 한 걸음 더 나아가 다민족 문학사관의 문제를 풀 실마리를 제공한 것으로 의미를 부여할 만하다.

그러나 이런 정책들과 문학사 집필이 직접적인 연계성이 있는 것으

---

10 이런 점은 초기 저작인 김학주·정범진 교수의 공저《중국문학사中國文學史》(범학도서, 1974)에서 ①서설叙说, ②선진문학先秦文学, ③한대문학汉代文学, ④위진남북조문학魏晋南北朝文学, ⑤당대문학唐代文学, ⑥송대문학宋代文学, ⑦원대문학元代文学, ⑧명대문학明代文学, ⑨청대문학清代文学, ⑩현대문학现代文学 등 10장으로 나눈 데서도 잘 드러난다.

11 김학주,《중국문학사론》, 서울대학교 출판부, 2001, 119쪽.

로 생각하는 것이 무리라는 점은 분명하게 드러나는 태생적 한계다. 중국의 역사에 존재하는 한족과 이족의 교섭사에 있어서 이족의 존재를 어떻게든 부정하고 싶은 것이 그들이라고 본다면, 이족의 존재로 인한 문학사적 변이 혹은 문학사적 범위나 소재의 확장 등에 의미를 부여하지 않으려 한 것이 그간의 사정이었다.

화이華夷 양자 사이의 공존과 교류의 존재 가능성

어떤 한 국가, 한 민족이 창조한 문학은 시공간적 연속성을 구축하고 있다는 점에서 다른 민족과 필연적인 연계성이 있다. 문학의 발전은 시간상으로는 과거에서 현재, 미래로 이어지고, 공간상으로는 어떤 한 구역에서 다른 한 구역까지, 이 민족에서 저 민족까지 광범위하게 미친다. 또 다른 한편으로, 문학은 역사의 발전에 따라 끊임없이 새로워지고 진보한다. 한漢나라는 진秦나라의 문학을 계승했고, 당唐나라는 한나라의 문학을 계승했으며, 송나라는 당나라 문학을 이어받아 발전했다. 좀 더 범주를 확장하여 사상사를 보면, 선진 제자백가로부터 한대의 독존유술獨尊儒術과 경학의 흥성, 다시 위진 현학, 당대의 유석도儒釋道의 합류와 송명이학宋明理學, 청대의 박학樸學에 이르기까지 그 계보 성향은 틀림없이 강하다. 문학사를 보아도, 《시경》과 《초사楚辭》로부터 한부漢賦로 이어지고, 당시唐詩, 송사宋詞, 원곡元曲으로 이어지며, 한대의 산문散文은 위진 변문駢文으로, 다시 당송 고문古文으로 이어진다.

우리는 20세기 초와 중기에 소수민족의 문학에 관한 관심이 대두했으나 그 연구는 초보적 단계에 머물렀을 뿐이다. 그러나 분명한 것은 우리가 현재 보편화된 다민족 문학사관을 염두에 두어야 다민족 문학사이의 관계 지도를 그려볼 수 있다는 점이다. 예를 하나 들면, 양이楊義가 제시한 중국 문학 지도 다시 짜기 시도에서 그는 공간과 종족 간에 발견할 수 있는 하나의 관점을 적용하고 있다.[12] 예컨대 송宋·원元·명明·청靑으로 구성된 문학의 흐름을 송宋·요遼·서하西夏·금金·토번吐藩·원대元代 등으로 구체화한다. 이러한 집필 방향의 설정은 기본적으로 역사적이면서도 합법적 승계 과정이라는 실체에 부합하는 것이므로 상당한 타당성을 획득하고 있다.

중국 역사는 중국 중심의 화이사관과 민족적 특수성을 살린 민족사관 사이에서 갈등과 화해를 거치며 내려왔음에도 불구하고 그 문학의 역사에서 약자와 소수에 대한 배려는 이루어지지 않았다. 중국 문학사의 주체성 문제는 곧바로 화이사관과 이념 문제[13]로 강박적으로 강조되는데, 55개 소수민족의 전반적인 문학적 성과는 차치하더라도 역사의 주체를 담당한 주요 소수민족의 성과는 인정되어야 하지 않을까 한다.

이미 중국 문화의 황금기인 당대唐代 문화도 주변 이족異族들의 영향이 심각하여 푸러청傅樂成도 당대 문화가 외래문화의 영향을 받았다고

---

12 양이楊義, 〈북방문학의 거시가치와 기본공능北方文學的宏觀價值與基本功能〉, 《난징사범대학 문학원 학보南京師範大学文学院學報》, 2002, 1~6쪽.

13 이념 문제는 중국의 문학사 서술에 국한된 것이 아니고, 같은 체제를 유지한 북한의 문학사 서술 역시 애국성·진보성·인민성 등을 척도로 삼아 서술의 지표로 삼는다는 점에서 공통분모를 함유하고 있다. 좀 더 상세한 사안은 엄영욱의 〈중국과 북한, 두 사회주의 문학사 기술현황〉, 《중국현대문학》 제20집, 419쪽 참조.

분명하게 지적했는데[14], 이런 경향이 송대에 이학理學이라는 민족 본위의 문화 정신을 꽃피우기 전까지 지속된다고 강조했다.

원이둬聞一多는 〈문학의 역사적 동향文學的歷史動向〉이란 글에서 다음과 같이 말한다.

> 서주西周로부터 송宋에 이르기까지 우리의 이 전반 부분前半部分의 문학사는 일부의 시사詩史이다. 다만 시의 발전은 북송에 이르러 실제로는 끝나고 있다. 남송의 사詞도 이미 억지로 버텨본 것에 지나지 않는다. 시 자체를 두고 말할 것 같으면 우무憂袤·양만리楊萬里·범성대范成大·육유陸游와 약간 뒤의 원호문元好問까지도 거의 모두가 쓸 데도 없고 중복되는 작가들이니, 그 후의 사람들은 더 말할 필요조차도 없다. 나는 명明·청淸 두 시대에 벌어졌던 시에 관한 그토록 많은 운동과 쟁론들은 모두가 뜻 없는 몸부림이었다고 생각한다. 한 차례의 몸부림이 실패할 적마다 그 몸부림이 모두 쓸데없는 수고이고 아무런 이익도 없는 짓이었음을 거듭 실증해줄 따름이었다.[15](밑줄: 인용자)

즉 원이둬가 주목하고 김학주 교수가 간파한 것처럼, "북송 이전의

---

14 김학주, 앞의 책, 104쪽 참조. 이런 점에서 보면 이 당시 외래 민족의 문화가 중국에 끼친 영향의 강도를 추론해볼 수 있다. 이 당시 장안에는 이슬람교나 경교, 마니교 등 외국의 종교들이 많이 들어와 있었고, 술집에는 호희胡姬들이 넘쳐났으며, 이들과 문인의 교류도 적지 않았다.

15 김학주, 앞의 책, 98쪽.

'고대'란 시를 중심으로 하는 전통문학이 발전을 거듭해온 시기이고, 남송 이후의 '근대'란 시를 중심으로 하는 전통문학은 발전이 멈춰지고 대신 통속적인 소설과 희곡을 중심으로 문학 창작이 전개되었던 시기"(112쪽)다. 좀 더 설명해보면, 김학주 교수는 고대의 개념을 봉건사회 시기라고 규정하고 있다.

> 이제까지 나온 여러 《중국문학사中國文學史》에 있어서 '고대'의 개념은 대체로 다음과 같은 세 가지로 나누어 이해할 수 있다. 첫째는 '근대' 및 '현대'와 대가 되는 개념으로 '고대'란 말을 사용하는 경우이다. 이때 '고대'와 '근대'의 분계점分界點은 청淸나라 말엽 아편전쟁을 전후한 시기(1840~1842)가 되며, '고대'가 봉건사회 시기를 뜻한다면, 근대는 봉건사회의 붕괴 시기를 뜻한다고 할 수 있다. 한편 봉건사회 시기란 중국의 전통문학이 이루어져 꾸준한 발전을 했던 시기이고, '근대'와 '현대'는 서양 제국주의자들의 침략으로 말미암아 중국 문학이 서양의 개념을 따라 크게 바뀐 시기를 뜻한다고 생각한 것이다.[16]

물론 근대 시기에 관한 김학주 교수의 견해는 송대 이후의 이족 문화와 중국 민족의 관계에 관해 주목한 것으로 중국 문학사 서술 방법에 대한 매우 중대한 사고의 전환 문제다. 이러한 김학주 교수의 분석은 남송에 이르러 중국 전통문학이 획기적인 전기를 마련했다는 이면

---

16 김학주, 앞의 책, 3쪽.

에 남송 이후 가속화된 화이의 교류가 중국인의 정신을 장악하게 되었다는 확실한 메시지다.

그런데 다소 아쉽게도 김학주 교수가 규정한 '고대'라는 개념이 그의 대표작인 《중국고대문학사》(민음사, 1985)에서는 의미 있게 반영되지 않았는데, 이는 앞에서 인용한 책보다 먼저 출간된 탓으로 보인다. 이 책에서 그는 고대의 개념을 선진 제자백가 시대로 한정하고, 《서경書經》·《논어論語》·《맹자孟子》 등을 문학작품으로 분류하는 기존의 범례를 그대로 따랐다.

그렇다면 국내의 또 다른 문학사가들은 이 문제에 관해 관심을 기울이지 않았는가? 한 걸음 더 나아가 중화사상에 입각한 서술 방식에 일침을 가한 논의는 허세욱 교수의 《중국근대문학사》 2장 '요遼·금金·원元문학—소수민족 통치시대'라는 장에서 구체적으로 이루어졌다.

허세욱 교수는 "그런데 문학의 공간으로 볼 때 요·금은 중국 문학의 일부에 지나지 않지만, 원대는 통일의 시대인 만큼 당연히 중국 문학의 주류요 정통으로 보아야 한다. 다만, 그 무대를 형성한 민족이 한족이 아니었을 뿐이다. 그것도 쉽게 동화되어 위로는 당송을 계승하고 아래로는 명·청을 매개로 개도한 계주적 성격과 임무를 다했다."(238쪽)라고 하면서 그들의 근본적 한계를 문자가 없는 데서 비롯된다고 보았다. 그렇다면 허세욱 교수가 이미 지적한 대로 요·금·원의 한족화 현상은 심각했다고 보이는데, 여기서 주목할 것은 이러한 문학의 동화 현상 이면에 자리하고 있는 이민족의 문학적 위상을 어느 정도 긍정하고 평가한 대목이다.[17]

한족과 이족의 갈등과 화해라는 교섭의 관계사가 중국 문학사를 구성하는 주된 축임을 시사하는 것을 염두에 두면서 문학사의 서술 방식을 찾아야 한다. 워낙 방대한 작업이기에 시대 구분이나 개념 규정이 반영된 문학사 집필로 직결되지 않은 것은 일정 부분 한계를 드러내지만, 화이의 교류사를 통한 문학사 구성을 피력한 것은 기존의 논의 시각에서 보면 상당한 의미가 있다.

역사문화 공동체로서의 문학사와 결여된 사관 문제

필자가 화이사관과 민족사관의 충돌의 역사가 문학사임을 주장하는 이유는 문학사란 하나의 역사문화 공동체로서 단순한 문학적 사실의 나열사가 아니라는 인식과 지금까지 읽히고 있는 1,600여 종의 문학사에 거의 일관되게 결여된 사관의 문제[18]에서 비롯된다.

사실 민족사관이란 용어의 기본적인 어원은 도남 조윤제 선생이 1963년에 쓴 《한국문학사韓國文學史》〈개정판 서문〉에 명쾌하게 나와 있다. "나는 종래의 민족사관이라는 입장을 버릴 수 없다."(5쪽)라는 입장과 그 맥을 함께하는 것이다. 그의 취지를 다 인용하면 이렇다.

> 돌이켜 생각하면 나는 민족 독립운동民族獨立運動의 일환一環으로 국문학國文學을 연구硏究하여 왔고, 해방 後解放後에는 뜻하지 않은 민족 분열民族分裂이 되매 하루도 나는 민족民族의 통일統一을 잊어본 적이 없었다.

---

17 허세욱, 《중국고대문학사》 법문사, 1986, 239~241쪽.

18 물론 이런 사관의 결여라는 문제에서 벗어나는 존재들도 있으니, 후스나 천쓰허陳思和 등의 문학사 작업에서 보이는 사관은 꽤 예외적이다.

> 따라서 이 개수 국문학사改修國文學史에 있어서도 나의 종래從來의 민족 사관民族史觀이라는 입장立場을 버릴 수 없었다. 그러나 나는 나의 이 입장立場만이 국문학사國文學史를 쓰는 유일唯一한 사관史觀이라고는 생각하지 않겠다. 또 다른 사관史觀이 있을 것이고 또 당연當然히 있어서 학문學問의 진보進步가 있는 것이다. 그러면 나는 앞으로 여러 동학同學에 의하여 또 다른 학문學問의 길이 개척開拓되어 더 훌륭한 국문학사國文學史가 나오기를 충심衷心으로 빌어 마지않겠다.[19]

특히 "문학은 다만 작자의 개성을 벗어날 수 없을 뿐 아니라 동시에 또한 국민성과 시대정신의 표현이다."[20]라는 입장을 견지한 류다제의 《중국문학발전사中國文學發展史》 이래 지속적으로 전개된 문학사 집필은 여럿 혹은 수십 명이 공동 저술했다는 한계[21]를 분명히 드러내고 있

---

19 조윤제, 《한국문학사韓國文學史》(5쪽). 조윤제 선생의 작업에 대해 정하영은 "조윤제의 《국문학사》는 1949년에 나온 것이지만 그것이 쓰이기 시작한 것은 광복 이전이었으며 대부분의 내용도 광복 이전에 완성된 것으로 보인다. 이 문학사는 저자의 연구서이면서 동시에 대학 교육에서 가장 널리 사용된 교재였다."라고 하면서 그 위상을 부여했다. 정하영, 〈고전문학사 기술의 성과와 과제〉, 토지문화재단 엮음, 《한국문학사 어떻게 쓸 것인가》, 한길사, 2001, 73쪽. 사실상 조윤제 선생의 《국문학사》는 1949년에 초판이 나온 이후 1963년에는 표제를 '한국문학사'로 바꾼 개정판을 출간하면서 내용 가운데 상당 부분을 보완, 수정하면서 지금까지도 탐구당이라는 출판사에서 출간되는 명저이다. 참고로 원문의 취지를 살리려고 한자를 그대로 노출시켰고 필자가 독음을 달았다.

20 "文學不僅不能離開作者的個性, 同時也是國民性與時代精神的表現."《독일문학개론德國文學概論》, 제1장, 상하이: 북신서국北新書局, 1928.

어 문학사에 대한 확고한 인식과 문학에 대한 서술자의 구체적 시각이 결여되어 있다고 본다. 유구한 전통을 가지고 있는 중국인[22]의 문학사 서술은 어쩔 수 없이 중국 민족 주체에 대한 강력한 연역 의지의 표현이라 할 수 있다. 이러한 문학사 인식은 임형택의 논조, 즉 "문학사라는 인식의 틀은 문학을 인간 정신의 표현 형식 가운데 하나로 변별하고 민족국가를 역사적 유기체로 사고하는 데서 성립한 것이다."[23]라는 것과도 유사한 맥락이다. 사실상 문학사 서술의 기본 시각과 연관해서 서술에 필요한 근본 문제들인 다섯 가지, 즉 문학의 토대와 매개, 문학과 역사의 관계, 시대구분 문제, 작가·작품·독자의 자리, 연구 성과물의 수용 문제 등이 제대로 거론되기 위해서는 기본적인 관점의 확립이 중요

---

21 물론 황슈치黃修期의 《중국현대문학간사中國現代文學簡史》(1984)처럼 개인 저술도 존재한다. 그는 이념성의 왜곡에서 벗어나 세계문학으로서의 중국 문학 가능성을 염두에 두었다. 사실상 서양의 문학사 집필도 심지어 40명이 동원되기도 하는데, 문제는 집필자의 인원수가 아니라 그것을 주편하는 저자의 방향성이 문학사의 질을 결정짓게 된다고 볼 수 있겠다. 물론 1인 저작이 확고한 사관을 드러내지만, 다른 한편으로는 쉽게 자신의 전공에 경도되는 편향성 시비가 일게 될 소지가 많기에 이 역시 온전한 것이라고 말하기 곤란하다.

22 이런 점에서 우리는 "'문학사'는 서구의 개념으로 이에 상응하는 전통 중국의 서적은 《예문지藝文志》, 《문원전文苑傳》이고, 중국인이 최초로 편찬한 문학사는 일반적으로 린촨지아林傳甲의 《중국문학사中國文學史》로 여긴다. 이것은 경사대학당우등급사범관京師大學堂優級師範館에서의 중국 문학 강의안이다. 강의안은 1904년과 1906년에 두 차례 인쇄되었고, 공개적으로 1910년 6월에 출판되었다. 내용은 중국 전통문학에 대한 것이었다."(박정희, 〈왕야오王瑤와 그의 《중국신문학사고中國新文學史稿》〉, 《동북아문화연구》, 154쪽)라는 말을 새겨보아야 한다.

23 임형택, 〈한국문학사의 서술방향과 체계〉, 토지문화재단 엮음, 《한국문학사 어떻게 쓸 것인가》, 한길사, 2001, 29쪽.

한데도 말이다.

그렇다면 필자가 이 책을 통해서 말하고자 하는 방법론은 무엇인가? 첫째, 중국 문학은 화이관에서 벗어나야 한다는 점인데, 화이관의 편향에서 벗어나 새로운 문학사를 재고해보겠다는 사유의 획기적 전환이 요구된다. 그래야만 문학사는 보편적 담론의 성격을 띠게 되고 타자와의 교류가 가능해지는 설득 커뮤니케이션이 생겨나는 것이다. 화이사관이라는 편협성에서 벗어나 보편성을 지향하려는 데에서 출발한 사관이야말로 화이사관으로 중무장한 중국 문학사 집필 방식에서 벗어나 일정한 거리를 유지하면서 그들의 문학적 성과를 이성적으로 보려는 하나의 의지의 소산이다.

이는 "당대적 요청에 대한 실천적 행위이자 문학의 '역사'를 조망하는 추동력"[24]과 같은 것으로서 저 지독한 화이사관을 떨치고 주체적으로 사유하겠다는 서술 시각인 것이다. 물론 객관적 서술이니 공정성이니 하는 말들도 인간을 이기적 유전자로 규정한 논지에서 보면 한계는 자명한 것이 아닌가? 그러나 의도적으로 왜곡하거나 주관적이고 맹목적인 서술 태도는 지양되어야 하는 것이 설득력 있는 문학사 집필의 기본 전제다.

거듭 말하거니와 중국 역사의 특수한 흐름에 주목하면서 문학사를 논의하는 것은 매우 중요하다. 이런 인식의 이면에는 대체로 다음과 같은 말과 일정한 틀을 공유하고 있다.

---

24 정은경, 〈필연적 미완의 기획으로서의 '문학사': 김현의 한국문학사 서술에 대하여〉, 《국제어문》 제42집, 408쪽 재인용.

> 문학사가 내적 연속성에 의해 발전한다는 관념은 내재적 발전론에 의해 가공된 표상 체계이다. 새로운 역사는 연속이 아니라 단절과 변이를 통해 이루어진다. 그렇기 때문에 한 시대와 시대 사이에는 당연히 불연속적인 단층이 형성된다. 그런데 내적 연속과 발전이라는 환상에 사로잡혀 있는 한, 역사는 늘 과거가 미래를 예비하는 한에서만 의미를 부여받게 된다. 고대는 중세를, 중세는 근대를 예비하는 항구적인 '과도기'가 되는 것이다.[25](밑줄: 인용자)

기존의 민족적 특수성은 문명의 보편성이라는 개념과의 관계망 속에서 재구성되어야만 하며, 이 과정에서 시대적 과제는 문명의 보편성을 통한 민족의 세계사 편입 문제다. 위안싱페이袁行霈가 말하듯이, 1930년대 이후 확립된 문학사의 독립[26]이 문학사 서술의 객관성으로 이어지지는 않았다.[27] 문학사 작업 역시 결코 쉬운 일이 아닌 작업장에서 시작하는 것임을 우리가 직시하고 있지만 말이다.

물론 중국 문학사 서술의 설득력을 확보하는 문제는 사실 문학사의

---

25 고미숙, 〈고전문학사 시대구분에 관한 몇 가지 제언〉, 토지문화재단 엮음, 《한국문학사 어떻게 쓸 것인가》, 한길사, 2001, 119쪽.

26 "이로 말미암아 우리는 말할 수 있으니, 20세기에 들어선 이후 특히 1920~1930년대 이후에 문학사는 비로소 독립된 학과가 되었으나, 저마다 이 학과에 대한 이해가 서로 전혀 달라 이로 인해 문학사의 서술 방법도 아주 큰 차이가 드러나게 되었다(由此我們可以說, 進入20世紀以後, 特別是二三十年代以後, 文學史才成爲門獨立的學科. 然而, 各家對這門學科的理解幷不相同, 因此文學史的寫法也有很大差異)." 위안싱페이, 《중국문학사中國文學史》, 3쪽.

보편성과 관련된 문제로 결코 단순하게 해결될 것은 아니다. 그렇다고 해서 성급하게 우리가 기존 중국 문학의 특수성을 간과하고 지나치게 보편성에 호소하려는 태도도 분명 문제가 될 수밖에 없다. 문학의 확장을 모색하는 것이 문학의 정체성 확립과 밀접한 관련을 맺고 있다고 본다면, 적어도 지나친 문학의 경전화 작업 혹은 권력화된 문학사, 문학사의 권력화라는 도식은 지양되어야 하며, 보편타당한 문학사를 쓰는 것이 긴요한 문제다.

따라서 우리는 중국 문학사의 내부를 지배하는 화이관의 작동 원리와 그 문제점에 접근해야 할 당위성을 느끼게 된다. 이는 중국 문학사야말로 화이의 길항과 긴장 속에서 발전해왔다는 사실 앞에 대응의 논리를 찾아야만 하기 때문인데, 기존의 문학사 계보를 살펴보더라도 몇몇 출중한 저서들을 제외하면 경로가 어찌 되었든 간에 한 번 굳어진 이미지는 좀체 바꾸기 어려우며, 시간이 제아무리 흘러도 우리의 무의식을 틀어쥐면서 한층 더 견고한 위상을 구축한다는 인식 때문이다.

문학사의 객관성과 공정성 확보를 위한 전제 조건

최근 들어 소수민족 문학에 관한 연구가 활발해지고 중국의 역사에 대한 새로운 해석이 대두되고 있는데, 기존 문학사관의 잘못된 시각에서

---

27 "민족의 문화적 가치 속에 내재한 보편은 문명사에서도 확인된다. 《조선문명사》에 등장하는 단군은 여러 민족의 통합 과정을 거쳐 새롭게 구성된 민족의 수장을 의미한다. 안확에게 민족적 동질성은 서로 이질적인 민족들이 통합하는 과정에서 확보된 공동의 관습, 풍속 등을 포함한 문화적 의미다." 박승희, 〈세계에 대한 근대적 이해와 문학사〉, 《동북아 문화연구》 제18집, 2009, 149쪽.

그 출발선을 찾고자 한다고 지적한다.[28] 지금까지 출간된 상당수의 문학사에서 다루고자 하는 영역은 한족 중심의 화이관에 의해 집필되어 문학사의 객관성 혹은 공정성에 심각한 장애가 되고 있다는 판단에 기인하기 때문이다.[29] 이러한 인식의 이면에는 기존의 중국 문학사(한국의 것도 포함)가 '20세기적이고 중국적인 것'이라는 입장이라는 말인데, 이는 기존의 문학사들이 21세기의 오늘에 계승되려면 우선 화이관의 청산 문제는 문학사의 근본적 체질 변화를 위한 필요조건인 셈이다. 그러면서도 중국 문학의 우월성에 대한 지나친 회의懷疑 혹은 폄하의 차원으로 접근하는 것 역시 부적절하다는 생각에서 출발하는 것이 사실이다.

1921년 후스胡適는 중국 교육부 주최의 국어 강습에서 '국어문학사國語文學史'를 주창하고 다시 그 강의를 바탕으로 하여 몇 년 뒤에《백화문학사白話文學史》를 집필하면서 '중국 문학사'로 규정했고, 이 문학사에는 중국 민족이 정복한 무수한 소수민족의 역사도 포함되어 있음을 천명한 것[30]과 함께 점검해야 할 사안인데, 후스가 말하는 '중국 민족'

---

28 우리가 중국 문학사를 집필함에 있어서 문학사관이 필요한 이유는 사관이 문학 현상에 대한 해석 행위의 출발점이고, 문학사 자료를 취사하고 문학작품을 평가하는 데 있어서 중요한 지표가 되기 때문이다.

29 사실상 유구한 민족 전통을 자랑하고 가치 있는 문화 정형의 역사적 단계에서 형성된 것으로서 기본적으로 해당 민족의 사상과 행위의 테두리를 벗어나지 못한다. 과학 철학자인 앨프리드 노스 화이트헤드Alfed. North. Whitehead의 "한 권의 서양철학사는 플라톤에 대한 각주footnote에 불과하다."라는 말을 우리에게로 되돌릴 수 있다. 물론 화이트헤드가 한 말의 의도는 서방의 후세 청각자들이 토론한 것이 모두 플라톤이 제기한 기본 범주와 문제를 벗어나지 못한다는 말이지, 한 권의 서양철학사가 모두 플라톤의 철학 개념을 풀어놓은 것은 아니라는 것이다.

은 분명 '화하華夏'를 지칭하며, 화하華夏 이외의 민족은 곧 '소수민족少數民族'인 것이다. 이 양자 관계의 양상은 '문명文明', '정복征服', '개화開化' 등의 관계로 집약되는 그런 관계라는 것이다.

그럼에도 불구하고 다민족 문학사관이라는 것은 중국 문학의 역사를 다시 서술하는 새로운 과정의 하나로서 과거를 다시 쓰는 인식론의 전환을 의미하며[31], 서사와 피서사라는 허실상생虛實相生의 과정 중에서, 중국 문학의 계보를 재구성하는 것이다. 이런 맥락에서 류야오한劉堯漢은《중국문명원두신탐中國文明源頭新探》에서 중국 문화 통사의 편찬 문제를 언급하면서 다음과 같이 말한다.

> 각 형제 민족의 문화 역사가 있고 나서 비로소 진정으로 중국 형제 각 민족을 대표할 만한 중국 통사와 중국 문화 통사 같은 저작이 있게 된다. 중국 문화 통사는 반드시 중국 각 형제 민족 문화를 전문으로 하는 역사의 기초 위에 세워져야 하고, 중국 통사는 반드시 중국 정치·군사·경제·문화 각 방면의 기초 위에서 세워져야 하는데, 이는 바로 많은 말을 기다릴 필요가 없는 것으로, 모두가 알고 있는 바다.[32](밑줄: 필자)

---

30 "중국의 문명은 북방에서는 흉노·선비·탁발·오랑캐·거란·여진을 정복했고, 남방에서는 무수한 작은 민족을 정복했다(中國的文明在北方征服了匈奴, 鲜卑, 拓跋, 羌人, 契丹, 女真, 蒙古, 满洲, 在南方征服了無数小民族)." 후스,《백화문학사》, 신월서점新月書店, 1928.

31 마샤오잉馬紹璺, 〈어떻게 해야 진정한 의의가 있는 다민족 나라별 문학사를 지을 수 있을까怎樣才能建構真正意義上的多民族的國別文學史〉,《민족문학연구民族文學研究》, 2007 참조.

한 민족의 문화는 한 민족의 문명이 진행하는 과정으로 나타나며, 한 민족의 문명 진행 과정에는 개별 민족의 문화적 배경이 담기지 않을 수 없다. 우리가 다민족 문학사관을 소수민족 사관이라고 부르는 데 동의한다고 해도, 중국의 56개 민족 중 사람 숫자가 제일 많은 한족 문학이 사람 숫자가 적은 55개 소수민족 문학보다도 그 영역의 우월함을 누리지 못한다는 의미는 아니다. 55개 민족은 분명 중화 민족의 하위개념인 '소小'의 개념을 함축하고 있으니, 다수와 소수 혹은 주류와 비주류라는 불공평한 등식은 어느 조직, 어느 경우에나 성립할 수밖에 없다는 것이 사실이지 않은가?

그런데 우리가 생각해야 할 문제는 역사적 사실의 토대 위에서 다민족 문학사관을 세워야 한다는 점이다. 흔히 우리는 역사를 언급할 때 24사史를 거론하는데, 24사는 중국의 정사이고 관청에서 펴낸 책이다. 이것은 대체로 한족의 역사이지만 이 가운데 《위서魏書》·《북제서北齊書》·《북주서北周書》·《요사遼史》·《금사金史》 등은 모두 소수민족의 역사서이다. 그런데 이것들 역시 중국의 정사이고, 조정에서 황제의 명에 의해 펴냈다. 이 말은 소수민족의 역사를 인정한 것[33]이 되는 동시에 그 역사 주체가 소수민족임을 반증하는 구체적 사례다. 그렇다면 조정에서도 중국의 역사가 다민족의 역사이며, 그 사실을 공식적으로 인정

---

32 "有了各兄弟民族的文化歷史, 才能寫出真正能够代表中國各兄弟民族的中國通史·中國文化通史之類的著作, 中國文化通史必須建立在中國各兄弟民族文化專史的基礎上, 也同於中國通史必須建立在中國政治·軍事·經濟·文化各專史的基礎上, 這就不待多說, 大家都會明白的." 류야오한劉堯漢, 《중국문명원두신탐中國文明源頭新探》, 윈난: 인민출판사人民出版社, 1985, 2쪽 참조.

한 것이 아닌가? 문제는 여기서 끝나지 않는다. 그렇다면 왜 주요 중국 문학사가 24사와 달리 한족의 문학사로만 구성되어 있는가? 즉 역사적 사실에 입각해서 인정했다고 본다면, 이러한 편향된 관점은 수정되어야 하고 재검토할 여지가 있는 것이다. 끊임없는 침략과 대항이라는 갈등 양상이 한족과 이족 양자 모두가 의도하든 의도하지 않았든 간에 다원문화의 공통 번영의 틀에서 형성된 문학적 미美의 성취는 이미 제시한 소수민족의 역사서 탄생과 긴밀하게 연계되는 문제이어야 하고 그래야만 서술의 공정성이 보장될 근거를 마련하게 된다.

이런 사실적 맥락에서 본다면, 24사 작업과 마찬가지로 최소한 '몽골문학사蒙古族文學史'·'요문학사遼文學史'·'만족문학사滿族文學史'·'금문학사金文學史' 등의 문학사 집필이 필요하다는 말이며, 최소한 다민족의 문학사를 한족 문학사와 함께 다루는 시각의 변환이 요구되는 것이다. 한 걸음 더 나아가 거란족문학사契丹族文學史와 여진족문학사女真族文學史와 같은 것을 염두에 두고 나서 그런 연구가 진행되면서 중국 문학사의 객관성 확보 작업은 개선될 수 있겠다. 적어도 우리는 쑨원孫文이 민국 임시총통이 되었을 때 선언한 바[34]와 같이 민족의 통일 문제는 소수민족과 함께해야 하는 문제이며 영토 개념과도 긴밀한 관련이 있다[35]고

---

33 이 문제는 왕조 교체의 합법성을 전제로 한다는 것과 같은 맥락에서 보아야 한다는 말이다. 즉 한족이 소수민족의 정권으로 넘어가고 다시 한족으로 넘어오는 그런 과정에 관한 인정이 없다면 서술의 객관성 혹은 합리성은 보장될 수 없다.

34 "合漢, 满, 蒙, 回, 藏諸地爲一国, 合漢, 满, 蒙, 回, 藏這族爲一人, 是曰民族之统一."〈손총통선언서孙总统宣言書〉,《동방잡지東方雜誌》제8권 제10호, 1912.

한 점을 고려해볼 때 말이다. 문학은 유기적으로 연결된 하나의 시스템이며, 모든 민족이 모두 그중에 자기 문학 좌표의 계통을 가지고 있지만 분명히 이들 상호 간에는 회통會通하고 있다는 말에 긍정적으로 검토할 수 있어야 한다.[36]

적어도 한족 문학과 소수민족 문학[37]이라는 고질적인 대결 구도 혹은 이원화된 구분법[38]에 의한 문학 관점에서 벗어나 문학을 개별 국가의 문학 역사와 긴밀한 관계를 유지하고 발전한다고 보는 입장에서 출

---

35 1910년대 초에 발표된 난징 임시정부南京臨时政府의 〈중화민국임시약법中華民國臨時约法〉에 의하면, "중화민국 영토는 22개 성과 내외 몽골, 티베트, 칭하이이다(中華民国领土, 爲二十二行省, 内外蒙古, 西藏, 青海)."라고 했다.

36 관지신關紀新, 〈중화 다민족 사관을 창건하고 확립하다創建并確立中華多民族文學史觀〉, 《민족문학연구》 제2기, 2007 참조.

37 중국 역사상 존재한 민족이 160여 개가 된다는 연구가 있는데, 이 중에는 흉노匈奴·돌궐突厥·선비鮮卑처럼 중간에 사라진 민족이지만, 이들이 다시 정령丁零·강소江蘇·숙신肅慎·읍류挹類·물길勿吉·말갈靺鞨·여진女真·만족满族 등의 종족으로 바뀌면서 그 일맥상통한 면모를 이어 내려오면서 역사적 위상을 확보하는 것이다. 류다커劉達科, 〈다민족중국고대문학사교재편찬측의多民族中國古代文學史教材編撰側議〉, 《장쑤대학 학보江蘇大學學报》(고교 연구판高教研究版) 제27권 제4기, 2005, 69쪽 참조.

38 관지신과 차오커진朝戈金은 "중국 문학의 큰 범주에서 소수민족 문학은 한족 문학과 서로 구별되는 개념이다(在中國文學的大範疇内, 少数民族文學是與漢族文學相互區别的概念)."라고 했다. 관지신·차오커진, 《다중선택적 세계多重選擇的世界》, 중앙민족대학출판사中央民族大學出版社, 1995, 17쪽. 이러한 맥락에서 E. H. 셰이퍼E. H. Schafer는 《사마르칸트의 황금 복숭아》라는 책에서 화이관이 강한 당대의 문화 탐구의 관점을 노스탤지어와 엑조티시즘의 문제로 규정하고 있다. 이에 관한 구체적인 연구는 정재서, 〈세계화·당唐·오늘의 중국中國〉, 《중어중문학》 제43집, 2008, 3~16쪽 참조.

발해야 한다.

중국 문학사의 권력화 입장을 취하고자 하는 상당수의 문학사를 염두에 둔 채[39], 새로운 문학사의 가능성을 위하여 다민족의 존재 가치를 인정하고 문학사관을 재정립해보는 문제에 관한 가능성을 검토해야 한다고 본다.

---

39 이 점에서 예외적 존재도 있다. 첸리췬錢理群과 원루민溫儒敏, 우푸훼이吳福輝가 지은《중국 현대문학 삼십년》, 홍쯔청洪子誠의《중국당대문학사》, 천쓰허의《중국당대문학사교정中國當代文學史教程》등이 그런 예이다. 이러한 문학사들이 견지하는 관점은 오늘날 문학사 발전에서의 정체성과 개방성 및 심미성의 통일을 추구하고자 하는 점인데, 중국 본위의 권력화된 문학사를 지양하고 새로운 문학사의 활로를 모색한 것으로 평가할 만하다. 물론 이들이 다민족 문학사관을 염두에 두고 썼다는 의미와는 별개 차원의 문제다.

2

문학사에 있어서의 주류와 비주류의 문제

한족과 이족의 충돌과 화해 및 남북 문학의 교류 문제

중국 고대사를 살펴보면 염제炎帝, 황제皇帝, 치우蚩尤, 삼묘三苗 시대에 민족의 융합이 있었다는 방증이 여러 곳에 나타난다.[40] 그 시기야말로 다민족 문화가 융합된 시기로 부족과 씨족의 융합으로 인하여 중국 초기의 문명을 형성했으니, 이러한 것들은 중국이 결국 다민족 구성체임을 입증하는 역사적 사실인 셈이다. 또 중국 문학사를 보면, 《시경》으로 대표되는 현실주의와 굴원으로 대표되는 낭만주의는 사실상 《시경》과

40 물론 역사적 맥락에서 볼 때, 문명의 차이로 인해 충돌이 일어난 사건은 헤아릴 수 없이 많다. 상고시대에 황제黃帝와 치우蚩尤의 싸움이나, 한漢나라 때 이민족(四夷)과의 싸움 등등. 그러나 중국 역사에서 각 종족 간에는 융합과 공존이 대체적인 추세를 이루었다. 그러나 이런 추세는 결코 우열이 아니고, 어떤 주도적인 사상에 의해 은연중에 드러난 것이다. 과연 그 주도적 사상은 아무래도 중용의 정신을 강조한 유가의 화해 미학에서 찾아야 할 것이다. 팡하오方豪의 《중서교통사中西交通史》, 악록서사岳麓書社, 1987, 47쪽 참조.

《초사》가 같은 민족의 문학이 아니라는 논점으로 확장되어 해석된다. 이 말은, 초나라가 만이蠻夷 지역에 속하므로 이러한 점은 유협의《문심조룡文心彫龍》에서 문학 원류를 언급함에 있어《초사》를 문학 원론이 아닌 장르에 두고, 다시《시경》을 〈명시明詩〉 편이라는 하나의 장을 두어 문체론으로 분류한 데서 분명하게 드러난다. 이러한 문장론은 중국 문학의 전통을《시경》과《초사》를 다른 원류로 본 것이다. 종영鍾嶸이《시품》에서《시경》과《초사》를 중국 문학의 서로 다른 두 부류로 놓은 것과 같은 맥락이다.

이처럼 문학의 품격이 다른 이유는 한 민족과 소수민족 사이의 끊임없는 충돌과 교류, 융합이 이루어지면서 문학이 탄생되었다는 가설을 입증하는 것이다. 예를 들어 서진西晉부터 남북조南北朝까지의 시기는 중국 민족 내부의 충돌이 가장 극심한 시대 중 하나이면서도 한족과 소수민족의 문학의 충돌과 화해 및 소통이 성했던 시대다. 즉 위진남북조 이후 중국은 북방의 소수민족 정권이 세워지고 남방에는 한족이 주체가 되는 정권이 건립되면서, 양자 사이에는 다민족 문학 상황이 형성될 수밖에 없었던 것이다.

이 시기는 북방의 선비족鮮卑族·저족氐族·강족羌族 등이 장기간 중원을 점령하고 정권을 세웠던 때로, 북방 민족이 남방에 있는 한족 정권과 끊임없이 충돌하면서 수많은 전쟁을 일으켰다. 그중 선비족이 가장 강한 세력을 형성하고 있었으므로 분명 그 당시의 수많은 문학이 선비족의 글로 쓰였을 것인데, 우리가 오늘날 잘 알고 있는 〈칙륵가敕勒歌〉가 바로 그것이다. 이 시는 본래 선비어로 쓰여 있었는데 이후에 한문으로 번역되었다.[41] 당시의 시대적 상황에 비추어볼 때 상당수의 문학

작품이 이러했을 것인데, 그런 객관적 사실과 구체적 사례를 무시하고 한족에 의한 한족을 위한 문학이 탄생했다는 전제하에서 쓰는 것은 무단이 아닐 수 없다. 이런 점에서 웨다이윈樂黛雲의 다음과 같은 언급을 고찰할 필요가 있다.

> 북방 민족이 남하한 이후에 모든 언어와 풍속, 습관과 사람의 생활, 심미적 인상은 아주 큰 변화가 발생하게 된다. 이런 문화 분위기의 변화는 문학의 창작에 영향을 끼치게 된다.[42]

이것은 문화의 동력을 분명하게 보여주는 것으로, 《홍루몽紅樓夢》을 한족과 만주족의 문화 교류를 대표하는 작품으로 볼 수 있다. 이 책이 갖는 의미는 한족의 역사적 문화 전통을 계승하면서 만주족의 유구한 역사문화 전통을 흡수하여 서로 융합한 것과 같은 맥락이다.

같은 맥락에서 쉬자루이徐嘉瑞는 《고문학개론古文學概論》에서 "육조 문학의 정통은 일반 문인 학사들이 아니고 당시의 일반 평민과 외국인이다."[43]라고 했는데, 여기서 말하는 '외국인'은 이족異族, 즉 이족夷族인 것이다. 그는 남방 문학은 오월 문학吳越文學과 형초 문학荊楚文學으로

41 차오순칭曹順慶·푸핀징付品晶, 〈다민족문학사적 편사문제多民族文學史的編寫問題〉《민족문학연구》, 2008. 02, 19~21쪽 참조.

42 "由於北方民族南下以後, 整個言語·風俗·習慣和人的生活·審美的印象, 都發生了很大的變化. 這個文化氛圍的改變, 就會影響到文學的創作." 웨다이윈樂黛雲, 《〈중국각민족문학관계연구中國各民族文學關系研究〉 출판좌담회전가발언기요出版座談會專家發言紀要》, 《민족문학연구》 제3기, 2006 참조.

나뉘며, 중국의 신비 사상은 대부분 남방에서 기원한다고 보았으니, 화이 관념에서 상당히 벗어나 있었던 것이다.[44]

그렇다면 왜 이러한 모순이 생겨나는가? 그것은 문화 교류의 시대이기 때문인데, 즉 동서 문화의 교류와 남북 문화의 교류를 포괄한다. 동서 문화의 교류란 불교의 전이와 중국 문화의 융합이 이루어지면서 운율이 생겨나 영명성률론永明聲律論을 탄생시켰던 것과 같은 의미다.

대부분의 중국 문학사에서 북조 악부와 남조 악부는 현재 한족의 것으로 되어 있는데, 사실상 이것 역시 재검토의 여지가 있다. 후한에서 위진으로 이어져 내려온 위진남북조 문학 시기는 단순하게 후한이 뤄양洛陽으로 도읍을 이전한 문화의 지리적 이동에만 그 핵심이 존재하는 것이 아니고, 문화와 문화 사이에 충돌과 융합으로 생긴 새로운 문학적

---

43 "六朝文學的正統不在一班文人學士, 而在當時的一班平民和外國人." 쉬자루이徐嘉瑞, 《고문학개론古文學概論》, 상하이 아동도서관上海亞東圖書館, 1924.

44 차오다오형曹道衡과 천위청沈玉成의 《남북조문학사南北朝文學史》(인민문학출판사, 1991)도 중국 사회과학원 문학연구소가 총편한 중국 문학 통사 계열 중 하나로서 27장이다. 남조南朝의 송宋·제齊·양梁·진陳 및 북방 16개국의 문학과 수대隋代 문학에 이르기까지의 대표 작가와 작품을 거론하고 있다. 주요 작가인 사령운謝靈運·안연지顔延之·포조鮑照·강엄江奄·사조謝朓·하손何遜·유신庾信 등뿐만 아니라 과거에 홀시된 작가들인 왕검王儉·우염虞炎·우희虞羲·장융張融·류회劉繪·심형沈炯·주홍정周弘正·장정견張正見·요찰姚察·부랑符朗 등이 있다. 분량상 1962년 중국 사회과학원 문학연구소가 편집한 《중국문학사中國文學史》의 남북조 문학은 65쪽인데, 《남북조문학사》에는 536쪽이니 무려 여덟 배나 된다. 특히 북조 문학에 치중하여 작가의 생애와 사적 등에 관한 고찰이나 내용 풍격에 대한 평가는 대체로 이전 문학사가들이 언급하지 않은 것이다. 그러므로 기존의 문학사 분기 연구와 많은 작가 연구의 공백을 메워줄 것으로 기대된다.

분위기의 형성이 가장 큰 문제인 것이다. 구체적으로 말해서, 오호五胡가 북방 전역을 장악함으로써 북방은 장기간 한족이 통치할 수 없었고, 남방 지역도 기존의 형만족荊蠻族 등 상당수의 소수민족이 살고 있었으니, 따지고 보면 한족의 활동 배경은 북방과 남방의 경계 지역, 즉 중원 지역이었다.

이미 역사적 사실에서 알 수 있듯이, 당시를 남조南朝와 북조北朝라고 하듯이 정권이 양분된 상황에서 남북 악부 민가에는 남북 각 민족, 즉 한족과 소수민족의 사상과 의식이 표현되어 저마다 서로 다른 민족적 특색을 지니고 있다. 북방 악부에는 대체로 전쟁과 백성들의 고통 및 유목 생활과 북방의 살풍경과 상무 정신이 나타나기 마련이며, 남방 악부에는 대체로 아름답고 세세한 감정이 배어 있는 낭만주의적 색채가 짙어질 수밖에 없다.

이런 상황에서 예외적인 존재가 유신庾信인데, 그의 문학성은 남과 북의 소통의 산물로서 그의 출신 성분과도 연관성이 있으니, 그는 본래 남조에서 태어났으나 북조로 이사와 선비족 정권하에서 문인이 되었다. 그의 작품이 고향에서는 별로 인정받지 못하다가, 북조에 들어서고 나서야 북방의 강건함과 웅장함을 더하면서 청려함과 단아함을 겸비한 그는 당시 문단에서 중요한 위상을 구축하게 된다. 이러한 문학성의 구축 이면에는 그의 작품 속에 북방 민족의 문화적 인자가 상당히 중요하게 작용했기 때문이다. 그의 문장이 나이가 들수록 완성도를 더했다고 평가하는 것은 이런 사실에 기인한다.

주지하는 바와 같이 요·금과 송나라의 갈등과 대치 관계는 서로 다른 민족 정권의 대립이고, 그런 관계가 형성된 원대나 청대에도 각각

몽골족의 문학과 만주족의 문학이 존재했다는 것은 의문의 여지가 없다. 이는 문학작품의 매체가 한자로 된 것이냐, 아니면 몽골어나 만주어로 된 것이냐 하는 문제가 아니다. 표현의 수단은 얼마든지 다른 것을 빌려 쓸 수 있지만, 그런 것을 쓴 작가가 몽골족이냐 만주족이냐 하는 창작 주체에 대한 문제는 매우 중요하다. 마치 우리나라의 문인들이 훈민정음 창제 이전과 이후에도 상당수의 작품을 한문으로 쓴 것과 유사한 맥락에서 해석될 소지가 있는 것과 같다.

그럼에도 불구하고 사용된 매체가 한자라고 해서 그것이 곧 한족 문학이고 중국 문학사의 영역으로 들어와야 한다는 왜곡은 더는 성립될 수도 없고, 성립되어서도 안 된다.

그러나 우리가 반드시 고려해야 할 사안 중 하나는 민족 사이의 교류가 문학의 새로운 변종을 만들어낸다는 점이다. 그 변종이란 우선 관습적이고 인지된 언어적 환경을 벗어나는 데서 오는 변이로서, 개별 민족들은 자신의 모국어를 일차적으로 습득하지만, 그와 동시에 한족의 언어로서 작품 활동을 해야 하는 데서 오는 이중 언어의 충돌 현상의 하나이다. 문화가 상이한 데서 발생한 두 언어가 충돌되면서 새로운 변이 현상이 발생할 수밖에 없으며, 이민족의 자국 언어적 텍스트를 외래어인 한문으로 번역하는 과정에서 적지 않은 변이가 생겨날 수밖에 없다. 이는 번역상에 발견되는 구체적인 현상의 문제이기도 한데, 이민족의 언어를 한문으로 번역했을 때 상응할 수 있는 언어를 찾지 못하는 경우가 적지 않다. 언어의 영역을 초월했을 때, 각각의 텍스트 상호 간에 존재하는 원전의 의미 훼손과 충격 및 충돌의 문제는 생각보다 훨씬 심각한 것이다.

문학사 연구 방향의 관점 변화와 이異문화적 요소의 문제

20세기 문학사관이 여러 번 바뀌어 문학사 서술에 있어서 복고주의와 순환주의 진화론과 과학주의 계급투쟁론 등 이념성이 개입되어 문학사의 집필 방향을 바꾸는 일이 적지 않았다. 왕종링王鍾陵은 신시기 이전의 문학사 방법론에 대해서 "두 개의 맥락을 이어받고 있으니, 하나는 건가 전통乾嘉傳統으로 고증·교감·주석 및 자료의 수집과 논변을 중시하고 문학사의 발전을 논하면서 어디에서 나와 어디로 변천하며 이전 시대의 병폐를 교정하는 방식으로 노선을 탐색하고 있다. 또 하나는 구소련의 문학이론으로 경제와 정치 등 사회적 조건으로부터 분석하는 방식이다."[45]라고 했다. 이와 더불어 그는 전자는 형식상으로 보더라도 종적이고 후자는 횡적인 방향이라고 할 수 있으며, 전자가 번잡함을 벗어나지 못하고 깊이가 부족하다고 말하고 있다.

여기서 하나의 중대한 연구 방법의 변화는 실제적인 측면에서 이루어지고 있었다는 점이다. 한 연구에 의하면 1950년대 이후 단일민족 문학사나 개론류가 40여 종 출간되었고, 1980년대 이후 일어나기 시작

---

45 "承受着兩脈來源: 一是乾嘉傳統, 比較重視考据·校勘·注釋以及材料的搜集·辨析, 論及文學史的發展, 則喜歡以出于某某·衍为某某與递次矯正前代或同时代某種弊病的思路來梳理線索. 一是由前蘇聯文學理論移用過來的主要從經濟·政治等社會條件進行分析的方法. 前者征實, 多從羅列材料中引發議論, 雖有精當之言却語焉不詳後者凌空, 往往以政治思想的價值評判为其旨歸. 從思維方式上說, 前者多爲縱向, 而後者偏于横向前者往往總雜瑣碎·深入不足, 後者則易以主体意識代替客體對象, 以至有時客體對象竟純粹成爲主體意識的寄托所在." 왕종링王鍾陵, 〈문학사연구전형필담文學史研究轉型筆談〉, 《중국사회과학中國社會科學》 제6기, 1996.

한 문학사 방법론은 '문학사 다시 쓰기重寫文學史'라는 용어의 등장으로[46] 계속 이어졌다. 이에 천쓰허陳思和는 '다층면多層面'과 '잠재사작潛在寫作' 등의 이론을 도입하여[47] "작가가 시대에 대한 다양한 감수와 사고"를 문학사의 묘사 범위에 집어넣어 전통적인 일원화된 문학사의 시각을 벗어나고자 했으며, 여기에 일기日記·서신書信·독서필기讀書筆記 등과 같은 것도 문학사의 범위에 들어오게 되었다. 즉 잠재 창작과 공개 발표가 함께 구성된 문학사를 표방한 것이다. 그래서 이 시기 이후에는 종합적 성격의 통사류 민족문학사 저작 출간이 20여 권 정도에 그쳤다. 1990년대 중기 이후로는 각 민족 문학 사이의 관계사 중심[48]으로 연구 방향이 바뀌었고, 소수민족 문학 문제에 대한 재평가 작업이 더욱 활발하게 이루어지기 시작했다. 이 당시 출간된 민족문학사 관련 연구서[49]을 보면 이미 학계에 다민족 문학사관이라는 말이 정착 단계에 들어갔다는 학술적 성과[50]를 충분히 가지고 있다고 보인다. 구체적인 예를 들면, 중국요금문학연구회中國遼金文學研究會가 당·송·원 시대의 문학과 요·금 시대의 문학과의 관계 연구, 중국의 개별 부족 문화와 문학의 상관관계라든지 민족 융합과 고대문학의 관계 연구, 시가문학에 스며 있

46 여기에 불을 지핀 책은 1961년에 출간된, 미국의 중국 문학자 샤즈칭夏志清의 《중국현대소설사中國現代小說史》인데, 이것이 문학사 다시 쓰기의 동력이 되었다는 데 의심의 여지가 없다. 쾅신녠曠新年의 〈'중사문학사'의 종결과 중국현대문학 연구전형'重写文學史'的終結與中國現代文學研究转型〉, 《남방문단南方文壇》 제1기, 2003 참조.

47 천쓰허, 《중국당대문학사교정中國當代文學史教程》 〈전언前言〉, 푸단대학 출판사復旦大學出版社, 1999, 11~12쪽 참조.

는 이異문화적 요소 등 한족 중심주의 문학사관 탈피를 시도하려는 연구[51] 등이다.

사실상 다민족 문학사관의 확립의 서단이 문학사 시대구분과 관련되는 것이라고 본다면, 우리는 기존의 문학사에서 관행적으로 지속되어온 조대 구분식 문학사 시대구분을 재검토하여 요·금과 같은 이족의

---

48 사료의 수집과 정리 및 분석과 귀납을 선행 요건으로 하고 편찬한 문학사 주요 저작으로는 랑이웅郎櫻·잘라가扎拉嘎가 주편한《중국각민족문학관계연구中國各民族文學關系研究》(구이저우: 인민출판사, 2005)가 있는데, 이는 각 전공자를 주축으로 집필한 것으로 그 의의가 있으며, 관지신이 주편한《20세기중화각민족문학관계연구20世紀中華各民族文學關系研究》(민족출판사民族出版社, 2006), 류야후劉亞虎가 주편한《중국남방민족문학관계사中國南方民族文學關系史》(민족출판사, 2001)가 있고, 덩민원鄧敏文이 지은《중국다민족문학사론中國多民族文學史論》(중국사회과학문헌출판사中國社會科學文獻出版社, 1995)이 있다. 특히 1997년에 중국 사회과학원 문학연구소와 소수민족 문학연구소의 연구자 수십 명이 집필하고 요장쭝由张炯·덩샤오지邓绍基·판준樊骏 등 세 명이 주편한《중화문학통사中華文學通史》(10권)(베이징: 화예출판사華艺出版社)는 방대한 성격의 문학사로서 중화 민족 문학사관의 확립이 전제되지 않은 상태에서 집필된 감은 있지만, 이런 유형의 책이 나왔다는 것은 매우 고무적이다.

49 덩민원,《중국다민족문학사론》, 사회과학문헌출판사, 1995, 31쪽 참조.

50 대표적인 업적으로 거론되는 것이 마오싱毛星이 주편한《중국소수민족문학中國少數民族文學》(후난: 인민출판사, 1983)과 마쉐량馬學良·량팅왕梁庭望·장공진张公瑾이 주편한《중국소수민족문학사中國少数民族文學史》(중앙민족대학출판사中央民族大學出版社, 2001) 등이며, 이외에 랑이웅·잘라가가 주편한《중국각민족문학관계연구》, 관지신이 주편한《20세기중화각민족문학관계연구》, 류야후가 주편한《중국남방민족문학관계사》, 덩민원이 지은《중국다민족문학사론》이 있다. 그러나 이런 성과에도 불구하고 중국 사회과학원 문학연구소가 집체적 역량을 과시한《중국문학통사》의 경우, 소수민족 문학을 소홀히 다루었다는 점을 인정했다.

역사적 조대를 필연적으로 설정할 수밖에 없다. 이런 시도는 중국 문학사가 갖는 실체에 회의적인 데서 출발한다고 볼 수 있다. 한족이라는 울타리를 미리 쳐두고 국가와 민족이라는 단위의 국가주의 코드를 바탕으로 깔고 있는 문학사[52] 집필에서 소위 소수민족과의 경계를 강화하고 화이관이 이런 문학사를 더욱 권력화하고 공고화하는 데 핵심 역할을 했다고 유추해볼 수 있기 때문이다.

거시적인 관점에서 중국 문학사가 중국 한족 문학사로 불릴 만큼 그 문학적 서술 시각의 편파성이 존재한다는 입장에서 출발하여 한족과 이민족의 갈등과 화해의 길항 관계로서의 문학사 정립 필요성을 다루고자 하는 한 시도인 것이다. 문학사는 시간의 변화에 따라 새롭게 써야 할 필요성이 존재하며, 기본적으로 민족국가를 인식의 단위로 사고

---

51 자오웨이장趙維江, 《거란과 여진 왕조의 문학을 달리며走進契丹與女真王朝的文學》, 문화예술출판사文化藝術出版社, 2006. 리빙하이李炳海, 《부족문화와 선진문학部族文化與先秦文學》, 고등교육출판사高等教育出版社, 1995. 리빙하이, 《민족융합와 중국고대문학民族融合與中國古代文學》, 둥베이사범대학 출판사東北師範大學出版社, 1997. 양이, 《중국고전문학도지中國古典文學圖志—송宋·요遼·서하西夏·금金·회골回鶻·토번吐蕃·대리국大理國·원대권元代卷》, 삼련서점三聯書店, 2006. 위안싱페이, 〈이백시가와 성당문화李白詩歌與盛唐文化〉, 《중국시가예술연구中國詩歌藝術研究》, 베이징대학 출판사, 1987 참조.

52 사실 이런 맥락에서 중국은 아편전쟁 이후 급속히 진행된 근대 의식 이래 출간된 초기 문학사 저작물인 도징판竇警凡의 《역조문학사歷朝文學史》(1906)와 린찬지아의 《중국문학사》(1910)가 나온 지 거의 100년 사이에 국가와 조대를 주축으로 하는 민족 성격의 문학사가 여전히 득세하고 있는데, 이는 사실상 '문학국가화文學國家化' 전략을 드러내는 것으로 화하華夏를 정중正中으로 삼는 것과 같은 맥락에서 해석될 성질이다.

하는 역사이기에, 이제는 문학사 서술의 기본 시각을 점검해보자는 것이었다.

검토 결과, 다민족 문학사관의 현실적 존재 근거는 중화라는 '일체一體' 하의 '다원多元'이지 '다원'을 전제로 한 '일체'나 '다민족'을 전제로 한 '중화'가 아니라는 점도 고려 대상이다. 이 말의 의미는 한족이 중국에서 절대적인 위상을 차지하고 있었고 그들에 의해 주도된 문학사적 업적을 인정해야 하는 점은 맞지만, 실질적으로 서로 다른 문학 사이에 빈번한 상호작용이 중국 문학사를 이끌어왔다는 점을 간과해서는 안 된다는 말이다. 비록 비중이 축소되거나 미약하더라도 소수민족의 문학작품은 반드시 다루어져야 하며, 종족 출신 문제도 왜곡되어서는 안 된다. 만일 필자의 이런 가설에 동의한다면, 송대 이후 화본話本 소설이나 희곡 및 소설의 발전이 이족의 남하南下와 지배라는 것과 일정 부분 상관관계가 있다는 점이며, 이런 이異문화의 이식이 곧 문학사의 지평 확대로 이어졌고, 한 걸음 더 나아가 고대 전통문학의 한계를 타파할 장르사적 혹은 문체론적 변화 가능성을 엿볼 수 있는 것이 바로 소수민족의 지배하에 있었던 다양한 문화적 장치에 스며들어 있다고 보는 것이다.

이런 맥락에서 볼 때, 북방과 남방, 한족과 이민족 사이의 상호 교섭적 화해 속에서 비롯된 것으로 볼 수 있기에 한족의 우월성은 인정하되 그것의 절대적 가치에만 한정을 지어 다른 편은 형편없다는 식의 왜곡이나 폄하를 하면 중국 문학사의 객관화 전략은 실패할 수밖에 없다. 이는 중화라는 관점과 민족이라는 관점이 서로 얽히면서 대립상을 드러내는데, 그 해결 방안으로서 양자의 화해와 공존을 모색하려는 것이

다민족 문학사관으로서의 정립 과정이어야 하는 것이다. 주지하듯이 문학사란 자신의 정체성을 찾아가는 작업이기에, 중국의 입장에서는 자기 자리를 정하려는 의도에서 출발하는 것이고, 이족의 입장에서는 왜 우리의 영역이 없느냐는 반론과 항변을 해댈 수밖에 없는 것이다. 다만 필자의 의도는 중국 문학이 걸어온 그때 그 시대의 지형도를 복원해보자는 것이다. 필연적으로 문화사적 성격을 지닌 문학사의 통시성과 총체성은 과거에 역사적으로 존재했던 있는 그대로의 문학을 객관적으로 점검해보았을 때 구축되는 것이기 때문이다.

3장

중국 문학사 탄생의 시대적 맥락과 그 서술 방식에 관한 문제

1

'변變'의 추구: 진화론의 문학사적 수용

1859년 찰스 다윈Charles Darwin이 《종의 기원The Origin of Species》[1]을 출간하면서 진화론은 세계에 전파되었고, 이 이후의 근대 중국은 '변變'[2]이라는 한 글자가 화두였다. 진화론이 중국에는 1873년에 전파되었는데, 진화의 개념은 생물학적 사고에서 출발하며 적자생존Survival of the fittest의 원리이기도 하고 시대에 따라 변하는 모든 현상이므로 필연적으로 역사성Historicity의 문제와 결부될 수밖에 없었다.

---

1 이 책은 《유물원시物種原始》로 중역重譯되었고 1859년, 즉 19세기 후반기에 지식인들의 사유 관념을 송두리째 흔들어놓은 일대 계기를 부여했다. 근대라는 시대가 중국 지식인에게 의미하는 것은 '근대적 정신the modern mind'의 문제였기 때문이다. 후스胡適는 1916년 4월 4일 〈우리나라 역사상의 문학혁명吾國歷史上的文學革命〉이라는 글을 통해 처음으로 문학혁명의 기치를 내걸었다.

2 1919년 출간한 《중국철학사대강中國哲學史大綱》(상권)에서 중국 철학사를 쓰는 세 가지 원칙으로 명변明變, 구인求因, 평판評判이라고 하면서 자신의 저술 원칙을 분명히 했다. 후스, 《중국철학사대강》, 베이징: 중화서국中華書局, 1919.

20세기를 규정하는 네 단어 중 두 번째 단어를 '진화進化'라고 꼽은[3] 장타이옌章太炎은 진화론이 단순한 유행의 차원을 넘어서 변혁을 여는 신선한 것임을 염두에 두고 있었다. 이는 탄스퉁譚嗣同이 가장 적극적인 진화론자였으며 《인학仁學》에서 진화론의 근본 원리가 '신新'에 있음을 분명히 선언했던 사실[4]과 연관해서 볼 수 있으니, 장타이옌은 진화론을 상대와의 경쟁에서 승리하기 위한 유력한 방책으로 사용했던 것이다.

이런 이면에는 그 당시 중국은 진화론의 생물학적 어원은 사라지고 하나의 시대적 가치요 권력이었으며 새로운 세계를 열어주는 관성貫性을 부여했다는 사실과 무관하지 않다. 그래서 그 당시 사회주의 조류에 빠져들던 천두슈陳獨秀도 세 가지 화두 중에 두 번째가 '생물진화론生物進化論'[5]임을 언급했던 것이다.

여기서 우리는 진화론을 학술의 영역으로 끌어들여 응용한 캉여우웨이康有爲에 주목하지 않을 수 없다. 그는 《춘추春秋》 '삼세三世'에 대한 해석을 하면서 첫 번째로 변화와 진화라는 형식에 의미를 부여하면서

---

3 "지금 사람들의 신성불가침한 것으로 첫째는 공리를 말하고, 둘째는 진화를 말하며, 세째는 유물을 말하고, 넷째는 자연을 말한다(今人神聖不可干者, 一曰公理, 二曰進化, 三日惟物, 四曰自然)." 장타이옌章太炎, 〈사혹론四惑論〉, 《장타이옌 전집章太炎全集》(4四), 상하이: 인민출판사, 1985, 443쪽.

4 그 글은 이러하다. "지나간 것을 돌이켜보는 것을 명명하여 '일신'이라고 한다(反乎逝而觀, 則名之曰 '日新')." 이러한 시각은 《예기禮記·대학大学》의 유명한 구절인 "구일신苟日新, 일일신日日新, 우일신又日新."을 재해석한 차원이다. 즉 '유維'와 '신新'을 새로운 가치 기준으로 삼고 근본적인 변화의 시각이 필요하다는 것이었다.

5 천두슈陳獨秀, 〈불란서인은 근대문명 때문에法蘭西人因爲近世文明〉, 《청년잡지青年雜誌》 제1권 제1호, 1915.

그 출발점을 금문운동今文運動에 있다고 보았는데[6], 그는 중국의 고전 적 전통 속에서 그 근대적인 적용을 정당화시킬 수 있는 실례를 찾아내고자 했다. 물론 이는 그 당시 학자들이 송대宋代 이래 이학理學이 토대를 두었던 고문古文 경전의 진실성을 문제 삼았다는 점과 청대淸代 말기의 금문 운동이 전제주의적 황제 체제를 배격하려던 명 말明末 강남의 동림파東林派들이 꾀했던 노력의 일환과 연관되는 것이다. 즉, 캉여우웨이는 1891년《신학위경고新學僞經告》라는 책을 통해 송대宋代 학자들의 경전 해석은 위조된 것이라고 공격하면서 진화와 진보라는 개념을 중국의 고전 전통과 융합시키고자 시도했다.

그리고 사회진화론Social darwinism을 적극적으로 수용한 량치차오梁啓超 역시 진화론이 기본적으로 '변變'임을 분명히 인정하면서 스승 캉여우웨이의 견해가 '진화의 이치(進化之理)'임을 분명히 인지했으므로, 그는 유가 경전을 제도적 필요에 맞게 재해석해야 한다고 분명히 했다. 그래서 량치차오는 〈신소설新小說〉이란 글에서 "문학의 진화에는 하나의 큰 관건이 있으니 고어의 문학으로부터 변화하여 속어의 문학이 되는 것이 바로 그것이다. 각 나라의 문학사의 전개는 이러한 궤도를 따라가지 않은 것이 없다."[7]라고 하면서 '고어古語'로부터 '속어俗語'의 변환 과정이 문학사임을 인식했다.

---

6 존 킹 페어뱅크·멀 골드만 지음, 김형종·신성곤 옮김,《신중국사新中國史》, 까치출판사, 2004, 279~281쪽.

7 "文學之進化有一大關鍵, 卽由古語之文學變爲俗語之文學是也. 各國文學史之開展, 靡不循此軌道."

물론 후스胡適의 진화 문학사관에 가장 영향력을 끼친 인물은 문학혁명의 진행 과정에서 영향을 끼친 천두슈였다. 천두슈는 후스가 미국 유학 시절에 쓴 글인 〈《시경詩經》 언자해言字解〉(1913. 3, 《신주총보神州叢報》에 발표)를 차이위안페이蔡元培에게 보여주어 전통 국학國學에도 조예가 깊다는 것을 증명해줄 정도였다. 물론 이런 인간적 교류가 두 사람의 관점의 일치로 이어진 것은 아니었다.[8] 후스는 자신의 문학혁명론의 양대

---

8 "문학혁명의 진행에 있어 가장 중요한 급선봉에 선 자는 나의 친구 천두슈다(文學革命的進行, 最重要的急先鋒是我的朋友陳獨秀)." 후스, 《중국문학 50년五十年來中國之文學》, 《후스 문존胡適文存》 제2권, 상하이: 동아도서관亞東圖書館, 1929, 194쪽. 1916년 8월 후스는 문학혁명의 여덟 개 주장을 총결하여 문학혁명의 이론적인 주장을 삼으면서 천두슈에게 알려주었다. 동시에 천두슈가 말하는 진화론의 이론과 실제의 모순에 대해서도 비평했다. 즉 1915년 11월 천두슈가 〈현대유럽문예를 말함現代歐州文藝史譚〉이란 글에서 문학 진화 이론에 입각하여 유럽 문학의 역사발전에 대해 고찰하면서 유럽 문학은 이미 고전주의와 이상주의 및 사실주의와 자연주의를 거쳤다고 말했던 것에 대한 비판이다. 두 사람의 차이는 명확하게 드러났다. 민두기의 말처럼, "중국 사회를 혁신하는 수단으로서 문학이 달라져야 한다는 점에서는 천두슈와 후스가 같았으나 다른 점도 있었다. 천두슈는 그 수행 방법에서 단정적이요 명령적인 '혁명'적 방법을 주장했으나, 후스는 더 온건한 개량적 방법을 주장했던 것이다. 특히 후스는 황슈지黃修己의 지적대로 역사 진화론적 문학사관을 피력했다. 그와 함께 같은 취지를 피력한 사람으로 왕저푸王哲甫는 《중국신문학 운동사中國新文學運動史》라는 책에서, 천즈잔陳子展은 《중국문학의 변천中國文學之變遷》에서 역사 진화론적 문학사관을 피력했다. '추의芻議'란 말도 자기의 견해를 낮추어 겸손하게 표현할 때 쓰는 것이다." 문학혁명에 대한 천두슈와 후스의 평가도 달랐다. 즉 민두기에 의하면, "천두슈는 유물사관 신봉자답게 문학혁명이 '쉽게' 성공한 원인은 산업이 발달하고 인구가 집중한 사회적 요건 탓이라고 하고 있으나, 후스는 공화혁명으로 완고하고 부패한 세력의 대본영이 무너져 버렸기 때문에 새 인물, 새 사상이 쉽게 고개를 들 수 있었다고 했다." 민두기, 《중국에서의 자유주의의 실험》, 지식산업사, 1997, 33쪽.

축을 말하여 "나의 문학혁명론 또한 단지 진화론과 실험주의의 실제적인 운용일 뿐이다."[9]라고 했고, 다시 문학혁명의 영향 문제를 언급할 때 "그 당시 내 개인에게 영향을 가장 크게 끼친 것은 곧 내가 평상시 말한 바의 '역사적 문학 진화 관념'이다."[10]라고 말했던 것이다.

이 시대에 중국 희곡사상 가장 뛰어난 업적으로 평가받는《송원희곡사宋元戲曲史》의 저자 왕궈웨이王國維도 그 문학사관의 진보성을 보여주는 주요한 인물로 거론되는데, 그는 역사 순환론과 진화론의 두 가지 내용을 담은 다음과 같은 말을 했다.

> 무릇 한 시대에는 한 시대의 문학이 있으니 초나라의 이소, 한나라의 부,

---

9 "나의 문학혁명론 또한 진화론과 실험주의의 일종의 실제 운용이다(我的文學革命論也只是進化論和實驗主義的一種實際運用)." 후스, 〈나 자신의 사상을 소개함介紹我自己的思想)〉. 후스는 〈문학개량추의文學改良芻議〉에서 "이미 문학 진화의 원리를 분명히 한 이후에 이른바 내가 말하는 '옛사람을 모방하지 말라'는 설을 말할 수 있다(既明文學進化之理, 然後可言吾所謂'不摹仿古人'之說)."라고 하면서 진화의 취지가 고인을 모방하는 것을 반대한다고 했다. 후스는 존 듀이Johan Dewey의 실험주의 영향을 받아 1919년에 〈듀이철학의 근본관념杜威哲學的根本觀念〉, 〈듀이의 교육철학杜威的教育哲學〉을《신교육新教育》제1권 제3기에, 1921년에는《동방잡지東方雜誌》제18권 제13호에 〈듀이선생과 중국杜威先生與中國〉을 발표하여 듀이 사상의 문제와 중국 사상과의 관계성을 해명했다.

10 "그 당시 나 개인에게 가장 영향을 끼친 것은 내가 평상시에 말하던 바의 '역사적 문학 진화 관념'이다(那時影響我個人最大的, 就是我平常所說的'歷史的文學進化觀念)."《상시집嘗詩集》〈자서自序〉. 주지하는 바와 같이《신청년新青年》에 천두슈는 진화론에 입각하여 중국 문학론을 전개했는데, 그의 진화론은 문학혁명의 기본 토대로서 바로 진화론이 후스의 문학사관에 합리적 근거를 제공해주었던 것이다.

육대六代(六朝—필자 주)의 변문, 당나라의 시, 송나라의 사, 원나라의 곡은 모두 이른바 한 시대의 문학인데 이후에는 이를 계승할 수 있는 문학이 없었다.[11]

위의 글에서 왕궈웨이는 문학이 시대를 벗어나 존재할 수 있는 근거는 그 시대의 대표적인 장르가 있어서라고 본 것이다.

문학사가 황런黃人은 대략 1905년에 출간한 그의 《중국문학사中國文學史》 첫머리에 '진화進化'의 개념을 등장시킨다.

문치文治의 진화進化는 직선형이 아니고 불규칙적인 나선형이다. 아마 한 선이 진행되다가 우연히 막는 힘이 있으면 퇴화되거나 이동하기도 하고 굽거나 옆으로 나가기도 하고 여전히 원 궤도를 돌기도 한다. 그런 원리를 자세히 살펴보면 그 범위는 반드시 한 단계 확대되었으니 그것이 진화進化인 것은 매한가지다.[12]

---

11 왕궈웨이王國维, "凡一代有一代文學: 楚之骚, 漢之赋, 六代之耕駢语, 唐之诗, 宋之词, 元之曲, 皆所謂一代之文學, 而後世莫能繼焉者也." 《송원희곡사宋元戲曲史》 〈자서〉, 상무인서관商務印書馆, 1915. 사실상 왕궈웨이는 1905년에 〈근년의 학술계를 논함論近年之學術界〉이라는 글에서 "거의 7~8년 전의 후관 엄씨(엄복嚴福)가 번역한 헉슬리의 《천연론天演論》 이후 세인의 이목을 일신시켰다(近七八年前侯官嚴氏所譯之赫胥黎《天演論》出, 一新世人之耳目)."라고 하여 진화론의 중국적 영향을 높이 평가했다.

12 "文治之進化, 非直線形, 而爲不规则之螺旋形. 蓋一線之進行, 遇有阻力, 或退而下移, 或折而旁出, 或仍循原軌. 故歷史之所演, 有似前往者, 有似後却者, 又中止者, 又循環者. 及細審之, 其範圍必擴大一層, 其爲進化一也."

위의 글은 문학사의 현상이 끊임없이 기복을 그려나가면서 생장하여 없어지고 변화하고 교차하는 복잡한 진화의 역사임을 언급한 것인데, 루쉰魯迅이 말한 대로 문학운동에는 신구新舊가 반복되는 특수한 상황이 있다는 논리를 연상하게 한다.

그러나 이러한 몇몇 진화론자들의 견해가 후스의 진화 문학사관에 비판적으로 수용되면서 상당히 다른 면모를 보여주게 된다. 적어도 후스는 하나의 틀이 잡힌 문학사론으로서의 근대적 의미의 문학사관을 정립시켜 문학의 발전과 변혁을 추진한 중대한 공로자이기 때문이다.

후스를 비롯한 이 시기의 문학사가들은 새로운 사상인 진화론을 수용하여 중국 문학사 논의의 쟁점 사안으로 끌어올렸다. 물론 후스와 동시대인들인 캉여우웨이, 천두슈, 량치차오 등도 진화론을 학술적 차원에서 주장하기도 했으나, 후스는 문학적 차원으로 끌어올려 진화론을 문학의 발전과 변혁을 유도하는 이론 체계로 정립하고자 했던 것이다. 말하자면, 이 시기 문학혁명에 있어서 진화론은 후스의 유력한 이론적 무기였고, 문학의 인식을 새롭게 다지는 중량감 있는 힘의 원천이었다. 5·4운동이라는 시대적 상황 속에서 탄생한 후스의 진화 문학사관은 서양의 힘의 원천이 이 진화론의 원리에 바탕을 두고 발전한 것으로 인식했던 데서 출발한 것이다. 다시 말해서 5·4운동 시기에 있어서 '신문학新文學'과 '구문학舊文學'으로 대비되는 가운데 서구에서 유입된 진화론은 기존의 문장이나 작품 등에도 근본적 변화를 가져왔고, 후스에게도 문학혁명을 위한 확신을 유도했으며[13], 이것은 중국 문학사 서술의 근현대성에 중요한 작용을 했다. '근대화'라는 시대적 조류에서 적자생존의 경쟁 원칙에 입각한 진화론은 패망한 중국의 희망처럼 보였으며, 그런 논의가 학술과 문학으로 자리매김한 것은 문학사 서술의 방향 전환을 위한 중요한 지침이 될 수 있었다.

13 이 시기의 유행어인 '시대時代', '조류潮流', '신新', '소년少年', '미래未來' 등의 단어들이 다양한 문장의 제목으로 차용되었다. 예컨대, 량치차오의 《신민설新民說》, 《소년중국설少年中國說》, 《과도시대론過渡時代論》, 《신중국미래기新中國未來记》 등은 진화론이 그들의 의식에 깊숙이 자리매김하고 있다는 사실을 보여준다. 5·4운동 몇 년 전인 1916년과 1917년 사이에 가장 유행한 단어는 '조潮', '금今', '현现', '청춘青春', '청년青年', '소년少年', '신시대新時代', '신조류新潮流', '신사상新思想', '신중국新中國', '신문화新文化', '신문학新文學' 등이었으며, 후스 역시 이러한 시대적 조류를 간파하고 문학혁명의 가능성을 확신하고 있었던 것이다.

2

《중국문학사中國文學史》의 선구적 업적들[14]: 문학사 범주의 확장

최초의 '문학사'라는 말은 19세기 말에 일본이 중국보다 먼저 내놓았다. 1890년에 다카쓰 구와사부로高津鍬三郎와 미카미 산지三上参次 두 사람이 공동으로 펴낸《일본문학사日本文學史》가 있는데, 서구 문학이론의 영향을 받아 쓴 것으로 그 당시 선풍을 일으켰다. 여기에 힘입어 '중국中國'이라는 말 대신 '지나支那'라는 말을 사용해서 고조 사다요시古城貞吉의《지나문학사支那文學史》(1897), 사사가와 타네오笹川種郎의《지나문

---

14 1910년에 린촨지아林傳甲의《중국문학사中國文學史》가, 1918년에 셰우량謝無量의《중국대문학사中國大文學史》가 대표적이다. 이등연은 〈주요 중국문학사의 소설 장르 서술관점 분석: 초기 중국문학사 2종의 경우〉(《중국어문논총》 제15집, 1997, 207~227쪽)에서 린촨지아의《중국문학사》와 황런黃人의《중국문학사》를 선정하여 이 두 권을 중심으로 논의하고 있다. 황런은 중국 문학사를 서술하는 주요 관점은 철저히 '미美'를 문학의 가장 중요한 요소로 보았다는 점인데, 그는 "문학이 아름답지 않으면 마치 영혼이 없는 육체와 같다."(총론總論)라고 한 순수문학적 사관을 견지했다.

학사支那文學史》(박문관博文館, 1898)가 출판되었다. 고조 사다요시의《지나문학사》를 예를 들면, 먼저 서론 부분에서 중국의 국민성, 중국 문학의 특징 및 환경과 문학의 관계, 정치와 문학의 관계 등에 관한 검토가 이루어지고 나서 문학의 기원 문제를 다루고, 시대별로 제자 시대諸子時代, 한대 문학漢代文學, 육조 문학六朝文學, 당대 문학唐代文學, 송대 문학宋朝文學, 금원 문학金元文學, 명대 문학明代文學과 청대 문학淸代文學 등으로 나누어 이미 왕조에 의거한 시기 구분이 이루어져 있었으니, 그 당시 일본의 중국 문학사 저작이 어느 정도 조리가 있고 일정한 틀을 갖추고 있다는 점을 알 수 있다. 또한 1894년 청일전쟁에서 승리한 일본이 중국에 대한 평가절하 작업의 하나로 저술하려는 불순한 의도를 보여주었다. 아울러 1898년의《지나문학사》이후 중국의 몇몇 대학에서 일본 대학의 커리큘럼을 모방하여 문학사 과정을 개설하기도 했다.

이런 배경에서 1904년에 린촨지아는 7만 자 분량의《중국문학사》를 펴내게 된다. 린촨지아의《중국문학사》는 일본 도쿄東京의 고분도弘文堂에서 발행한 것으로 중국으로 따지면 광서光緖 30년(1904), 선통宣統 2년(1910) 등 두 차례에 걸쳐 편찬되었다. 이 책은 중국인 최초의 중국 문학사인데, 린촨지아는 자신이 문학사를 쓰게 된 동기를 다음과 같이 말한다.

> 일본 와세다대학의 강의에서 일찍이 중국 문학사 한 질이 있었으니 내가 보기에 우리 중국 문학 국민교육의 근본이 되어야 하나, 옛날 경사대학당에는 문학을 교과 과정에 편입시키지 않았다.[15]

이렇듯 린촨지아는 일본의 학문적 배경이 부러워 그들의 틀을 모방하여 편찬한 것이다. 또한 이 당시 중국 현대 학과 규범의 창건과 학술 발전에 지대한 공헌을 한 경사대학당京師大學堂[16]의 문과대학에서는 문文·사史·철哲 세 학과로 구분되었으나, 다시 몇 년이 지나고 난 1913년 1월 12일에 교육부는 대학의 장정을 선포하여 이제부터 대학 문과에는 철학哲學·문학文學·사학史學·지리학地理學 등 네 과목이 있다고 했다.[17]

1편에서는 글자체를 다루었고, 2편에서는 음운音韻의 변천을 다루었으며, 3편에서는 훈고訓詁를 다루었고, 4편에서는 옛날과 오늘의 문학 관념文學概念을 다루었으며, 5편에서는 문장의 근본인 수사학修辭學을 다루었고, 6편에서는 작문作文의 기법을 다루었으며, 7편에서는 경서經書 문체를 다루었다. 이하 8편부터 16편까지는 주진周秦 시기부터 당唐·송宋까지의 문체를 다루었다. 이러한 차례를 이보다 다소 뒤늦게

---

15 이 말은 그의 《중국문학사》(24쪽)에 나오는데, 그 배경을 좀 더 살펴보면, 만청晩淸의 중일 교류 시기에 와세다대학은 주동적으로 활약하게 되었다. 즉, 1905년 청나라 유학생부가 성립되기 이전에 이미 사람들을 중국으로 파견하여 장바이시張百熙, 장즈둥張之洞 등 교육개혁을 주관하는 관리들과 교류 문제를 토론하게 했다. 아마도 린촨지아는 이러한 문제를 보면서 문학사 저술을 하려는 동기부여가 된 것으로 보인다. 린촨지아가 편찬한 《중국문학사》와 마찬가지로 황런도 중국 고대의 문헌 저작 가운데 문학사와 서로 비슷한 몇 가지를 찾아내고는 문학사의 범위를 적지 않게 확대했다. 황런은 세계문학적 시야를 가지고 문학사를 집필한 것이다. 그는 "문학이란 언어사상 자유의 대표가 된다(文學爲言語思想自由之代表)."라는 말을 하여 그 순수성을 강조했다.

16 천궈치우陳國球, 《문학사 쓰기 형태와 문화정치文學史書寫形態與文化政治》, 베이징대학 출판사, 2004, 1쪽. 이 시기의 경사대학당 장정과 문학의 관계에 대한 보다 상세한 논의는 1~40쪽 참조.

출현한 문학사와 비교해보면, 완전히 다른 양상을 띠고 있으니 문자학·음운학·훈고학이 이렇게 많은 편폭에 걸쳐서 서술된 문학사는 없었으며, 문학사라기보다는 학술사였다.

1900년 초기 문학사 서술의 방법은 주로 건가 전통乾嘉傳統[18]의 충실한 계승 작업으로서 고증학·교감학·주석학 등의 도움을 받아 사료의 수집, 분석에 치중하여 문학사 발전을 언급하면서 작품이나 작가의 연원이나 발전 과정 등을 추적해 나가는 것이었으며, 이념성의 개입은 없었다.

---

17 린촨지아의 문학사 차례를 보면, ①〈古文籀文小篆八分草書錄書北朝書唐以後書〉, ②〈古今音韻之變遷〉, ③〈古今名義訓詁之變遷〉, ④〈古以治化爲文今以詞章爲文貫於世運之升降〉, ⑤〈修辭立誠詞達而已二語爲文章之本〉, ⑥〈古經言有物言有序言有章爲作文之法〉, ⑦〈群經文體〉, ⑧〈周秦傳記雜史文體〉, ⑨〈周秦諸子文體〉, ⑩〈史記三國四史文體〉, ⑪〈諸史文體〉, ⑫〈漢魏文體〉, ⑬〈南北朝至隋文體〉, ⑭〈唐至今文體〉, ⑮〈駢散古合今分之漸〉, ⑯〈駢文又分漢魏六朝唐宋四體之別〉 등 16편으로 나누어 서술되었다. 사실 철학, 문학, 사학의 분과는 중국 근대에 있어서 교육제도가 서방의 유사성 혹은 일치성을 의미하는 것인 동시에 학술 연구 방면에 있어서는 서방의 역할을 동등한 입장에서 인정한 것이다. 이러한 규정에 의거하여 문학에는 중국, 인도, 영국, 프랑스, 독일, 러시아, 이탈리아 문학 및 언어학 등 8부류가 있었는데, 국문학을 예로 들면 문학 연구법, 설문해자, 음운학, 이아학爾雅學, 사장학詞章學, 중국 문학사中國文學史, 중국사, 그리스·로마 문학사, 근세 유럽 문학사, 언어학 개론, 철학 개론, 미학 개론, 논리학 개론, 세계사 등 13개 커리큘럼이 있었다.

18 천쥐위엔陳居淵, 〈청대의 가학과 경학淸代的家學與經學—건륭건가 한학 생성 원인을 함께 논함兼論乾嘉漢學的成因〉, 《한학연구漢學研究》 제16권 제2기(1998. 12, 197~224쪽) 참조. 이 논문에서 그는 건가한학의 성립이 청대 가학家學과 경학經學에 그 뿌리를 두고 있다고 언급했다.

일본의 중국 문학사 저술과 린촨지아가 일본 학자들의 체재를 모방하여 편찬한 책에 자극을 받아 중국인 나름의 관점에서 편찬했다고 하는 본격적인 중국 문학사가 1918년에 출간된 셰우량謝無量의《중국대문학사中國大文學史》이다. 이사이에 왕멍정王夢曾이라는 학자가《중국문학사中國文學史》(1914)를 지었다. 중국 교육부가 심사하여 정한 중학교용 공화국 교과서로서 상무인서관商務印書館에서 출판된 것으로, 이 책의 '편집대의編輯大義'에 의하면 교육부 중학 제4학년 학생의 중국 문학사 교과목으로 규정된 것을 알 수 있다. 이외에도 1915년에 같은 출판사에서 출간된 장즈춘張之純의《중국문학사中國文學史》또한 본과 사범대학 학생 3~4학년들을 위하여 편찬한 것이다. 1922년에 같은 출판사에서 출판된 링두지엔凌獨見의《국어문학사國語文學史》도 그해 저장성浙江省 교육회가 주관한 국어전습國語傳習을 위해 출판된 것이다.[19] 베이징대학北京大學 중문과의 경우 1916년부터 1학년 학생은 '중국문학사요약中國文學史要略'이라는 과목을 들어야만 했는데, 이후 1924년부터 1925년까지 '중국문학사개요中國文學史概要'라는 과목으로 줄곧 설강되었다. 셰우량은《중국대문학사》의 '문학의 정의文學之定義'라는 장(1~4쪽)에서 문학을 정의하여《주역周易》과《설문해자說文解字》,《석명釋名》,《문심조룡文心彫龍》뿐만 아니라 서방의 플라톤이나 아리스토텔레스, 헤겔 등의 이름까지 거론하면서 '문학'을 규정지었다.

셰우량은 중국의 전통적인 학자로서 청대 고문파古文派의 문학관을

19 다이옌戴燕, 〈문과교학과 "중국문학사"文科教學與"中國文學史"〉,《문학유산文學遺產》제2기, 2000, 6쪽.

이어 문언문文言文 위주의 서술을 하고 공자의 '술이부작述而不作'의 관습을 철저히 따르려 했다. 그는 이미 《중국육대문호中國六大文豪》, 《중국철학사中國哲學史》, 《중국부녀문학사中國婦女文學史》 등을 지을 정도로 중국학의 전문가였으며, 민국 초기의 대표적인 문학사가의 기본 소양을 두루 갖추었으므로, 이러한 시각을 기본 전제로 하여 문학사를 집필했던 것이다. 그는 문학사의 시기 구분도 하여 상고上古를 오제五帝~한漢, 중고中古를 한漢~육조六朝, 근고近古를 당唐~명明, 근세近世를 청淸으로 나누었고, 다시 유파별로 나누었으며, 경학사經學史, 철학사, 문학사, 성운학聲韻學 등 학술과 문학과의 관계를 함께 설명하여 문학사관은 린촨지아와 큰 차이가 없었다. 그는 문학사에서 다루는 범주도 일곱 가지 사례를 들어 유별流別, 종파宗派, 법률法律, 잡평雜評, 서전敍傳, 총집總集으로 세세하게 나누었다.[20] 그런데 셰우량은 이런 구분을 하면서 다음과 같이 말한다.

> 서구의 학문이 동방으로 온 이래, 문학을 말하는 자들 중 어떤 이는 지식의 글과 감정의 글 두 가지로 나누기도 하고, 어떤 이는 창작 문학과 평론 문학을 대립시키기도 하고, 어떤 이는 실용문학實用文學과 미문학美文學을 함께 거론하기도 했으나, 그 구별은 지극히 미미하여 강제로 정하기 어렵다.[21]

---

20 셰우량謝無量, 《중국대문학사中國大文學史》, 베이징: 중화서국, 1918, 42쪽.

이는 중국 전통의 문학 개념과 서양의 개념 사이에는 함부로 적용하기 어려운 복합성을 내포하고 있어서 서양식으로 분석하는 것에 애로사항이 있음을 피력한 것인데, 주목해야 할 점은 이러한 고뇌의 표출이 전략적 맥락에서 거론되었다는 데 문제가 있다. 즉 '실용實用'과 '미美'는 서로 완전히 다른 문학의 본질적 속성임에도 불구하고, 양자의 경계를 설정하지 않으려는 의도는 1910년대 말기 중국 문학의 근대화 과정[22]이 결코 순탄하게 전개되지 않았다는 점을 웅변한다고 하겠다.

그러나 셰우량의 이런 노력에도 불구하고 그의 문학사 편찬이 일본 학자들의 결정적인 영향을 받았다는 오해가 1930년대까지 지속되었다. 예컨대, 저우쭤런周作人은 "중국이 스스로 편찬한 문학사는 대체로 일본 텍스트로써 근거를 삼았다."[23]라고 하면서 셰우량과 린촨지아의 업적을 평가절하했다. 여기서 저우쭤런이 이들의 작업을 비판한 것은 그들과 다른 사관의 차이에서 비롯된 것으로 볼 수밖에 없다. 저우쭤런은 기본적으로 평민 문학平民文學과 인간의 문학人的文學을 중시하여 비인간적 문학을 배척할 것을 역설했다. 그리고 고전적 규범에서 벗어나

---

21 "歐學東來, 言文學者或分知之文情之文二種; 或用創作文學與評論文學對立; 或以實用文學與美文學幷擧. 顾文學之工, 亦有主知而情深, 利用而致美者, 其區別至微, 難以强定." 다이옌, 《문학사의 권력文學史的勸力》, 베이징대학 출판사, 2002, 29쪽 재인용.

22 1910년대 말의 문학관에 관한 논의는 홍준형의 〈1910년대 말 문학 관념의 재편과 '문장' 인식의 변화〉(《중국문학연구》 제28집, 2004, 199~224쪽)에 있는데, 그는 이 시기가 문학적 글쓰기와 실용적 글쓰기 사이에서 담론이 활발하게 전개되었으며, 이 양자가 결코 대립적으로 전개되지 않고 상호 유기적 관계를 맺고 있다는 입장에서 논의하고 있다.

희곡과 소설의 필요성을 주장했다. 그는 후스의 주장에 대해서도 과학과 철학 등 서양의 영향을 빼면 공안파公安派나 경릉파竟陵派의 주장과 같다고 단정하면서 '신문학新文學'이라는 말을 적용했다.[24] 적어도 '신문학'이란 용어의 이면에는 전통문학의 파기와 그 대안적 모색의 일환으로 서구 문학의 관점을 수용하며, 문언보다는 백화白話를 선택한다는 기본 입장이 개입된 것이다.

그렇다면 린촨지아와 셰우량의 기본적인 관점이 어떤 특색을 지녔는지 살펴보기로 한다. 린촨지아가 서술한 중국 문학은 그 범위가 너무

---

23 이 말은 저우쭤런이 일본인 아오키 마사루青木正兒의 《중국고대문예사조론中國古代文藝思潮論》의 중국어 번역본 〈서문〉에서 린촨지아와 셰우량의 작업을 두고 한 말인데, 이 책은 베이핑北平: 인문서점人文書店, 1933년 판이다. 첨언하면, 아오키 마사루는 《중국문학사상사中國文學思想史》(멍칭원孟慶文 옮김, 선양: 춘풍문예출판사春風文藝出版社, 1943년 초판, 1985년 번역판)라는 책과 《중국문학개론中國文學概論》, 《중국근대희곡사中國近代戲曲史》라는 책을 가지고 있으며, 일본뿐 아니라 중국 학계에도 지대한 영향을 끼쳤다. 특히 그는 문학이론의 분기 문제, 중국 문학의 지방 특색, 유도儒道와 문학사상의 관계, 창작 태도와 표현 형식 방면에 관한 연구 등 문학이론에 관한 깊은 조예를 보였다.

24 그의 기본적인 입장은 인간의 내면에 대한 연민과 애정에서 출발한다는 점이다. 그런데 중국 문학사의 기본적인 전개 양상이 '언지言志'와 '재도載道'의 순환론적 과정 속에서 발전해오면서 이러한 근본적인 문제를 홀시해왔다는 것이다. 그는 1932년 강의안을 정리하여 《중국 신문학의 원류中國新文學的源流》라는 책을 출간하면서 '재도'파에 대해 강력한 비판을 전개한다. 이 점에 관한 깊이 있는 논의는 김미정의 〈저우쭤런周作人의 전통문학관〉(《중국문학中國文學》 제22집, 1994, 297~319쪽)에 있으므로 자세한 논의를 피한다. 그리고 저우쭤런의 '인간의 문학人的文學'의 문제에 관한 검토는 최성경의 〈저우쭤런周作人의 '인간의 문학人的文學'에 관한 고찰〉(《중국어문논총》 제24집, 2003. 06, 369~393쪽)에 있어 자세한 논의를 피한다.

광범했으니 문자의 기원과 변천에서 음운, 훈고, 수사학 및 경經, 제자諸子, 사서史書 등도 문학으로 분류하고, 한위漢魏 이래 변려문에 서술의 초점을 맞추었고, 소설과 희극 등은 아예 음사淫辞와 사설邪說뿐이라고 하면서 시각의 편파성을 드러냈다. 셰우량의《중국대문학사》도 동서양 문학 범주의 구분에 착안하여 서로 간의 차이점을 느껴[25] 중국 문학의 실제를 존중했지만, 그 한계는 여전했다.

이들은 중국 고대의 문장文章과 학술學術을 문학 범주로 간주하는 전통적 맥락[26]에 충실하면서도 '문학'이라는 학과의 범위나 내용에 관한 인식을 새롭게 검토하고 중서中西와 고금古今 사이에 존재하는 용어의 모호성에도 주의하지 못했고, 서방의 학술 성취도 거의 고려하지 않고 문학사를 편찬했다. 그래서 후화이천胡懷琛도 린촨지아와 셰우량 등의 '중국 문학사' 저작을 이렇게 비판했다.

---

25 셰우량,《중국대문학사》, 베이징: 중화서국, 1918년 초판은 중주中州: 고적출판사古籍出版社(1992)에서 영인되었다. 동나이빈董乃斌은 〈초창기《중국문학사》를 논함論草創期的《中國文學史》〉,《사회과학전선社會科學战线》(지린, 1997)에서 상세하게 다루고 있다.

26 이를테면 후샤오스胡小石는 장타이옌의《문학총략文學總略》에서 제시한 견해들에 대해 그의 주장이 너무 광범위하다고 하면서 강하게 비판했다. "근래 장타이옌 씨가 또 지극히 광의적인 것을 주장하여 '무릇 죽백에 지어진 것을 '문'이라고 하고 그 형식을 논한 것을 문학이라고 한다.'라고 했는데 전혀 제한이 없는 것이다(近來的章太炎氏, 又主張極廣意的: '凡著于竹帛者, 謂之文. 論其形式, 謂之文學.' 照他說來, 太無限定)." 후샤오스,《중국문학사강고中國文學史講稿》 제1장 〈통론通論〉, 인문사人文社, 1928년 출판, 상하이 고적출판사, 1991년 재판再版, 편입《후샤오스 논문집 속편胡小石論文集續編》, 11쪽.

> 무릇 자학, 철학, 사학 등을 거론하여 문학사 속으로 귀납시키지 않은 바가 없으며, 이름은 '문학사'라고 하지만 실제로는 '중국 학술사'에 불과하다. 자료를 취한 것은 풍부하지만 분류가 분명치 못하여 선배들은 문학을 중국의 모든 학술로 개괄하고 있으며 그 관념 또한 이와 같으니 그 이치가 괴이하지 않다. 오늘날 사람은 학문하는 데 있어서 대부분 과학적 방법을 사용하고 있으나 방법이 다르고 관점도 스스로 달라 앞사람의 저작에 대해서 문득 그 구분이 정밀하지 못함을 느끼게 한다.[27]

이러한 비판은 이들의 작업이 일반적으로 청대 이래 지속된 국학[28] 전통을 지나치게 중시하여, 특히 《사고전서총목四庫全書總目》은 중요한 근거 자료로써 활용되었으니, 린촨지아의 문학사 저술에서 알 수 있듯이, 서술 방식 가운데 《사고전서총목제요四庫全書總目提要》의 수준을 그다지 벗어나지 못했다. 심지어 《사고전서총목제요》를 베꼈다는 오해를

27 "擧凡字學, 哲學, 史學等, 無不納之文學史中; 名曰 '文學史', 實不啻 '中國學術史' 也. 取材富而分界不淸, 在前輩以文學概括中國一切學術, 蓋其觀念如是, 無怪其然. 今人治學, 多用科學方法, 方法不同, 觀念自異; 對於前人之作, 輒覺其劃界分類之不精審."《중국문학사략中國文學史略·서序》 제4판, 상하이: 양계도서관梁溪圖書館, 1926, 1쪽.

28 국학國學은 일반적 전통 학술을 지칭할 뿐만 아니라 이 속에는 문화가치와 민족정신이 함유되어 있다. 이 개념에 대해서 장타이옌이 제기하면서 민족정신을 일으키고 중국 문화의 도덕 이성과 인문 전통을 널리 펼쳐야 한다는 인식이 자리 잡았고, 서양 문화의 유입에 따른 공업화, 상업화 등 서화西化에 대해 비판적 의미도 함께 갖고 있다. 고로 국학은 학문 혹은 학술의 개념인 동시에 민족성과 민족혼의 개념도 함유하고 있다.

받을 정도였다. 즉 청대의 박학樸學으로부터 5·4 시기 후스 이전에 이르기까지 실증적 문학 연구 방법은 복잡한 역사 현상에서 규율성과 과학적 논단을 이끌어내는 방법이었고, 그 주된 대상은 문학이라기보다는 국학이었던 것이다.[29]

이러한 인식의 근본적인 입장은 변화 없이 피상적인 변화의 조짐이 서서히 나타났으니, 1924년 정이曾毅는 그 당시 문학사에 대해 "옛날이나 오늘의 문학 변천의 형세는 지극히 번잡스러워 간단히 거론할 수 없으나 돌이켜보면 문학사의 범위라고 볼 수 없다(古今文學變遷之形, 至爲繁頤, 不略擧之, 轉無以見文學史之範圍)."[30]라고 비판했다. 그런데 2년 후인 1926년에 출간된 꾸스顧實의 《중국문학대강中國文學大綱》도 예외가 아니어서 '문학' 개념을 영어의 'literature'라고 하면서도 학문 지식, 서적 문고, 문학 시문詩文 등으로 확충하면서 "우리나라에서 이른바 문학이라고 하는 명사는 여러 가지 뜻을 구비하고 있으니, 즉 '학문', '시서', '학자', '관리'라는 뜻이다(我國所謂文學一名詞, 赤兼具教義, 卽學問, 詩書, 學者, 官吏之義)."[31]라는 광의적 관점에 입각하여 문학사를 지었다.[32] 그는 문학

---

29 이런 유형의 또 다른 책은 더우징판竇警凡이 광서光緖 32년(1906)에 출판한 《역조문학사歷朝文學史》로서 모두 5장으로 구성되어 있는데, 첫 장에 문학의 기원을 다룬 것을 제외하고 나머지 4장은 경經, 사史, 자子, 집集에 의거하여 순서를 매겼다. 따라서 천위탕陳玉堂은 《중국문학사서목제요中國文學史書目提要》에서 이 책을 "실제로는 국학 개론과 같아 문학사는 아니다(實係國學概論, 而非文學史)."라고 비판했다.

30 정이曾毅, 《중국문학사中國文學史·서언緖言》, 상하이: 태동서국泰東書局, 1915년 초판, 1924년 제6판, 16쪽.

의 연구 방법에 세 가지가 있다고 보았으니, 첫째는 역사적 방법historical method, 둘째는 서술적 방법narrative method, 셋째는 비평적 방법critical method이 있다고 하면서[33] 역사의 안목으로 연구하고, 특정 개인의 조우遭遇에 치중하며 서술의 비평적 태도를 갖추어야 한다는 입장만 견지한다고 했다.

이렇듯 초창기 문학사류에서 보이는 문학사의 범주는 국학의 범주와 큰 차이가 없을 만큼 그 구분의 한계가 모호했고, 이념성은 개입되어 있지 않았지만 그 내면에는 거대한 변화가 움트고 있었던 것이 시대적 조류요 화두였다.

---

31 꾸스顧實, 《중국문학사대강中國文學史大綱》 제3판, 상하이: 상무인서관, 1933, 1~5쪽.

32 이렇듯 이 시기의 문학관은 혼돈이었다. 차오쥐런曹聚仁이 편찬한 《중국평민문학개론中國平民文學概論》(양계도서관, 1926)에서는, '시가詩歌'·'희곡戲曲'·'소설小說' 삼종三種만 두었고, 류징안劉經庵이 편찬한 《중국순문학사강中國純文學史綱》에서는 〈편자예언編者例言〉에서 명확하게 "여기에 편집에 치중한 것은 중국의 순문학으로 시가, 사, 곡, 소설을 제외하면 기타 개괄하여 붙인 것은 없는 것과 같다(本編所注重的是中國的純文學, 除詩歌, 詞, 曲及小說外, 其他概付闕如)."라고 했다. 류징안, 《중국순문학사강》, 베이징: 저자서점著者書店, 1935, 동방출판사東方出版社, 1996, 1쪽.

33 꾸스, 같은 책, 5~6쪽.

3

중국 문학사 서술의 방향 전환: 후스胡適의 문학사관

문학사의 문체 혁신: 국어의 문학, 문학의 국어

후스는 1915년 8월 2일 《과학科學》이라는 잡지에 〈구두 및 문자부호를 논하다論句讀及文字符號〉라는 글을 발표하면서 열 가지 문자의 표점 부호를 만들어 자신의 문장 구성의 지침으로 삼았다. 그의 견해는, 문언문은 문체도 문제려니와 단락 구분이 안 되어 있고 구두점 표시가 없어 난해하므로 오랜 시간과 훈련이 필요하며 독자가 작자의 뜻을 오해하는 경우가 많다는 것이다. 누구나 알기 쉽게 문장에 구두점을 찍는다는 발상은 문장을 되도록 어렵게 써서 독서량과 문장력을 자랑하던 전통시대 지식인에게서는 도저히 나올 수 없는 문학혁명의 정신과 일치하는 것이었다. 그래서 그는 1919년 11월에 첸쉬안퉁錢玄同과 저우쭤런 등과 함께 〈신식문장부호시행 요청의안請頒行新式標點符號議案〉을 교육부에 출연하여 그 이듬해 소학교 1, 2학년에게 허용하는 교육부 지침을 마련한다.

후스가 생각하는 문학의 병폐는 무엇인가? 그는 당시의 문학이 형식만 추구하고 정신은 없으며 수식은 있되 내용은 없고 소리만 요란한 운문만 추구하고 문사만 모방하는 그런 상황[34]이라고 생각하고 각성을 요구한 것이다. 이러한 점에서 후스는 〈국어와 국어문법國語與國語文法〉이라는 글에서 자신이 문학사관을 전개하는 데 있어서 문학의 주요한 도구인 언어의 문제를 집중적으로 다루었다. 그는 다음과 같이 방언과 연관시켜서 국어의 개념에 대해서 말한다.

> 무엇이 국어國語인가? 우리는 현재 국어 문법을 연구할 때 먼저 물어야 하는 것은 '무엇이 국어인가?' 또 '무엇이 국어의 문법인가?'이다. '국어' 이 두 글자는 오해하기 아주 쉽다. 엄격하게 말해서 현재 소위 '국어'는 또한 단지 하나의 먼저 것을 다 하고 나서 보충해서 사용하는 후보 국어로서 결코 현재의 국어가 아니다. 이 말의 뜻은 이렇게 말할 수 있다. 이 하나의 방언이 이미 있고 나서 중국 국어를 만들 자격이 있으며 그러나 이때 또한 일찍이 완전하게 정식의 국어가 될 수는 없다.[35]

이렇듯 국어의 개념을 말할 때 그는 진화 관념으로 논의를 펼치고 있으며, 국어가 방언과 결코 멀리 떨어진 언어가 아니라는 시각을 보여준다.

그래서 그는 같은 글에서 다시 국어의 건립 방법으로서 방언의 정착

---

34 "今日文學大病, 在於徒有形式而無精神, 徒有文而無質, 徒有鏗鏘之韻, 貌似之辭而已. 今欲救此文勝之弊, 宜從三事入手: 第一, 須言之有物; 第二, 須講文法; 第三, 當用"文之文字" …… 三者皆以質救文勝之弊也." 후스, 《후스 유학일기胡適留學日記》 제3권, 타이베이臺北: 타이완원류출판공사臺灣遠流出版公司, 1988, 251쪽.

35 후스, 〈국어와 국어문법國語與國語文法〉, 《중국신문학대계中國新文學大系·이론건설집建設理論集》, 상하이: 문예출판사文藝出版社, 2003, 228쪽.

화 과정을 언급하면서 국어를 학교의 공식 언어로 사용할 것을 제안하면서 이렇게 제기한다.

> 우리가 현재 제창하는 국어는 하나의 통행이 가장 광범하고 가장 멀고 또 일찍이 1천 년 동안 있었던 문학의 방언이다. 왜냐하면 거기에는 두 가지 자격이 있으니, 따라서 모두가 오랫동안 그것을 중국 국어로 삼은 유일한 후보로서 인정하기 때문이므로 전국의 사람들은 이때 그것을 중국 국어로 공인한다. 여기에서 추진해 나가면 그로 하여금 전국 학교 교과서의 용어로 되게 할 수 있으며, 그로 하여금 전국 신문·잡지의 용어로 되게 할 수 있으며, 그로 하여금 현대와 장래의 문학 용어로 되게 할 수 있다. 이는 국어를 건립하는 유일한 방법이다.[36]

국어가 공식 언어가 되려면 현재성이 있어야 한다는 이러한 논지의 이면에는 그의 다음과 같은 의식이 잠재되어 있다.

> 나의 건설적 문학론建設新文學論의 유일한 취지는 단지 열 글자이니, '국어의 문학國語的文學', '문학의 국어文學的國語'이다. 우리가 제창하는 바의 문학혁명이란 단지 중국을 위하여 하나의 국어의 문학을 창조하는 것이다. 국어의 문학이 있고 나서 국어의 문학을 창조할 수 있다. 우리의 국어는 그래도 진정한 국어라고 할 수 있다. 국어에 문학이 없으면 생명

36 후스, 같은 책, 229쪽.

이 없고 가치도 없어 성립할 수 없다. 이는 나의 이 편의 문장의 대체적 인 뜻이다.[37]

국어 없이 생명력 있는 문학이 탄생할 수 없으며, 이는 문학사 서술에 있어서 고려할 기본 확인 사항이기도 하다. 그러면서도 후스는 자신의 견해에 대해 이렇게 토를 달았다.

독자는 오해하지 말아야 한다. 나는 일찍이 무릇 백화를 쓴 글이 결코 모두 가치가 있고 생명이 있는 것이라고는 말하지 않았다. 내가 말하고자 하는 것은 죽은 문언은 절대로 생명이 있고 가치가 있는 문학을 써낼 수 없다는 것이다. 이 1천여 년의 문학은 무릇 진정한 문학적 가치가 있는 것 중에는 한 가지도 백화의 성질을 띠지 않은 것이 없고, 한 가지라도 이러한 '백화성질白話性質'의 도움에 의지하지 않은 것이 없다. 바꿔 말

37 〈건설적 문학혁명론建設的文學革命論—국어의 문학, 문학의 국어國語的文學文學的國語〉에 나오는 글이다. 후스는 이러한 입장에서 다음과 같이 1916년 11월 〈문학개량추의〉에 '팔부주의八不主義'를 언급하고 있다. "일, 내용이 없는 글을 쓰지 않는다(一, 不做'言之無物'的文字). 이, '무병신음'하지 않는다(二, 不做'無病呻吟'的文字). 삼, 전고를 쓰지 않는다(三, 不用典). 사, 진부한 상투어를 쓰지 않는다(四, 不用套語爛調). 오, 대구를 쓰지 않는다—문장은 대우를 쓰지 않고 시는 율을 폐기하여야 한다(五, 不重對遇—文須廢駢, 詩須廢律). 육, 문법에 맞지 않는 말은 쓰지 않는다(六, 不做不合文法的文字). 칠, 고인을 모방하지 않는다(七, 不摹倣古人). 팔, 속어와 속자를 쓰지 않는다(八, 不避俗話俗字)."라고 했는데 문장이란 정감이 있고 사상이 있어야만 한다는 것이다. 후스의 이 견해는 그 당시 문학사가들에 의해서 신문학 운동의 첫 번째 목소리로 평가받았다. 천두슈는 "오늘날 중국 문학계의 천둥소리(今日中國文界之雷音)"라고 하면서 호응했다.

해서 백화는 능히 가치 있는 문학을 창출해낼 수 있고 가치가 없는 문학을 생산해낼 수 있으니, 《유림외사儒林外史》도 생산해낼 수 있고 또 《육포단肉蒲團》도 생산해낼 수 있다. 그러나 이미 죽은 저 문언은 가치도 없고 생명도 없는 문학을 겨우 생산해낼 뿐이며, 결코 가치가 있고 생명이 있는 문학을 생각해낼 수 없으니, 겨우 몇 편의 '한유의 원도' 혹은 '육기의 의고'를 모방한 작품만 지을 수 있지 결코 한 권의 《유림외사》를 지을 수 없다.[38]

윗글에서 후스는 문학사에 있어서 백화의 위상이 굳건하다고 하면서 백화의 성질이 있어야만 값어치 있는 문학 작문이 탄생하게 되는데, 문언은 시대에 뒤떨어진 낡은 언어이므로 겨우 모방작이나 지을 뿐 창조적인 작품을 탄생시킬 수 없다고 한다.

'살아 있는 문학(活文學)'의 위상 설정과 문학사 서술언어의 재건

그렇다면 후스가 '활문학活文學'을 위하려고 어떤 방법을 제시했는지 알아보자. 그는 문체의 혁신을 통해 기존의 문학을 개혁할 것을 역설하는데, 그러한 것이 곧 '문학혁명'이라는 것이다. 그의 견해를 보자.

1) 만일 하나의 살아 있는 문학을 지으려면 반드시 살아 있는 도구가 필요하다. 저 이미 생산된 백화 소설과 사곡은 모두 백화가 중국의 살아 있

38 후스, 〈건설적 문학혁명론—국어의 문학, 문학의 국어〉, 《중국신문학대계·이론건설집》, 상하이: 문예출판사, 2003, 129쪽.

는 문학을 짓는 데 가장 잘 어울리는 도구라는 것을 증명한다. 우리는 반드시 먼저 이러한 도구를 고양하기 시작하여 그로 하여금 모두가 인정하는 중국 문학의 도구로 만들 것이며, 그로 하여금 저 반쯤 죽거나 완전히 죽은 낡은 도구를 대체하게 해야 할 것이다.[39]

2) 한 권의 중국 문학사는 단지 하나의 문자 형식(도구)이 신진대사 하는 역사일 뿐이고 단지 '살아 있는 문학(活文學)'이 시대에 따라서 '죽은 문학(死文學)'을 대체한 역사일 뿐이다. 문학의 생명은 전적으로 한 시대의 살아 있는 도구를 사용하여 한 시대의 감정과 사상을 표현할 수 있다. 도구가 굳어져버리면 반드시 새로운 것, 살아 있는 것으로 바꿔야 하니, 이것이 곧 '문학혁명文學革命'이다.[40]

3) 나는 항상 말하기를 문학혁명 운동은 예나 지금이나 중국이나 외국을 막론하고 대체로 '문학의 형식文的形式'이라는 한 방면으로부터 착수하는 것으로서 대개는 먼저 언어 문자와 문체 등의 방면의 해방을 요구하는 것이다. …… 첫 번째 중국 문학의 혁명운동은 또한 언어 문자와 문체의 해방을 먼저 요구하는 것이다.[41]

---

39 〈양산박에 가다逼上梁山〉, 《이론건설집》, 19~20쪽. 후스는 〈백화와 문언의 우열비교白話文言之優劣比較〉(1916. 7. 16)라는 글에서 백화문이 문언보다 우월적인 것을 네 가지로 분류하여 설명한다. 장이화姜義華 주편, 《후스 학술문집胡適學術文集·신문학 운동新文學運動》, 베이징: 중화서국, 1993, 6~8쪽.

40 후스, 《중국신문학대계·이론건설집》, 9쪽.

1)에서는 문학의 생명력을 부여하려면 살아 있는 문학의 도구가 필요함을 언급하고 있고, 2)에서는 백화라는 살아 있는 도구로 바꾸는 문체혁명이 '문학혁명'임을 강조하고 있으며, 3)에서는 언어 문자 해방과 문학혁명이 문체 해방임을 분명히 했다.

후스는 1917년 5월《신청년新青年》3권 3호에 발표한 〈역사적 문학관념론歷史的文學觀念論〉이란 글을 통해 백화白話가 정종正宗의 위상을 점유하지 못하면서도 그 생명력이 뛰어나다고 하면서 이렇게 말한다.

> 1) 무릇 백화의 문학이 부귀를 취하기에 부족하고, 명예를 누리기에 부족하며, 문학의 '정종正宗'에 열거되지 않지만 결국 없어져 끊어질 수 없는데 어찌 연고가 없겠는가?[42]
>
> 2) 백화문학사는 중국 문학사의 중심 부분이다. 중국 문학사가 만일 백화문학의 진화사를 없애버린다면 중국 문학사가 될 수 없을 것이다. 단지 '고문 전통사古文傳統史'라고 부르면 그만이다.

1)에서는 백화가 문학의 '정종'이라고 취급받지 못했어도 생명력이 유구한 이유가 있을 것을 염두에 둔 것이고, 2)에서는 중국학사의 중심이 백화문학사여야 한다고 선언한 것이다. 그런데 문제는 백화가 중국

---

41 후스, 〈신시를 말하다談新詩—8년 이래 큰 사건八年來一件大事〉,《후스 문집胡適文集》제3권, 133~134쪽.

42 후스,《후스 문집》제3권, 33쪽.

문학사의 중심 부분이라고 했지만, 그가 《백화문학사白話文學史》에서도 '대시인 도잠大詩人陶潛'이란 항목을 설정하고 분석[43]하면서 백화시라고 예시한 〈귀전원거歸田園居〉(2수二首), 〈음주飮酒〉(3수三首) 등이 과연 진정한 백화시인가 하는 의문이 들기 때문이다.

후스는 〈건설적 문학혁명론建設的文學革命論—국어의 문학, 문학의 국어國語的文學文學的國語〉에서 '죽은 문자(死文字)로는 결코 살아 있는 문학(活文學)을 생산해낼 수 없다.'라는 말에 의해 설득력을 얻는다.

> 나는 일찍이 자세히 연구했다. 중국이 2천 년 동안에 어찌 진정으로 가치 있고 진정으로 생명 있는 '문언의 문학文言的文學'이 없었겠는가?' 나 스스로 대답하여 말한다. …… 이는 이 2천 년의 문인들이 지어낸 바의 문학이 모두 죽은 것이고 모두 이미 죽어버린 언어 문자로서 지은 것이기 때문이다. 죽은 문자로는 결코 살아 있는 문학을 생산해낼 수 없다. 우리는 무엇 때문에 〈목란사木蘭辭〉, 〈공작동남비孔雀東南飛〉를 즐겨 읽는가? 왜냐하면 이 두 수의 시는 백화로서 지은 시이기 때문이다. …… 간단하게 말해서 《삼백편三百篇》으로부터 지금에 이르기까지 중국의 문학은 모두 몇몇 가치 있고 몇몇 생명이 있는 것이 있는데, 이것들은 모두 백화이거나 혹은 백화에 가까운 것이다. 그 나머지 것들은 모두 생기가 없는 골동품으로 모두 박물관 속의 진열품이다.[44]

---

43 후스, 《후스 문집》 4권, 104~108쪽.

후스의 이런 백화 우월주의적 견해는 일견 문언만이 진정한 문학, 즉 정종의 위치에 있다는 관점에 대한 반발에서 나온 것이다. 이러한 후스의 논의의 출발은 문학을 향유하는 독서계가 극소수의 고급문체인 문언을 이해하는 지식인층에 한정시켜 문학을 논하는 것을 반대하는 데에 있다. 한 걸음 더 나아가 그는 《좌전左傳》이나 《사기史記》 등이 문학사에 있어서 '장생불사長生不死'의 위치라는 사실은 인정하지만, 이런 것이 소수의 사유물로 전락했기에 입장을 바꾸어 통속 사회에 사는 사람이 보기에는 역시 '죽은' 것과 다를 바 없다는 것이다.[45] 왜냐하면 후스는 '백화白話'를 옛 문학 중에서 명백하고 분명하여 설화說話에 근접하는 작문도 포함하기 때문이다.[46]

그러나 이러한 문제는 후스의 말처럼 단순하지 않다. 만일 문학 활동의 주체자인 문인 집단을 배제하고 문학적 소양이 부족하거나 혹은 전

---

44 후스, 〈건설적 문학혁명론—국어의 문학, 문학의 국어〉, 앞의 책, 129쪽. 또한 그는 같은 글에서 "죽은 문자로는 결코 살아 있는 문학을 생산해낼 수 없다. 따라서 중국 2천 년 동안 단지 몇몇 죽은 문학만 있고 단지 몇몇 가치 없는 죽은 문학만 있게 된 것이다(死文字決不能產出活文學. 所以中國這二千年只有些死文學, 只有些沒有價值的死文學)."라고 힘주어 말한다.

45 "나 또한 《좌전》과 《사기》가 문학사상 '장생불사'의 위치에 있다는 것을 인정하나, 이런 문학은 문언을 이해할 수 있는 소수의 사유물로서 일반 통속사회에 대해서는 '죽은' 것과 마찬가지다(我也承認《左傳》, 《史記》在文學史上有"長生不死"的位置. 但這種文學是少數懂得文言的人的私有物, 對於一般通俗社會便同"死"的一樣)." 후스, 〈주경농朱經農〉, 《후스 문존胡適文存》 제1권, 89쪽.

46 "나는 '백화문학'의 범위를 크게 보는데, 구문학의 명백하고 분명하게 설화에 가까운 작품도 포함시킨다(我把'白話文學'的範圍放得很大, 做包括舊文學中那些明白清楚近於說話的作品)." 후스, 《백화문학사—인자引子》, 《후스 문집》 제4권, 32쪽.

혀 없는 속인들의 취향에 맞는 문학작품만을 문학의 범주에 넣는다고 한다면, 일종의 문학성이 거의 없는 작품도 살아 있는 문학의 범주에 편입된다는 위험성이 도사리고 있기 때문이다.

백화문학에 대한 재평가 문제: 문학사의 정통과 비정통 재확인

후스가 문학혁명론의 핵심 화두로 백화 문제를 제기한 것은 그가 일견 통속문학의 발현이야말로 문학사의 정통/비정통의 논쟁을 위한 시발점이 된다는 인식 때문이다. 그는 백화소설을 최고의 작품으로 평가하며 이렇게 말한다.

> 이 50년 중에서 세력이 가장 크고 유행이 가장 광범한 문학은, 기괴하다고 말한다 하더라도, 결코 량치차오의 문장도 아니고 또 린수의 소설도 아니며 곧 많은 백화의 소설이다. ……이러한 남북의 백화소설은 곧 이 50년 중국 문학의 최고의 작품으로 가장 문학적 가치가 있는 작품이다.[47]

아울러 후스는 문학혁명이 자신의 "시국혁명詩國革命"에서 비롯된 것임을 인식하면서 그가 보기에 백화시의 수량이 많지 않고[48] 친구들을 비롯한 여러 사람의 반대도 거셌지만[49], 그는 '속화 문학俗話文學'의 기반 위에서 백화로서 고문을 대체할 것을 주장하는 문학사관을 주장하게 된다.

---

47 후스, 《중국문학 50년》, 《후스 문집》 제4권, 329쪽.

나는 이때에 이르러 비로소 중국 문학사를 명백하게 볼 수 있게 되었고, 비로소 중국의 속화 문학俗話文學(송나라 유학자의 백화어록으로부터 원나라 왕조와 명나라 왕조의 백화희곡과 백화소설에 이르기까지)이 중국의 정통 문학으로서 중국 문학혁명의 자연스러운 발전 추세를 대표한다는 것을 분명히 알게 되었다. 나는 이때에 이르러 비로소 감히 정식으로 중국의 오늘날에 필요한 문학혁명이란 백화를 사용하여 고문을 대체하는 혁명이고, 살아 있는 도구를 사용하여 죽은 도구를 대체하는 혁명임을 정식으로 인정하게 되었다.[50]

---

48 "백화시는 확실히 많지 않았다. 그 무수한 고문시 속에서 이곳저곳의 백화시 몇 수 있었으니 확실히 수량에 있어서 매우 적었다(白話詩確是不多; 在那無數的古文詩里, 這兒那兒的幾首白話詩在數量上確是很少)." 〈양산박에 가다〉, 《이론건설집》, 20쪽. 사실상 후스는 유학 시절에 써본 백화시, 귀국 후에 《신청년》 등에 발표한 시들을 묶어 시험 작품집이란 뜻의 《상시집嘗詩集》을 1920년 3월에 베이징대학 출판부에서 간행했다. 이 시집은 보수주의자들로부터는 내용이 유치하다는 격한 비판을 받았으나 폭발적인 인기를 끌었으니, 1만 부나 팔려 나갔다. 이 책은 1922년 10월에 상당히 증보된 4판이 출간되었다.

49 이런 시도에 논란은 거셌다. 이에 대해 후스는 문언의 글쓰기를 좋아하는 세태를 비판하면서도 "나는 백화를 써서 시를 짓자고 주장하는데 친구 중에 아주 많은 사람이 반대한다. 사실상 사람은 각자 뜻이 있으니 억지로 동의할 필요는 없다(我主張用白話作詩, 友朋中很多反對的. 其實人各有志, 不必强同. 我亦不必因有人反對)." (후스, 《후스 유학일기胡適留學日記》 제4권, 96쪽)라고 유연하게 대응했다.

50 〈양산박에 가다〉, 《이론건설집》, 10쪽. 이 글은 《수호전기水滸傳奇》의 108 영웅들이 조정의 핍박을 받아 양산박으로 달아난 것을 비유하며 자신의 문학혁명의 난관을 예고한 중요한 글로서 그가 1922년에 출간한 《사십자술四十自述》의 제1장에도 수록되어 있다.

윗글은 '속화 문학'이 정통 문학이라고 확언한 그의 소신을 엿볼 수 있는 내용으로, 그 자신이 추구하는 문학혁명이 성공하리라는 확신이 없이는 불가능한 것이었다.

후스는 스스로 1916년 2~3월 사이에 문학사관이 분명하게 형성되었다고 보면서 그해 말에 쓴 〈문학개량추의文學改良芻議〉에서도 마음속에는 오로지 백화소설이 결코 세계문학과 비교해도 손색이 없다는 논리를 펼친다.

> 나는 매번 오늘날의 문학을 말할 때 족히 세 개의 '제일류第一流'의 문학과 비교하여 부끄러운 기색이 없는 것은 단지 백화소설(아불산인我佛山人, 남정정장南亭亭長, 홍도백련생洪都百煉生 세 사람일 뿐이다!)이라고 생각한다.[51]

다시 한 걸음 더 나아가 그는 시내암施耐庵, 조설근曹雪芹, 오연인吳研人 등 백화소설가들을 문학의 '정종'으로 보고 변문과 율시를 소도小道로 간주하기에 이른다.[52] '금일今日'의 문학을 논하려면 우선 백화로 고문을 대체해야 하는데, 그는 중국 문학사를 백화문학사의 발전 맥락으로 해석하고자 한 것이다. 〈역사적 문학관념론歷史的文學觀念論〉에서 그

---

51 후스, 《중국신문학대계·이론건설집》 제1권, 8쪽.

52 "지금 사람들은 오히려 비루한 백화소설을 문학의 소도와 같다고 하면서 시내암, 조설근, 오연인이 모두 문학의 정종이고 변문과 율시야말로 곧 진정한 소도일 뿐임을 알지 못한다(今人猶有鄙夷白話小說爲文學小道者. 不知施耐庵, 曹雪芹吳研人, 皆文學正宗,而駢文律詩乃眞小道耳)." 후스, 《후스 문존》 제1권, 15쪽.

는 문학의 변천을 백화문학사관에 의해 보면서 이렇게 말한다.

> 단지 내가 고금 문학의 변천의 추세를 꿰뚫어 보면 백화의 문학 씨앗은 이미 당나라 사람의 소시와 단사에 굴복했다고 생각한다. 송나라에 이르러서 어록체語錄體가 크게 성했고 시사詩詞 또한 대부분 백화白話(육방옹의 칠언율시와 칠언절구는 대부분 백화체다. 송사도 백화를 쓴 것이 헤아릴 수 없을 정도로 많다. 남송 학자는 왕왕 백화로서 통신했으니 또한 백화로서 어록만을 만든 것은 아니다)를 대부분 사용했다. 원대의 소설, 희곡은 더군다나 논의를 기다릴 필요도 없다. 이러한 백화문학의 추세는 비록 명대에 의해 재단되었으나 실제로는 일찍이 재단된 것은 없었다. 어록의 문체는 명·청대의 송학가들이 대부분 그것을 계속 사용했다. …… 즉 명·청의 유명한 소설은 모두 백화이다. 요즘 사람이 쓴 소설 중에 그것이 그중에 후세에 전해지는 것으로는 또한 모두 백화이다(필기 단편인 《요재지이聊齋志異》 같은 부류는 이러한 예에 있지 아니한다). 따라서 백화의 문학은 송나라 이래로 비록 고문가에 의해 둘러쳐진 것처럼 보이지만 결국은 하나의 선으로 서로 이어져 지금에 이르러도 끊어지지 않은 것이다(故白話之文學, 自宋以來雖見屛於古文家, 而終一線相承, 至今不絶).(밑줄: 필자)[53]

후스는 백화문학을 당나라까지 소급하면서 송사는 말할 것도 없고 남송 학자들도 백화로 서신을 교환했다고 했고, 원·명 대는 백화를 훨

53 후스, 《후스 문집》 제3권, 32쪽.

씬 더 많이 사용했으니, 결국 백화문학은 끊임없이 이어져 내려오는 연속성을 지닌다는 것이다.

이런 후스의 문학사관은 고문古文이 일종의 '사문자死文字'이며 이미 당대唐代 이후에 명맥만 유지해왔을 뿐이므로 이에 평민 중심의 백화문학에 자리를 넘겨주었다는 논리가 깔려 있다. 한 걸음 더 나아가 이미 언급한 그의 문학사 저술인《중국문학 50년五十年來中國之文學》에 의하면 한위육조漢魏六朝의 '악부樂府'가 제1기의 백화문학이라고 했다.[54] 또한 당대 특히 중당中唐의 원진元稹과 백거이白居易의 시詩가 곧 악부의 영향을 받은 백화시이며, 중·만당의 선종禪宗의 대사들이 백화로서 설강한 것이 백화 산문의 시초라는 것이다. 그는 결론지어 말하기를 "당대의 백화시와 선종의 백화산문이 제2기의 백화문학을 대표한다(唐代的白話詩和禪宗的白話散文代表第二時期的白話學)."라고 한다. 그러고 나서 후스는 이러한 시詩가 사詞로 바뀐 것이 백화문학의 또 다른 계몽이라고 하면서 "오대의 백화사, 북송의 유영, 구양수, 황정견의 백화사, 남송 신기질 일파의 백화사가 제3기의 백화문학을 대표한다(五代的白話詞, 北宋柳永, 歐陽修, 黃庭堅的白話詞, 南宋辛弃疾一派的白話詞, 代表第三時期的白話文學)." 라고 거듭 힘주어 말한다. 특히 그가 주목하는 남송은 이 시기에 이르러 북방이 거란족, 여진족, 몽골족 등 정복 왕조의 영향을 받아 고문이 쇠락하면서 민간문학이 점차 일어나 금金·원元 대의 백화소곡白話小曲

54 "한위육조의 '악부'는 제1시기의 백화문학을 대표한다(漢魏六朝的"樂府"代表第一時期的白話文學)." 이 인용문은《후스 문집》제4권 385쪽에 나오며, 아래의 예문 모두《중국문학 50년》에 나온다. 따라서 별도의 각주는 첨부하지 않는다.

과 백화신극白話新劇이 제4기의 백화문학을 대표한다고 보았다.[55] 그러던 것이 명조에 이르러 복고파復古派가 득세하면서 팔고문八股文 이외에 시詩와 사詞 및 산문散文이 복고화 되면서 희극 역시 전기傳奇로 바뀌었다는 것이다. 물론 백화소설도 진보했다고 보면서 《수호전水滸傳》, 《홍루몽紅樓夢》, 《수호후전水滸後傳》 등이 이 시대에 출현하면서 소설小說은 성인成人 시기에 도달했다고 보았다. 그는 총결하여 말한다.

> 명 말의 김인서金人瑞는 공공연히 "천하의 문장은 《수호전》보다 뛰어난 것이 없다고 선언했으며, 청 초의 《수호후전》, 건륭 시대의 《유림외사》와 《홍루몽》이 모두 좋은 작품이다. 줄곧 이 50년 사이에 소설의 발전은 시종 끊어진 것이 없었다. 명·청 500년의 백화소설이 이 5기 시대의 백화문학을 대표한다.

그는 김인서의 견해에 전적으로 동조하면서 백화소설의 가치가 이미 정통 문언을 완전히 넘어섰다고 단언한다.

이렇듯 후스는 백화소설의 가치를 중시했는데, 이는 고전적 문학사관에서 벗어나 속문학의 필요성을 주장한 것이다. 후스의 주장이 공안

55 "그러나 북방은 거란, 여진, 몽골 3대 정복의 영향으로, 고문학의 권위가 감소했고, 민간문학이 점점 일어났다. 금·원 시대의 백화소곡—예를 들면 《양춘백설陽春白雪》과 《태평악부太平樂府》의 두 집에 수록된 것—은 백화잡극과 함께 제4시기 백화문학을 대표한다(然而北方受了契丹, 女眞, 蒙古三大征服的影向,古文學的權威減少了, 民間的文學漸漸起來. 金, 元時代的白話小曲,—如《陽春白雪》和《太平樂府》兩集選載的—和白話雜劇, 代表這第四時期的白話文學)."

파나 경릉파의 주장과 유사성을 띠는 것도 새로운 문학을 추구하는 견해에서 비롯된 것이며, 적어도 '신문학'이란 용어의 이면에는 전통문학의 파기와 그 대안적 모색의 일환이며 백화만이 유일한 대안이라는 기본 입장이 개입되어 있다는 점이다.

결론적으로 후스는 문언과 백화의 구분, 백화 우월주의, 방언의 인정, 귀족문학과 평민문학에 대한 인식 등 백화 효용성에 바탕을 두고 문언의 전통에 대한 인식, 기존 문학사 서술에 대한 비판적 시각 등에서 예리한 관점을 보여주고 있다. 그는 문학사관의 주요한 이론적 근거를 제시하면서 자신이 제기한 비평적 발언의 구체적인 문학적 성찰을 하고 있다. 말하자면 이론과 실천의 탄력적인 균형감각과 비평적 유연성이 그의 사관의 근본적인 동력이었던 것이다. 후스가 확보한 이 같은 백화문학사관은 언어(구어 혹은 백화)의 힘을 대단히 강조하는데, 그는 결코 중립적이거나 절충적이지 않았다. 자신이 '혁명'이라고 표현했듯이, 백화에 대한 자각과 인식의 틀은 백화라는 언어의 가능성과 문언문의 한계에 대한 탐구를 보여주었다. 그는 '문언'과 '백화'의 공존을 허락하지 않았으니, 그것은 단순히 문언이 지닌 난해성 문제에만 있는 것은 아니었다. 백화는 민중의 삶, 즉 민간에서 생겨난 것이므로 인간 사유의 소통 가능성이 부여되어 있다고 굳게 믿었다. 즉 문언문의 난해성은 곧 평민과의 공감의 상실을 가져온다는 것이었다. 후스가 생각하는 문학은 누구나 감상하고 즐길 수 있는 대다수의 공공의 자산이라는 것이므로 그는 귀족문학에 대항하는 평민문학을 제시한 것이다.

특히 그는 문학이 이루어지는 보편적 공간이 백화였기에 전근대적 세계관의 상징이었던 문언은 폐기되어야 할 대상이고, 그의 백화문학사 서술 관점에서 알 수 있듯이 문학사의 서술이란 문학을 평민과 민간이라는 당대적 세태와의 관련 속에서 그것을 체계적으로 발전시키느냐에 그 요체가 있다고 보았다. 그는 순수한 문학사의 서술을 주장했기에 문학사의 기본 전제가 평민문학, 즉 백화문학이라는 서술 방향을 설정하면서 문학의 근대성을 제대로 살피고자 시도한 것이 문학사 저술이었고, 백화문학사관이 그 저술의 지침을 마련해준 것이었다.

그렇다고 해서 그의 관점에 문제가 없는 것은 아니다. 근대화가 곧 서구화는 아닐진대 후스가 내세운 백화문학사관의 기본 구도 설정은 지나치게 속문학으로 편향된 문학사관의 성격이 강하다는 한계를 보여주고 있다. 이러한 관점의 문제점은 그가 활동한 시기가 5·4 신문학 운동이라는 '특수한' 문학적 환경과 떼어놓고 생각할 수 없다는 것이다. 즉 문체만을 백화로 치환한다고 해서 그것이 곧 근대화성을 의미한다는 성급한 단정적 가설은 보편성과 타당성을 획득하기에는 수구 혹은 복고로 대변되는 전통의 힘이 만만치 않은 세력을 갖추고 있었기 때문이다.

문학의 진화 관념과 백화문학 전통의 재확립

후스는 1918년 10월 〈문학 진화 관념과 희극 개량文學進化觀念與戲劇改良〉[56]이라는 글을 통해 문학의 시대성에 주목하면서 문학은 진화하는 것이며, 중국 희극의 참조 대상이 서양 희극이라는 점 등을 제시하

---

56 《신청년》 제5권 제4호, 《후스 문집—문론文論》 제3권, 베이징: 인민문학출판사, 1998, 89~102쪽.

면서 '신관념', '신방법', '신형식'의 방식으로 중국 희극을 바꾸어보자고 제안했다. 진화 문학사관의 핵심이 되는 이 글을 그가 발표한 것은 1917년에 〈희극개량사의戱劇改良私議〉라는 글을 썼지만 세상에 출간되지 않았을 무렵으로, 《신청년》의 제5권 제4호에 희극 개량 문제를 다시 써달라는 편집자의 요청에 응하여 쓴 글이다. 그는 푸쓰녠傅斯年이 쓴 1만여 자에 달하는 〈희극개량각면관戱劇改良各面觀〉이라는 글을 보고 그 글의 논조가 자신과 매우 비슷하여 통쾌하다고 생각하던 차에 글을 쓰게 되었다.

그는 중국 희극이 발전하지 못한 이유가 먼저 진화론의 관념을 이어받지 못한 데 있고, 또 다른 것은 서구 문학과의 비교와 경쟁 그리고 제대로 된 작품들의 수입 등을 거쳐야만 중국 희극이 제대로 발전할 수 있다는 논조를 취하면서 쓴 것이라고 보았다.

물론 기본적으로 문학의 존재 의의에 대한 그의 논지는 문학이 그 시대와 밀접한 관계를 맺는다는 사실에 주목한다는 점인데, 지금 세상의 사람은 고문을 써서는 제대로 된 의사 전달을 할 수 없다는 것이다. 그 서두를 보자.

> 내가 지금 문학 진화 관념의 뜻을 말하고자 한다. 이 관념에는 네 가지 층차의 뜻이 있으니 매 하나의 층차는 하나의 중요한 교훈을 담고 있다. 첫 번째 층차는 문학 진화에 관한 총론이다. 문학은 인류 생활 상태의 하나의 기재로서 인류 생활은 시대에 따라 변천하는 것이다. 고로 한 시대에는 한 시대의 문학이 있다. 주나라와 진나라에는 주나라와 진나라의 문학이 있고, 한나라와 위나라에는 한나라와 위나라의 문학이 있다. 당

나라에는 당나라의 문학이 있고, 송나라에는 송나라의 문학이 있고, 원나라에는 원나라의 문학이 있다.《삼백편》의 시인은《원곡선元曲選》을 지어낼 수 없고,《원곡선》의 잡극가는《삼백편》을 지어낼 수 없다. 좌구명左丘明은《수호전》을 지어낼 수 없고, 시내암은 또한《춘추좌전春秋左傳》을 지어낼 수 없다. 이는 문학 진화 관념의 첫 번째 교훈으로 가장 쉽게 알 수 있으므로 따라서 자세한 증명을 할 필요는 없게 되었다(옛사람들, 예컨대 원매袁枚와 초순焦循은 대부분 이러한 이치를 이해하고 있었다).[57]

즉 후스는 문학의 진화를 시대 변천으로 간주하면서 그 시대에 맞는 문학이 있다고 보았다. 즉, 각 시대에 맞는 문학이 존재한다는 것은 그 시대의 독자성이 배어 있기 때문이라는 것이다. 당나라는 당나라의 독자성이 있고 원나라는 원나라의 독자성이 있는 법인데, 시대를 초월하여 문학작품을 모방하려 한다 해서 작품이 지어지는 것이 아니라는 확신 하에 후스는《시경》의 시인들이 결코 원곡元曲을 지어낼 수 없다고 단언한 것이다.

---

57 "如今且說文學進化觀念的意義. 這個觀念有四層意義, 每一層含有一個重要的教訓. 第一層總論文學的進化: 文學乃是人類生活狀態的一種記載, 人類生活隨時代變遷, 故文學也隨時代變遷, 故一代有一代的文學. 周秦有周秦的文學, 漢魏有漢魏的文學, 唐有唐的文學, 宋有宋的文學, 元有原的文學.《三百篇》的詩人做不出《元曲選》,《元曲選》的雜劇家做不出《三百篇》, 左丘明做不出《水滸傳》, 施耐庵也做不出《春秋左傳》. 這是文學進化觀念的第一層教訓, 最容易明白, 故不用詳細引證了(古人如袁枚, 焦循, 多有能懂得此理的)." 후스, 〈문학 진화 관념과 희극 개량文學進化觀念與戲劇改良〉,《후스 문집胡適文集》 제3권, 90~91쪽.

그러고 나서 후스는 다음과 같이 '한 종류의 문학'에 대해 말한다.

> 문학 진화 관념의 두 번째 뜻은 이렇다. 모든 한 종류의 문학이란 3년이나 2년에 발달되어 완비될 수는 없고 반드시 지극히 낮고 미미한 기원으로부터 천천히 점점 진화하여 완전히 발달한 지위에 오르는 것이다. 때로는 이러한 진화가 막 중간에 이르렀을 때 우연히 방해하는 힘을 만나면 멈추고는 앞으로 나갈 수 없게 된다. 때로는 이러한 한 종류의 문학은 다양한 속박을 받기 때문에 자유스럽게 발전할 수 없다. 따라서 이러한 한 종류의 문학의 진화사는 전적으로 이러한 속박을 벗어나 자유를 위해 힘써 싸우는 역사이다. 때로는 이러한 문학상의 굴레가 확실히 완전히 근절되어 이런 종류의 문학이 자유롭게 발달할 수 있게 된다. 때로는 이러한 문학혁명이 끝나면 부분적인 성공이 있을 수도 있으나, 일체의 족쇄들을 없애버릴 수 없으면, 나중에 자연스럽게 습관화가 되면 마치 전족纏足을 한 여자처럼 반항할 생각도 하지 못할 뿐만 아니라, 결국 이와 같지 아니하면 아름답지 않다고 여기게 될 것이다. 이는 각 문학의 진화 변천의 대세를 말하는 것이다.[58]

윗글은 한 종류의 문학이 점진적인 진화의 산물임을 밝힌 것으로서 제대로 된 문학작품이 되기 위해서는 어떠한 속박에서 벗어나 자유롭게 발전해야만 한다는 것이다. 그러므로 문학에 불변성이라는 굴레를 씌우면 그 문학은 발전하기는커녕 전족한 여인처럼 무기력하게 전락할 수밖에 없다고 본 것이다.

그는 다시 한 걸음 더 나아가 '유형물遺形物'의 개념을 말한다.

> 문학 진화의 세 번째의 뜻은 이렇다. 문학의 한 진화로서 매번 하나의 시대를 거치면서 왕왕 앞의 한 시대가 남겨 놓은 많은 쓸모없는 기념품을 지니고 있으니, 이러한 기념품은 유치한 선조의 시대에서는 본래 아주 유용한 것이었으나 나중에는 점점 그것들을 찾아볼 필요가 없게 되었다. 단지 인류는 옛것을 지키려는 게으른 품성이 있기 때문에 여전히 이러한 지나가버린 시대의 기념품을 오랫동안 보존하고 있는 것이다. 사회학적으로 보면 이러한 기념품은 '형체만 남아 있는 물건'일 뿐이라고 한다. 예를 들어 남자의 유방은 형식은 비록 존재하지만 작용은 이미 잃어버렸는데, 본래 없애버릴 수는 있으나 도무지 없어지지 않으니 이를 곧 '유형물遺形物'이라고 부르는 것이다. …… 따라서 중국 희극 진화사에 있어서 악곡 일부분은 본래 점점 없어져버렸지만, 그러나 옛것에 의지하여 남아 있으니 마침내 하나의 '유형물'이 된 것이다.[59]

윗글에서 후스는 '유형물'이라는 것을 완전히 없애야만 중국 희극에 혁신할 수 있는 희망이 생긴다고 보았다. 시대가 지나면 낡아버려 쓸

---

58 "文學進化觀念的第二層意義是: 每一類文學不是三年兩載就可以發達完備的, 须是从極低微的起源, 慢慢的, 漸漸的, 進化到完全發達的地位. 有時候, 這種進化剛到半路上, 遇着阻力, 就停住不進步了; 有時候, 因爲這一類文學受種種束縛, 不能自由發展, 故這一類文學的進化史, 全是擺脱這種束縛力争自由的歷史; 有時候, 這種文學上的羈绊居然完全毁除, 於是這一類文學便可以自由發達; 有時候, 這種文學革命止能有局部的成功, 不能完全扫除一切梱锁镣铐, 後來習慣成了自然, 便如纏足的女子, 不但不想反抗, 竟以爲非如此不美了! 這是說各類文學進化變遷的大勢." 후스, 〈문학 진화 관념과 희극 개량〉, 《후스 문집》 제3권, 91쪽.

모없게 되었는데도 집착하는 수구적守舊的 경향을 '유형물'에 비유하여 비판한 것이다. 그는 여기서 '유형물'이란 말은 시대에 뒤떨어진 퇴화退化된 것임은 말할 필요도 없기에 '유형물'을 폐기해버려야 한다고 역설한 것이다. 다시 그의 논의를 보자.

> 문학 진화 관념의 네 번째 뜻은 이렇다. 하나의 문학이 때로는 진화하여 하나의 지위에 이르면 곧 멈추어서 진보할 수 없게 된다. 그러나 그것이 다른 종류의 문학과 서로 접촉하여 비교하게 되면 무형 중에 영향을 받게 되거나 혹은 다른 사람의 장점을 의식적으로 흡수를 하면 비로소 다시 계속 진보할 수 있다. 이러한 예는 세계문학사상 정말로 헤아릴 수 없을 정도다. …… 중국 문학은 여태까지 일찍이 외국의 고급문학과 서로 접촉하지 않았고, 접촉한 것도 어떤 문학의 세력도 없었으며, 그러나 우리가 보면 중국 문학이 외국의 영향을 받은 것 또한 적지 않다. …… 따라서 우리는 말할 수 있으니 중국 희극의 변천이 실제로 무수한 외국 문학 미술의 세력을 띠고 있다는 것이다. …… 그리고 이상에서 말한 두 가지—비극적 관점, 문학적 경제는 모두 가장 수준이 낮은 예로서 서양

---

59 "文學進化的三層意義是: 一種文學的進化, 每經過一個時代, 往往帶着前一個時代留下的許多無用的紀念品; 這種紀念品在祖先的幼稚時代本來是很有用的, 後來漸漸的可以用不着他們了, 但是因爲人類守舊的惰性, 故仍舊保存這些過去時代的紀念品. 在社會學上, 這種紀念品叫作'遺形物'(Vestiges or Rudiments). 如男子的乳房, 形式雖存, 作用已失; 本可废去, 总沒废去; 故叫做'遗形物'. …… 所以在中國戲劇進化史上, 樂曲一部分本可以漸漸废去, 但也依舊存留, 遂成一種'遗形物'." 후스, 〈문학 진화 관념과 희극 개량〉, 《후스 문집》 제3권, 94쪽.

희극 문학을 연구함으로써 얻을 수 있는 이익을 증명했다. 무릇 한 국가의 문화가 가장 피해야 할 것은 '낡은 성품(老性)', '노성'이란 곧 '저문 기운(暮氣)'으로 한번 이러한 죽을병에 걸리면 거의 다스릴 수 있는 약이 없다. 백번 죽을 수 있는 가운데에서 겨우 하나의 살길만이 있을 뿐이다. 그때 빨리 주사법을 써서 약간의 신선한 소년의 피를 집어넣어야만 하며 또한 오히려 늙건 젊건 효과를 볼 수 있을 가망이 있다. 현재의 중국 문학은 이미 저문 기운과 교묘한 마음에 도달하여 숨이 끊어질 때가 되었으니 빨리 서방의 '소년혈성탕'을 부어 넣는다고 해도 또한 이미 너무 늦은 것이다. 병자의 집에 어리석은 자손들은 아직도 의사들을 금지하고 그에게 약 먹이는 것도 허락하지 않으며 말하기를 "중국 사람이 어찌 외국 약을 먹을 필요가 있겠는가!" …… 흥![60]

---

60 "文學進化觀念的第四层意義: 是一種文學有時進化到一個地位, 便停住不進步了; 直到他因爲別種文學相接触, 有了比較, 無形之中受了影響, 或是有意的吸收人的長處, 方才再繼續有進步. 此種例在世界文學史上, 真是擧不勝擧. …… 中國文學向來不曾因爲外國高级文學相接触, 所接触的都沒有什么文學的勢力; 然而我們细看中國文學所受外國的影響, 也就不少了. …… 所以我們可以說, 中國戲劇的變遷, 實在帶着無數外國文學美術的勢力 …… 以上所說两条—悲剧的觀念, 文學的經濟—都不過是最浅近的例, 用來證明研究西洋戲劇文學可以得到的益處. 大凡一國的文化最忌的是'老性'; '老性'是'暮氣', 一犯了這種死症, 幾乎無药可医; 百死之中, 止有一条生路: 赶快用打针法, 打一些新鲜的'少年血性'進去, 或者還可望却老還童的功效. 现在的中國文學已到了暮氣攻心, 奄奄斷气的時候! 赶紧灌下西方的'少年血性湯', 還恐怕已经太迟了; 不料這位病人家中的不肖子孙還要禁止医生, 不許他下药, 說道, '中國人何必吃外國药!' …… 哼!" 후스, 〈문학 진학 관념과 희극 개량〉, 《후스 문집》 제3권, 96~97쪽, 102쪽.

여기서 후스는 일종의 구망의식救亡意識을 보여주고 있으니, 어리석은 자손으로 대변되는 현 단계의 중국 문학이 기존의 수구적 태도를 벗어나 처해 있는 위기와 두려움에서 벗어나야 한다는 것이다. 말하자면, 민족주의적 입장과 국수주의적 태도를 지니지 말고 열린 시야를 가지고 주변, 특히 외국을 돌아보면서 참조의 대상을 찾아보라는 것이다. 즉, 명분보다는 실리를 찾고 과거보다는 현재와 미래로 나아가는 혜안을 지닐 것을 요구하는 것이다. 만일 제대로 된 처방을 찾지 못하고 허둥대면서도 맹목적 배타주의에 빠져 상대를 배척하다 보면 결국은 가지고 있던 그나마 남은 전통마저 없어지게 된다는 것을 염두에 둔 발언이다. 비록 그의 말처럼 전통의 대부분이 '유형물'에 불과하다 하더라도 지금 남아 있는 것을 그나마 보존하기 위해서는 서방 문학에 의지해서 그들의 영향을 받아 활력을 불어넣어야만 한다는 것이다.

요컨대, 후스는 희극 개량과 문학 진화 관념 문제를 다루면서 일관되게 문학 진화 사관에 입각한 논리 전개를 보여준다. 시대의 변화, 문학의 진화, 그리고 활력의 부활 등으로 대변되는 그의 견해는 문학의 다원주의적 성향을 인정하고 받아들여 시대에 맞는 문학을 창조하라는 요구인 셈이다.

문학의 진화, 장르의 진화, 문체의 진화

후스에게 있어 '문학 진화'는 '문학혁명'과 '백화문학'이란 말과 상호불가분의 관계를 맺고 있는 것이 분명하며, 그의 일관된 논조는 그가 살고 있던 오늘의 입장에서 문학을 논하자는 것이었다.[61] 그는 1916년 4월 5일 〈우리나라 역사상의 문학혁명吾國歷史上的文學革命〉이란 제목의 유학일기에서 '혁명 조류'라는 단어에 주注를 달아 "혁명 조류는 곧 천연 진화의 자취다. 그 상이한 것으로 말하면 '혁명'이라고 말할 수 있다. 그 순서가 점점 나아가는 자취로 말하면 '진화'라고 말하는 것도 옳다."[62] 라고 했으니, 중국 문학 발전사는 곧 중국 문학의 진화사(혹은 혁명사)임을 분명히 하고자 하는 의도를 드러냈다. 그의 일기를 보면 고전문학에서 사례를 찾아 자신의 논지를 입증시키려는 의도가 나타난다. 그의 관점은 다음과 같다.

> 문학혁명文學革命이란 우리나라 역사상 창조적 견해는 아니다. 즉 운문으로 논한다면 《삼백편》이 변하여 《이소離騷》가 되었으니 첫 번째의 큰 혁명이다. 또한 오언시와 칠언시, 고시가 되었으니 두 번째의 큰 혁명이다. 부賦가 변하여 음률韻律이 없는 변문이 되었으니 세 번째의 큰 혁명이다. 고시古詩가 변하여 율시律詩가 되었으니 네 번째의 큰 혁명이다. 시가 변하여 사가 되었으니 다섯 번째의 큰 혁명이다. 사가 변하여 곡이 되었고 극본이 되었으니 여섯 번째의 큰 혁명이다. 어찌하여 내가 지지하는 문학혁명론에만 한정시켜 이런 것들을 의심하겠는가? …… '고문古文' 일파가 지금은 산문의 정종正宗이 되었으나 송나라 사람들이 철리哲

---

61 후스는 문학혁명 개념의 기본적인 노선에 대해 "내가 주장하는 문학혁명은 단지 중국의 오늘날 문학의 현상에서 논의를 세운 것이다(我主張的文學革命, 只是就中國今日文學的現狀立論)."(후스, 《후스 문존》 제1권, 196쪽)라고 했다.

62 "革命潮流卽天演進化之迹. 自其異者言之, 謂之'革命'. 自其循序漸進之迹言之, 卽謂之'進化'可也." 차오보옌曹伯言 정리整理, 《후스 유학일기 전편胡適留學日記全篇》 제2권, 허페이合肥: 안후이 교육출판사安徽教育出版社, 2001, 356쪽.

理를 말할 때 고문이 쓰임에 적당하지 않아 어록체가 일어났던 것이다. 어록체란 속어로써 이치를 말하고 일을 기술하는 것이다.[63]

윗글에서 후스는 문학혁명이 곧 문학의 진화이며 문체文體(style)의 변화이고 장르(文類)의 바뀜임을 염두에 두면서 중국 문학의 변천이 장르의 발전사이고 진화사임을 분명하게 보여주고 있다. 물론 어떤 문학이 탄생하여 그것의 생명력이 시들어지면 또 다른 문학의 유형이나 문체가 출현한다는 자연스러운 일련의 과정을 '혁명'이라는 용어를 붙여 자신의 문학사관의 중요한 준거로 삼았던 것이다. 그렇다면 그가 말하는 진화에는 어떤 것들이 있는가?

역사 진화에는 두 가지가 있으니, 하나는 완전히 자연적 '연화演化'이고, 다른 하나는 자연의 추세에 따라 인력의 독촉을 더하는 것이다. 앞의 것을 '연진演進'이라고 부르며, 뒤의 것을 '혁명革命'이라고 부를 수 있다. …… 요즘 몇 년 이래의 '문학혁명文學革命'은 '혁명革命'이라는 두 글자를 쓸 수 있기 때문인데, 이는 바로 하나의 의미 있는 주장이고 하나의 인력의 촉진이기 때문이다.[64]

---

63 차오보옌 정리, "文學革命, 在吾國史上非創見也. 卽以韻文而論: 《三百篇》變而爲《騷》, 一大革命也. 又變爲五言, 七言, 古詩, 二大革命也. 賦之變爲無韻之駢文, 三大革命也. 古詩之變爲律詩, 四大革命也. 詩之變爲詞, 五大革命也. 詞之變爲曲, 爲劇本, 六大革命也. 何獨於吾所持文學革命論而疑之? …… '古文'一派至今爲散文正宗, 然宋人談哲理者似悟古文之不適於用, 於是語錄體興焉. 語錄體者, 以俚語說理記事."《후스 유학일기 전편》 제2권, 352~253쪽.

이렇듯 '역사 진화'의 의미가 자연스러운 '연화演化'의 과정에 인위적인 자극이 가해진다는 그의 논지는 그 기본적인 관점이 그가 〈문학개량추의〉 제2조에서 "고인을 모방하지 않는다(不摹仿古人)."[65]라는 조항 아래에 설명한 "문학진화지론文學進化之論"이라는 문학사관과 연계시켜 볼 수 있다.

후스는 '역사 진화'의 안목으로 저명한 문학사가 주쯔칭朱自淸[66]의 《중국신문학대계中國新文學大系·시집詩集·도언導言》에서 중국 시가의 변천에 대해 자신의 입장을 피력한다.

---

64 "歷史進化有兩種: 一種是完全自然的演化; 一種是順着自然的趨勢, 加上人力的督促. 前者可叫做演進, 後者可叫做革命. …… 這幾年來的'文學革命', 所以當得起'革命'二字, 正因爲這是一種有意的主張, 是一種人力的促進." 후스, 《백화문학사白話文學史》, 〈인자引子〉, 《후스 문집胡適文集》 제4권, 문학사文學史, 23쪽.

65 후스의 이 말은 1916년 4월 17일의 유학일기 제목인 〈우리나라 문학의 삼대병吾國文學三大病〉에도 중국 문학의 세 가지 병폐 중에 '옛사람을 모방하다(摹仿古人)'란 말로 나온다. 《후스 유학일기 전편》 제2권, 376쪽.

66 주쯔칭朱自淸 역시 《중국신문학연구강요中國新文學研究綱要》의 저자이기도 하다. 이 책은 그가 1929년에서 1933년 사이 칭화대학에서 한 강의 제목인 '중국 신문학 연구'를 바탕으로 쓴 것이다. 그는 역사적인 관점에서 현대문학을 체계적으로 연구한 최초의 문학사가라고 할 수 있다. 이 책은 '총론總論'과 '각론各論'의 두 부분으로 나누어지며, 총론에서는 신문학 운동의 배경의 전제하에 만청의 문학사관과 문학혁신을 다루고 있고, 제2장과 3장에서는 신문학이 세계문학의 영향을 받으면서 그 자체의 유파가 있음을 고찰하면서 대내외적 다양한 요소가 신문학 운동의 추진력이 되었음을 설명하고 있다. 특히 그는 각론에서 시·소설·희극·산문·문학비평 등으로 나누고, 대표적인 작가와 작품을 다루고 있다. 그는 역사적 안목으로 학술성이 강한 문학사를 쓰고자 했다.

우리가 만약에 역사적 진화의 안목으로 중국 시의 변천을 본다면, 바야흐로 《삼백편》으로부터 현재까지 시의 진화에는 시체의 진화에 따르지 않은 것이 한 번도 없음을 알 수 있다. 《삼백편》 중에서 비록 몇 편의 구성이 아주 좋은 시이지만. …… 그러나 《삼백편》이 결국 여전히 '풍요체風謠體'의 간단한 구성을 일찍이 완전하게 벗어나지 못하고 있다. 남방의 소부 문학이 발생함에 이르러서는 비로소 위대한 장편 운문이 있게 되었다. 이것은 일차의 해방이다. 그러나 소부체가 '혜兮', '사些' 등의 글자를 써서 장식하려 했지만 너무나 많고 또 너무 긴 쉼이 있어서 자연스럽지 않게 되었다. 따라서 한대 이후의 오칠언 고시는 뜻이 없는 끝맺는 말을 없애버리고 편장을 관철시키는 것으로 변화시키자 곧 더욱 자연스럽게 되었다. …… 이는 두 번째의 해방이다. 오칠언이 정종正宗의 시체가 된 이후에 가장 큰 해방은 시詩로부터 사詞로 변한 것만 한 것이 없다. 오칠언 시가 언어의 자연스러움에 어울리지 않는 것은 우리가 말을 할 때 결코 구절마다 다섯 자 혹은 일곱 자가 될 수 없기 때문이다. 시가 변하여 사가 된 것은 단지 정제된 구법으로부터 비교적 자연스럽게 가지런하지 않은 구법으로 변한 것일 뿐이다. 당대와 오대의 소사小詞는 비록 격조가 아주 엄격하지만 이미 오칠언 시에 비해서 훨씬 더 자연스러워졌다. …… 이는 세 번째 해방이다. 송대 이후에 사가 변하여 곡이 되었고 곡이 또 많은 변화를 거쳤으나 근본적으로 본다면 단지 사의 체재에서 남아 있는 많은 자유를 속박하는 제한을 없애버린 것이고, 또 사의 체재에서 부족한 몇 가지 것에 글자의 수를 더하여 쓴 종류일 뿐이다. 그러나 사곡詞曲은 어떠한 해방을 하든 막론하고 결국에는 근본적인 하나의 커다란 구속이 있다. 즉, 사곡의 발생은 음악과 함께하는 것이며 나중에 비록 노래를 부를 수 없는 사라 하더라도 반드시 노래의 곡일 필요는 없다. 그러나 시종 곡조를 벗어나서 독립할 수 없으며, 시종 사곡의 곡보曲譜의 제한을 완전히 타파할 수가 없다. 줄곧 근래의 신시가 발생하여 오언시와 칠언시의 시체詩體를 타파했을 뿐만 아니라 사와 곡의 곡보의 다양한 속박을 뒤집었으니, 격률에 구속되지 않고 평측平仄에 구속되지 않으며 장단長短에 구속되지 않는다. 어떤 제목이 있으면 어떤 시도 지어낼 수 있으니, 시는 마땅히 어떻게 지어야 한다면 곧 어떻게든 지어낼 수 있다. 이는 네 번째의 시체의 대해방이다. 이러한 해방은 처음에 보면 아주 격렬한 것 같으나 사실은 단지 《삼백편》 이래의 자연스러운 추세이다.[67]

---

67 "我們若用歷史進化的眼光來看中國詩的變遷, 方可看出自《三百篇》到現在, 詩的進化沒有一回不是跟着詩體的進化來的.《三百篇》中雖然也有幾篇組織很好的詩, …… 但是《三百篇》究竟還不曾完全脫去"風謠體"(Ballad)的簡單組織. 直 到南方的騷賦文學發生, 方才有偈大的長篇韻文. 這是一次解放. 但是騷賦體用兮些等字煞尾, 停頓太多又太長, 太不自然了. 故漢以後的五七言古詩刪除沒有意思的煞尾字變成貫串篇章, 便更自然了. …… 這是二次解放. 五七言成爲正宗詩體以後, 最大的解放莫如從詩變爲詞. 五七言詩是不合語言之自然的因爲我們說話決不能句句是五字或七字. 詩變爲詞只是從整濟句法變爲比較自然的參差句法. 唐, 五代的小詞雖然格調很嚴格, 已比五七言詩自然的多了. …… 這是三次解放. 宋以後, 詞變爲曲, 曲又經過許多變化, 根本上看來, 只是逐漸刪除詞體裏所剩下的許多束縛自由的限制, 又加上詞體所缺少的一些東西如襯字套數之類. 但是詞曲無論如何解放, 終究有一個根本的大拘束; 詞曲的發生是和音樂合幷的, 後來雖有不可歌的詞, 不必歌的曲, 但是始終不能脫離"調子"而獨立, 始終不能婉轉打破詞調曲譜的限制. 直到近來的新詩發生, 不但打破五言七言的詩體, 幷且推翻詞調曲譜的種種束縛; 不拘格律, 不拘平仄, 不拘長短; 有什麼題目, 做什麼 詩; 詩該怎樣做, 就怎樣做. 這是第四次的詩體大解放. 這種解放初看去似乎很激烈, 其實只是《三百篇》以來的自然趨勢." 후스, 《후스 문존》 제1권, 169～171쪽.

후스는 시詩와 시체詩體의 진화가 시대의 변화에 따라 긴밀하게 관련되어 있다고 보았다. 그는《시경》으로부터 사곡詞曲에 이르기까지의 과정이 끊임없이 변화되고 탈구속화라는 진화의 역사라고 보았는데, 이러한 견해는 문학사의 시대구분에도 적용될 만한 탁견으로 문학 발전의 역사를 '진화'라는 진보적인 관념으로 체계화한 것이라고 해석할 수 있다. 그는 기존의 중국 문학사의 전개가 복고 혹은 전통에 치우쳐 서술된 것과는 전혀 다른 양상을 보여준다고 보았기 때문인데, 문학은 각 시대에 맞는 일정한 문체와 장르가 있다는 논리를 펼친다.[68] 이러한 논지는 후스가 '진화'라는 개념을 용인하면서 인류 역사의 보편적 발전과 상응하여 문학 역시 진화를 거듭해오면서 지속해왔다는 관점을 깔고 있다. 후스는《삼백편》으로 대변되는 정통 문학이 중국 문학사에서 주도적 위상을 점유하지 못했고, 거듭 다른 장르로 바뀌어왔다는 인식을 하고 있다. 그가 보기에 시대에 따라 작품이 있기 마련이고, 서로 상이한 작품이 존재하는 것은 "글의 진화(文之進化)"가 있기 때문이라고 보았다.[69]

이러한 확신의 이면에는 그가 〈국어의 진화國語的進化〉라는 글을 통해 백화가 고문의 퇴보가 아닌 진보 혹은 진화라는 관점을 피력하려는

---

68 이러한 논지의 이면에는 그가 문학의 도구로서의 문자를 인식하면서 글자상의 혁신 없는 문학 창작은 불가능하다는 인식을 하고 있기 때문이다. 즉 그는 같은 글에서 "문자란 문학의 그릇이다. 나의 개인적인 마음으로는 문언은 결국 우리나라 장래의 문학의 이로운 그릇이라고 할 수 없다. 시내암, 조설근 등 여러 사람이 이미 실질적으로 서설의 이로운 그릇이 백화에 있음을 증명했다(文字者, 文學之器也. 我私心以爲文言決不足爲吾國將來文學之利器. 施耐庵, 曹雪芹諸人已實地證明小說之利器在於白話)."(90쪽)라고 말했다.

것으로 볼 수 있다. 이러한 논지는 다음과 같은 견해로도 충분히 알 수 있다.

> 현재 국어의 운동이 그래도 전파되는 정도가 아주 빠르고 아주 멀리까지 왔다. 그러나 온 나라 사람들이 국어의 가치에 대해서는 여전히 일찍이 뚜렷하고 정확한 견해를 가지고 있지 않다. 가장 잘못된 견해는 백화白話가 고문古文의 퇴화라는 것으로 오해하는 것이다. 이러한 견해는 가장 위험한 장애력이다. 왜 그런가? 우리는 이미 어떠한 제도와 문물이 퇴화하면 결코 그러한 제도와 문물의 이치를 받아들이려 하지 않기 때문이다. 만약에 백화가 진정으로 고문의 퇴화라고 한다면, 우리는 마땅히 여전히 고문을 오랫동안 쓰고 있어야 하지 이 퇴화한 백화를 써서는 안 된다. 따라서 이 문제—'백화가 고문의 진화進化인가, 아니면 고문의 퇴화退化인가'—이는 국어운동의 생사 관건이다. 이 문제가 해결될 수 없다면 국어문과 국어문학의 가치는 확정될 수도 없다. 이는 내가 이 편을 쓰려는 이유가 된다.[70]

---

69 "곧 글로써 논한다면《상서》의 글이 있고, 선진 제자의 글이 있고, 사마천과 반고의 글이 있고, 한유·유종원·구양순·소식의 글이 있고, 시내암과 조설근의 글이 있으니, 이것이 글의 진화이다(卽以文論, 有《尙書》之文, 有先秦諸子之文, 有司馬遷, 班固之文, 有韓, 柳, 歐, 蘇之文, 有語錄之文, 有施耐庵, 曹雪芹之文: 此文之進化也)."(후스, 〈문학개량추의〉,《후스 문존》 제1권, 7쪽). 같은 책에서 후스는 "우리가 역사 진화의 안목으로 본다면 결코 옛사람의 글이 모두 지금 사람보다 낫다고 할 수 없다(吾輩以歷史進化之眼光觀之, 決不可謂古人之文學皆勝於今人也)."(후스,《후스 문존》 제1권, 7쪽)라는 발언과 이어지는 문제다.

윗글은 '진화進化'를 '퇴화退化'와 대비시키면서 '진화'는 '백화白話'이고 '퇴화'는 '고문古文'임을 염두에 둔 것으로서, 이러한 관점에서 후스는 위대한 문학가라면 마땅히 그 시대에 유행하는 언어를 써야만 한다는 것을 주장한다. 시가의 변천사를 언급한 위 인용문에서와 마찬가지로, 그는 언어의 진보는 자연스럽게 진화해 나가는 과정이지 어떤 속박으로 해결될 일이 아님을 제시하고 있다.

진화 문학사관에 입각한 후스의 중국 근대 문학사라고 볼 수 있는 《중국문학 50년》을 중심으로 살펴보면, 소책자 분량에 해당하는 이 장편의 문장은 1922년 3월에 쓴 것으로 《신보申報》가 발행된 1872년부터 1922년까지 중국 50년간의 문단 상황을 서술한 것이다.[71] 그의 관점은 신문학 운동이 발생하게 된 역사적 필연성에 주목하고 문학사의 현상적 귀납법을 통해 해석하면서 문학 진화 사관을 보여주고 있다. 특히 후스는 언어와 문체가 사람의 사상과 감정을 충분히 표현하려면 만청晩淸 이래 쇠락하고 있는 고문은 백화문에 자리를 내주어야 한다는 관점을 표명하고 있다. 신문학의 발전은 완전히 문학 진화의 상황에 부합

---

70 "現在國語的運動總算傳播得很快很遠了. 但是全國的人對於國語的價値, 遠不曾有明瞭正確的見解. 最錯誤的見解就是誤認白話爲古文的退化. 這種見解是最危險的阻力. 爲什麼呢? 因爲我們旣認某種制度文物爲退化, 決沒有遠肯採用那種制度文物的道理. 如果白話眞是古文的退化, 我們就該仍舊用古文, 不該用這退化的白話, 所以這個問題—'白話是古文的進化呢? 還是古文的退化呢?'—是國語運動的生死關頭! 這個問題不能解決, 國語文與國語文學的價値便不能確定. 這是我所以要做這篇文章的理由." 후스, 〈국어의 진화國語的進化〉, 《중국신문학대계·이론건설집》, 상하이: 문예출판사, 2003, 233쪽.

71 이 글은 《후스 문집》 제4권, 325~400쪽에 그 전문이 수록되어 있다.

되며, 그러므로 신문학을 이해함에 있어서 "시대로 인하여 진화하니 스스로 멈출 수 없다(因時進化, 不能自止)."[72]라고도 한 것이다. 후스의 이런 진화론을 중국의 전통적인 '통변론通變論'과 관련해서 해석한 다음과 같은 견해도 있다.

> 진화론은 문학혁명 시기에 후스 등이 신문학의 선구로서 전통문학에 도전하려는 주요한 사상적 무기였다. 그것은 '발전과 진보를 강조'하는 점이 있고, 창신創新과 변혁變革을 긍정하는 사상이 있고, 우리나라의 전통문학 이론인 통변 관념과 많이 상통하는 점이 있다. 그것은 더욱이 문학이 창조적 예술이 되기 위해서는 새로운 것을 추구하고 변화를 추구하는 근본적인 수요를 갖추고 있어야 하는 것이다. 아주 커다란 정도에서 후스 등의 선구자는 바로 이러한 이론에 의지하여 문학혁명을 성취하게 되었다.[73]

그러나 이러한 주장은 후스가 제시한 진화 문학사관이 중국 전통의 '참고參古'와 '작금酌今'의 통변론이나 문학사 순환론循環論[74]과는 다른

---

72 후스, 《중국문학 50년》, 《후스 문존》 제2권.

73 "進化論本是文學革命時期胡適等新文學先驅用以挑戰傳統文學的主要的思想武器. …… 它所具有的'强調發展和進步', 肯定創新和變革的思想, 與我們傳統文論的通變觀念有着許多相通之處, 它尤其適應文學作爲創造的藝術所具有的求新求變的本質需求. 在很大程度上, 胡適等新文學先驅正是凭借着這一理論成就了文學革命." 중권훙鍾軍紅, 〈후스 신시 창작 및 이론의 정위 분석胡適新詩創作及理論的定位分析—진화론의 문학사관과 20세기 신시 비평을 겸하여 논하다兼論進化論的文學史觀與20世紀新詩批評〉, 《문예연구文藝研究》 제2기, 2001, 1쪽.

문학사관임을 간과한 것을 알 수 있다. 왜냐하면 후스는 근현대의 문턱에서 진보된 세계관을 가지고 근본적인 변화를 추구하면서 자신의 문학혁명의 이론 체계를 확립했기 때문이다.[75] 그가 처한 당대적 여건 속에서 진화론은 후스 자신이 하나의 새로운 문화 창조력을 탄생시키는 동력으로 백화문학(즉 통속문학)을 중국 무대 위에 올려놓을 근본적 계기를 마련해주는 대안이었다고 인식했기 때문이다.[76] 그리고 중국의 문학 전통이 문인 집단의 주도로 이루어지며 민간층의 통속문학이 그러한

---

74 그 당시 저우쭤런도 순환론적 문학사관을 피력했다. 그의 《중국신문학원류中國新文學源流》는 1934년 3월과 4월 사이 푸런대학輔仁大學에서의 강연을 바탕으로 쓴 것으로, 그 취지는 5·4 신문학 운동의 원류와 발전 및 의의를 서술한 것이다. 그의 생각에는 문학이란 종교로부터 분화되어 '언지파言志派'와 '재도파載道派'라는 서로 다른 조류로 나뉘었다는 것이다. 이 두 조류가 모든 중국 문학사를 관통하는 흐름이라는 것이다. 주목할 만한 점은 그가 말하는 언지파가 곧 5·4 신문학 운동의 주류로서 그 원류를 거슬러 올라가면 명 말의 공안파로 소급시킬 수 있다는 것이다. 물론 그는 문학사의 변천이 순환한다는 생각을 지니고 있다. 순환론적 문학사관으로 분류될 수 있으며, 이는 중국 문학이 변하면서도 불변하는 미덕이라고 생각했다. 문인은 문학의 전통 속에 살면서 다양한 외부 요인과 내부 인소로 인해 변화를 모색해가는 것이므로 전통이라고 해서 '내(我)가 아닌', '또 다른 내(我)'가 될 수 없다.

75 이러한 후스의 견해와 맥을 같이하는 문학사가는 탄정비譚正璧로, 《중국문학진화사中國文學進化史》(광명서국光明書局, 1929, 초판)이다. 그 주된 관점은 "문이재도文以載道"라는 관념에 대해 부정적 시각을 나타내면서, "퇴화된 문학(退化的文學)"과 "진화된 문학(進化的文學)"의 대립을 말하면서 진화한 문학의 창조적 성향은 민간문학에서 비롯된다고 하여 후스의 관점과 상당한 유사점을 드러내고 있다. 이러한 후스와 탄정비를 비롯한 백화문학론자들의 작업은 서구(유럽) 문학사관의 영향을 많이 받았으면서도 순수 중국 문학으로 방향 전환을 하려는 시도였다.

주류의 대열에 끼지 못했던 현실에 대한 비판이 서려 있었다. 그는 기존의 문인 집단이 대부분 신분의 상징이었던 전통 시문을 중시했는데, 이것은 시대가 바뀌고 사회가 변했으니 그런 특권의식을 버리라는 경고를 하고자 했던 것이다. 문학 전통에 대한 지식인 계통의 강한 자부심과 그들만의 세계는 더는 존재해서는 안 되고, 이와 마찬가지로 중국 고유의 전통 의식에 대한 집착을 버리고 세계를 바라보고 자신을 되돌

---

76 물론 후스의 진화 문학사관에 호의적인 사람만 있었던 것은 아니다. 1916년 메이광디梅光迪는 후스에게 보내는 편지에서 다음과 같이 비판했다. "당신이 금세기를 숭배하는 것은 너무 심하며 이러한 큰 병의 근원은 인류의 모든 문명이 모두 진화한다고 생각하는 것인데, 이러한 것은 처음부터 전혀 그렇다고 말할 수 없다. 과학과 사회상 실용 지식은(예를 들면 정치학이나 경제학) 가히 진화한다고 할 수 있으며, 미술과 문예 도덕은 그렇지 않다. 만약에 이미지 및 각종 미술에서 새로운 조류가 그 새로움으로 반드시 옛사람을 뛰어넘는다고 하거나 혹은 그것과 적대시하면 미술 문학을 공부하는 자가 들으면 반드시 아연 실소할 것이다(足下崇拜今世紀太甚是一大病根, 以爲人類一切文明皆是進化的, 此弟初不謂然者也. 科學與社會上實用智識(如 pokies, Economics) 可以進化, 至於美術, 文藝, 道德則否.若以爲 Imagism Poetry 及各種美術上'新潮流, 以其新出必能勝過古人, 或與之敵, 則稍治美術文學者聞之必啞然失笑)." 메이광디·후스·경윈지耿雲志에게 보냄. 〈후스의 유고 및 비장서신胡適遺稿及秘藏書〉(제3책册, 황산서사黄山書社, 1994, 445쪽). 즉 이러한 논조는 그 당시에 문학운동의 창도자의 핵심 인물인 후스가 지나치게 현대성을 강조하다 보니 탄생한 역풍이었다. 저명한 문학사가인 류다제劉大杰는 〈후스의 유심주의 문학사 비판批判胡適的唯心主義的文學史觀點〉, 《푸단대학 학보復旦大學學報》 1955년 제2호에서 후스의 유심주의적 문학사관에 대해 강도 높은 비판을 했는데, 그 자신도 후스의 영향을 받았음을 인정하고 있다. 사실 《백화문학사》와 《중국문학발전사中國文學發展史》의 시간적 거리는 10년 남짓이지만, 류다제는 후스의 문학사적 권위에 대한 확신과 그 관점에 대한 의존을 드러냈다. 그리고 중국에서의 후스 비판에 관한 논문은 민두기, 〈중공에 있어서의 호적사상 비판운동(1954~1955)〉, 《동아시아문제 연구 동향총간》 제7호, 1979. 6에 있다.

아보는 성찰 의식을 가지라는 충고가 진화 문학사관인 셈이다.

이러한 맥락에서, 후스는 진화 문학사관의 주요한 이론적 근거로 당대唐代 시인을 제시하면서 자신이 제기한 비평적 발언의 구체적인 문학적 성찰을 하고 있다.[77] 즉, 이처럼 백화문학을 중국 문학사의 '중심 부분'으로 간주하고 시대를 대표할 만한 문학으로 본 것은 그의 사관이 단순한 문체 개혁이나 시대성 인식 등과 같은 차원에 머무르지 않는 것을 보여준다. 말하자면 이론과 실천이라는 탄력적 균형감각과 비평적 유연성이 그의 진화 문학사관을 보완해주는 체계화된 틀인 것이다.

후스胡適의 문학사 집필의 성과 분석: 《백화문학사白話[78]文學史》의 사례

중국 문학사를 관통해보면, 문학 발전의 순환적 관계, 말하자면 하나의 새로운 것이 오래되고 나면 또다시 옛것이 다시 돌아온다는 반복의 원리는 어찌 보면 당연하다고 할 수 있다. 그런데 후스는 '고古'와 '금今', '고문古文'과 '백화白話' 등의 논변論辨을 지향하면서 양자의 융화 발전보다는 대립각을 세우고 보았다. 과거의 것을 참조하고 그것을 슬기롭게 계승해 나가는 정상적이고 자연스러운 인문적 현상이요 오랜 중국적 전통임에도 불구하고, 후스는 새로운 것이면 곧 옛것을 대체할 수 있다는 혁신적 관점을 피력했고, 그 논란의 중심에 이 《백화문학사》가

77 그는 당대의 시인 왕범지王梵志를 백화시인이라고 했고, 백화의 정의를 광범위하게 잡아 사마천의 《사기》의 상당 부분도 살아 있는 문학의 범주에 들어간다고 생각했으며, 심지어 문학의 범주를 설정함에 있어 불경 번역본이나 송대 유학자들의 어록도 포함될 수 있다고 보았다.

존재했다.

그는 진화론과 실험주의라는 두 사조로서 서구의 근대사상을 규정하고는, 진화론이야말로 중국 문학사의 근대적 발전의 한 유형으로 간주하는 확신에 차 있었다. 이는 그가 문학 외적인 근대성에 주목하면서 문학 내적인 전통을 간과한 것처럼 보이게 하는 동인임은 분명하지만, 또 다른 한편으로는 문학사 관점의 재정립과 문학사 서술의 방향 전환의 시발점이 되기에는 지나치게 낙관주의적이고 자유스러운 실험정신

---

78 서경호는 '백화白話'에 대해 '구어口語'로 전환이 가능한 서면어였다는 입장을 피력하면서 이렇게 말한다. "당대唐代 말엽부터 우리는 다시 구두 언어와 문자 언어가 서서히 거리를 좁히는 현상을 발견할 수 있으며, 이것은 송대의 사詞와 백화소설白話小說 등에서 본격적으로 그 모습을 드러냈다. 이것은 동시에 또 다른 서면어의 탄생을 가리키는 것이었는데, 새롭게 등장한 서면어는 구두 언어에 상당히 접근해 있었다. 그러나 백화라고 불리는 새로운 서면어는 그것을 사용하는 영역이 엄격하게 제한되어 있었다. 그리고 기존의 문자 언어인 문언은 여전히 지식인들의 가장 중심적인 표현 방식으로서의 위치를 유지하고 있었다. 그들이 백화로 쓰인 것을 읽었을 가능성은 크지만 직접 백화를 사용하여 글을 쓴 경우는 드물었다. 또 백화로 쓰인 것은 정통적인 지식의 범주에는 들어갈 수 없었으니, 예를 들면《삼국연의三國演義》나《수호전》등 백화로 쓰인 글들은《사고전서四庫全書》에는 포함되지 않았다. 백화는 '문학적 중간층'이 쓰는 서면어였으며, 지식인층의 문자 언어와는 사회적으로 분명히 구별되어 있었다. 그렇다고 해서 백화가 '쉬운' 서면어라고 생각하면 그것은 오해다. 이것은 말하는 대로 쓰인 그런 서면어가 결코 아니었다. 그것은 대단히 인공적인 문체로, 구어를 가장한 또 하나의 문언이었다. 다만 차이가 있다면 문언을 낭독할 때 그것 자체가 일상적인 언어가 되지는 못하는 반면에 백화는 낭독한다면 일상적인 언어에 상당히 접근한다는 것이다. 백화는 구어로 전환이 가능한 서면어였다." 서경호,《중국 문학의 발생과 그 변화의 궤적》(문학과지성사, 2003, 66쪽)에서 이러한 견해는 전통문학적 입장에서 정의한 것으로, 이 당시의 백화 개념에 전적으로 합치되는 것은 아니지만 참조할 만한 가치가 있다.

으로 보여질 개연성이 있다. 물론 이미 앞에서 살펴보았듯이 한편으로 후스는 '정리국고整理國故'라는 '국학' 재정리 작업[79]을 문학사관 정립과 병행하면서 그의 사관이 결코 전통과 격리되어 존재하지 않는 것임을 보여주고자 했다는 점에서 보완의 증거로 확인될 수는 있겠다.

물론 후스의 《백화문학사》는 1930년대 이후 출판된 유사한 문학사 저작에서 보이는 문학사관을 적지 않게 벗어났다. 《백화문학사》는 한대漢代에서 당대唐代까지의 문학사인데, 당대는 운문만 있고 산문 부분은 없다는 입장에서 쓴 것이다. 제1편인 〈당이전唐以前〉이 '고문은 언제 죽었나古文是何時死的'부터 '불교의 번역문학佛教的飜譯文學(下)'까지 10장으로 구성되어 있고, 제2편이 '당초의 백화시唐初的白話詩'부터 '원진백거이元稹白居易'까지 6장으로 구성되어 있다. 그런데 그는 스스로 자신의 《백화문학사》를 평가하여 "그래도 한 권의 중국 문학 명저 선본이라고 할 수 있다(還可以算是一部中國文學名著選本)."(15쪽)라고 하여 자부심을 드러냈다. 다만 송대 이후의 것은 다루지 않아 중국 문학사의 면모를 보여주겠다는 자신의 취지에 부응하지 못했다. 본인의 취지에 부합되려면 오히려 송대 이후가 이 책의 제목에 더 어울리기 때문이다. 그는 초당의 가장 유명한 시인으로서 왕범지王梵志를 꼽고, 두 번째 시인으로는 왕적王績을 꼽는데, 그 주된 이유로는 풍자성과 조소에 있다고

---

79 물론 그의 '정리국고整理國故'라는 작업이 갖는 정통 한학의 계승 시도는 높이 평가되기에 충분한 근거가 있다. 다만 그는 '정리국고'라는 것을 단순한 한학의 전통 계승보다는 근대 학술 사상의 현대적 전환을 의미하는 것으로 신학문新學問의 수용을 위한 방편이었다. 후스의 '정리국고', 즉 국고정리國故整理의 문제에 관해서는 별도의 논문을 통해 발표하고자 한다.

했다. 후스는 당대 시가에 대한 관점이 8세기 상반기와 하반기가 확연히 구분된다고 보았으니, 개원開元 천보天寶 시기는 태평성세로 문학은 낭만적이고 의경意境은 조작되었으며 가무가 난무하는 문학이라고 보았다. 그 이후 변란이 일어나면서 문학은 고통과 인내를 내포하여 내용은 사실적이고 의견은 진실하니, 이 기간에 이백李白과 두보杜甫로 대변되는 두 시인의 확연한 시풍의 차이는 전자는 낭만 문학이고 후자는 사실 문학으로 귀결된다는 입장이었다.

후스는 신사상의 기수답게《백화문학사》에서 "모든 신문학의 유래는 민간에 있다."(19쪽)라고 하면서 신문학 건설을 위한 혁명적 주장을 한다. 또 "이것은 문학사의 통상적인 예이며, 옛날과 지금 중국과 외국도 이러한 통례를 벗어날 수 없다."(19쪽)라고 거듭 주장했다. 그는 자신의 문학에 관한 주장을 펼친 〈문학개량추의〉에서도 백화문학이 중국에서 흥성하기를 바라면서[80] 단테나 루터와 같은 위대한 업적을 세운 사람이 나타나기를 바랐다.

후스가《백화문학사》를 집필한 동기는 백화문학 운동에 열심히 참여하면서 "모두 백화문학은 역사적이기도 하고 아주 오래되고 또 매우 영광이고 역사적임을 알아야만 한다(要大家知道白話文學是有歷史的, 是有很長

---

80 후스는 철저히 '백화체'로 문학사를 썼는데, 그의 의도에는 문학사를 서술하는 언어는 학술 언어와는 다르며 제요提要나 학안學案도 아니라는 관점이 전제되어 있다. 아울러 후스의 문학관의 사상적 의미에 관해서는 민두기의《중국에서의 자유주의의 실험—후스(1891~1962)의 사상과 활동》(지식산업사, 1997, 27~71쪽)에 있는데, 그는 후스의 문학관이 기본적으로 개인의 발견과 개성의 해방, 과학적 방법의 추구와 평민과 역사의 발견 등에서 출발한다고 보았다.

又很光荣的歷史的)"라는 것이며, "중국 문학사의 중심 부분"[81]이라고 인식한 데서 비롯된다. 그가 보기에 중국 문학은 두 가지 서로 다른 길을 걸어왔으니 모방을 일삼고 답습을 하며 생기가 없는 고문문학과 자연스럽고 활발하며 인생을 표현하는 백화문학이 있다는 것이다. 물론 후스는 소설과 시, 산문 사이에 존재하는 한계를 타파하고 산문을 하나의 단편소설 계통으로 귀납시킨 적도 있는데, 그의 이러한 시도는 서양의 단편소설 개념에 바탕을 두고 그 당시 유행하던 중국 전통 소설 관념을 대체한 것이었다. 이러한 시도를 드러낸 문학사는 한결같이 타인의 선행 업적은 물론이거니와 자신의 작업에 대한 자아비판적 성향도 드러냈다. 그는 중국 문학사에 있어서 고문문학은 몰락한 역사이고, 백화문학은 발달의 역사라고 규정지었다.[82] 후스는 장즈춘의 《중국문학사》를 언급하면서 문학사 저작의 요건이 곧 '역사 관념'임을 분명히 했다.[83]

후스는 문언과 백화의 구분, 전통문학의 부정과 평민문학 혹은 통속문학에 대한 긍정 등 문학사 재평가 작업의 연장선상에서 진화 문학사

---

81 후스, 《중국신문학대계·이론건설집·도언》, 《후스 문집》 1, 127쪽. 따라서 주쯔칭은 그의 업적에 대해 그의 문학혁명이야말로 문학 혹은 문제의 해방에서 시작되는 것에 있다(주쯔칭, 〈문학의 표준과 척도文學的標準與尺度〉, 1947, 7쪽. 《주쯔칭 고전문학논문집朱自淸古典文學論文集》 상책上冊, 상하이: 고적출판사古籍出版社, 1981)라고 하면서 긍정적 의미를 부여했다.

82 이러한 입장을 견지한 그는 몇몇 명·청 소설에 관한 논문을 발표했고, 관점상 운문을 위주로 한 류다제의 작업의 틀과 큰 차이가 있다.

83 후스, 〈문화 진화 관념과 희극 개량〉, 《후스 문집》 제2권, 베이징대학 출판사, 1998, 116쪽.

관을 전개한 것이고, 그 자신이 내세운 '문학혁명' 사업과 걸맞게 중국 전통문학에 대한 인식의 지평을 확장해주는 대안을 모색한 것이다. 말하자면, 그의 문학사관은 문학사란 백화를 사용하는 통속적 세태와의 관련 속에서 발전해 나가는 소통의 역사라는 생각을 견지하고 있었던 것이다.

이보다 앞서 후스는 1919년 출간한 《중국철학사대강中國哲學史大綱》(상권)[84]에서 중국 철학사를 쓰는 세 가지 원칙으로 명변明變, 구인求因, 평판評判이라고 하면서 자신의 저술 원칙을 분명히 했다는 점도 참조 가치가 충분하다.

후스가 제기한 '무엇이 문학인가(什麼是文學)'라는 문제는 이 시기가 5·4 신문화운동에 있어서 19세기 유럽의 낭만주의 사조의 중국 유입과도 긴밀한 연관을 맺고 있었으니[85], 문학은 감정을 표현한다는 관념이 힘을 얻으면서 "감정과 뜻을 표현하는(表情達意)"[86]것이 문학의 핵심

---

84 후스, 《중국철학사대강》, 베이징: 중화서국, 1919.

85 이러한 상황은 후스에게만 있었던 것은 아니다. 이보다 훨씬 뒤에 문학사를 지은 예칭빙葉慶炳은 《중국문학사中國文學史》 제1강 서론 '무엇을 문학이라 하는가(何謂文學)'에서 문학의 개념을 선진 시기에 《논어論語》에 나오는 말로 거슬러 올라가 《사기》를 거쳐 위진남북조 및 당·송·명·청의 고문 운동가에 이르기까지 문학에 대해서는 수많은 논의가 있었다고 했다. 그는 아울러 "5·4 이래 중국 사람은 문학을 정의할 때, 제시한 것이 있으나 대부분 서양 학자의 주장을 베껴와 독창적인 견해가 아주 드물었다."라고 하면서 그 역시 그 당시 서양의 학자 헌트W. Hunt의 견해를 자신의 저서에 집어넣는 방식을 취했다. 아울러 그는 '무엇을 문학사라 하는가(何謂文學史)'라는 부문에서는 중국 최초의 문학사가 린촨지아의 것과 자일스의 것임을 내세웠다(3쪽).

조건임을 선언했다. 이러한 관점은 류린셩劉麟生이 편찬한 《중국문학사中國文學史》에서 "아름다운 느낌을 갖춘 정서 중시의 순문학(有美感的重情緒純文學)"[87]으로 협의적 문학 개념을 적용하게 된 것과 연관된다. 다시 1932년에는 후윈이胡雲翼도 《신저중국문학사新著中國文學史》에서 광의와 협의의 문학관을 분명히 하면서 현대적으로 진화된 문학 관념을 도출해내려고 했다.

탄정비譚正壁도 《중국문학진화사中國文學進化史》(광명서국光明書局, 1929, 초판)에서 "문이재도文以載道"라는 관념에 대해 부정적 시각을 보이면서, 문학은 '진眞'이나 '선善'이 아닌 '미美'를 추구하며 '미美'에 의거한 문학의 형성과 발전의 과정을 밝히려고 《중국문학진화사》라고 이름 지었다고 했다. 탄정비는 고문문학과 백화문학이라는 용어 대신 "퇴화된 문학(退化的文學)"과 "진화된 문학(進化的文學)"의 대립을 말하면서 진화한 문학의 창조적 성향은 민간문학에서 비롯된다고 했다. 이 책의 순서는 ① 문학과 문학사文學與文學史, ②중국문학의 서막中國文學的初幕, ③한위시인漢魏詩人, ④육조의 서정시六朝的抒情詩, ⑤전기문학傳奇文學, ⑥시가의 황금시대詩歌的黃金時代, ⑦장단구일사長短句一詞, ⑧북방의 희곡北方的戲曲, ⑨남방의 희곡南方的戲曲, ⑩통속문학의 발흥通俗文學的勃興, ⑪신시기의 문학新時代的文學 등 11장으로 나누는 데서 알 수 있듯이, 차례만 봐도 서술의 체계가 미흡하고 일관성이 떨어진다.

---

86 후스, 〈무엇이 문학인가什麽是文學〉, 《후스 문집》 제2권, 베이징대학 출판사, 1998, 149쪽.

87 류린셩劉麟生, 《중국문학사中國文學史》, 상하이: 세계서국世界書局, 1932년 초판, 1쪽.

문학사의 주류와 비주류의 문제: 후스胡適가 제기한 문제 들여다보기

초기 문학사 저작 중 몇 가지를 예시해보기로 한다. 정전둬鄭振鐸의 《중국속문학사中國俗文學史》[88]나 후스의 《백화문학사》가 출간된 이후에 속문학은 중시되기 시작했다. 물론 아속雅俗의 문제는 단순한 문제가 아니다. 흔히 '속俗'은 영어로 'popular'라고 해석할 수 있는데, 이 문제에 대해서는 매우 조심해서 다루어야만 한다. 여기에서 '속'은 마치 인기 있는 대중적인 의미를 지닌 듯한데, 이것이 또한 독자의 취미에 영합하기 위한 저급한 것이 아님을 알아야 한다. 말하자면, 독자들이 비교적 쉽게 읽을 수 있는 문장이고, 또한 읽을 수 있는 문장은 곧 좋은 문학이 될 소지가 많다는 것이다.[89] 따라서 우리는 '속'의 문제를 지식에 정통한 학자들이 통상적으로 쓰는 그러한 방식, 즉 무미건조한 방식으로 쓰는 것이 아니라, 일반 사람들의 세계에 들어가서 비교적 쉽게 쓰는 글을 '속'이라고 말한다. 사실상 이러한 문체는 학문하는 연구자라면 당연히 구사해야만 하는 문체이기도 하다. 그러나 유감스러운 것은 유가적 전통이 강한 송대 이전의 문단적 상황에서 대부분의 속문학을 아문학의 아류 정도로 간주하고 있으며, 아문학의 표준에 의거해서 속문학을 재단하는 경향이 두드러졌고, 그 이후의 문학사에서는 오히려 소설과 희곡 등 속문학이 문단의 주류를 차지하는 상황으로 바뀌었다는 것

---

88 정전둬의 《중국속문학사》는 곧 문학사 자료의 장편, 즉 문학사 자료를 늘어놓은 것으로 결코 '사史'의 영역이라고 할 수 없다는 혹평도 존재한다.

89 자오칭선趙慶深의 《중국문학소사中國文學小史》(1936)[타이베이: 장엄출판사莊嚴出版社, 1982년 영인본]라는 소책자가 이러한 한 사례로 거론될 만하다.

이다. 그러나 이 역시 전적으로 타당한 말은 아니다. 《시경》의 시들이 대부분 민간에서 나온 속문학의 요소가 적지 않고, 명·청대 역시 시가 문학이 상당한 위상을 구축하고 있었기 때문에 어느 한 시대의 대표적 장르를 규정한다거나 아문학 혹은 속문학이라는 이분법적인 구도를 갖는 것은 단지 서술자의 편의를 위한 것일 뿐이다. 말하자면, 중국 문학사가 아속문학의 상호 간의 보충과 보완을 거쳐서 중국 문학사가 흘러왔다는 점을 부정할 수 없는데도 말이다.

관점의 문제 중 예를 하나 들어보자. 상고시대 관방官方의 고령誥令인 《상서》를 문학사에 편입시켜 논의한다면, 후대 황제들의 대고大誥와 훈령도 문학사에 집어넣어야 하지 않느냐는 견해도 있을 수 있다. 일반 문학사에서 제자 산문으로 분류된 《논어論語》, 《맹자孟子》, 《장자莊子》 등을 문학사에 집어넣으면, 송대 이학가理學家의 문장인 《이정유서二程遺書》, 《사서집주四書集註》, 《주자어류朱子語類》 등도 문학사의 서술 대상에 집어넣지 않는가 하는 문제도 고민해야 한다. 그리고 역사 인물과 사건을 담은 《좌전》과 《한서漢書》를 문학사에 넣으면서 유사한 방식으로 쓰인 24사史의 《당서唐書》나 《송사宋史》 등을 문학사의 영역에 집어넣을 수도 있지 않은가?

물론 이런 광의적 관점은 오늘날의 입장에서 논란거리가 많다. 과연 이러한 형식의 문장을 울타리에 집어넣는 것이 얼마나 설득력을 가질 수 있을까? 분명한 점은 이미 말한 것처럼 《논어》·《맹자》 같은 사상서나 《한서》 등 역사서를 문학의 영역에 넣지 말아야 한다는 당위에도 불구하고 여전히 오늘의 문학사에도 이들은 대표적인 영역을 차지하고 있다는 점이다. 물론 원론적인 문제이긴 하지만, 반론이 제기될 수는 있다. 우리가 오늘날의 문학관을 잣대로 들이댈 수 있는가 하는 점이다. 이것은 문필이라는 용어 자체의 기본적 문제에 관한 회의를 어느 정도 인정하고 나서도 풀리지 않는 문제인데, 지금부터 무려 1,500년 전의 유협의 시대에 문장의 종류가 그 숫자를 제한할 수 없을 뿐만 아니라, 각 유형 사이에 존재하는 장르의 혼합 혹은 충돌의 문제가 있는 것은 의심할 나위 없는 사실이기 때문이다. 이는 방대한 범위와 분량을 자랑하는 중국 문학의 영역에 있어서 문학사 사료의 내포와 외연의 문제가 결코 단순하지 않다는 말로 귀결될 수 있겠다.

어떠한 내용과 문장을 문학사의 영역에 편입시키고, 다시 어떠한 인물을 문학가로 볼 것인가 하는 문제, 그리고 한 걸음 더 나아가 한 인물이 쓴 작품이라고 하더라도 어떤 작품을 문학 창작으로 포함하느냐 하는 문제와 관련된 평가의 문제는 근현대 문학사 논의의 기점 시기에 문학사를 집필함에 있어서도 상당한 개념 규정의 압박 요인으로 작용할 소지가 큰 것이다.[90] 1920~1930년대 출판된 정전둬의 《삽도본중국문학사揷圖本中國文學史》의 '진한 문학' 편 2장을 보면 논의된 작가가 50여 명으로 《문심조룡》과 비교해본다면 적지 않은 인물이 이미 문학사의 울타리에서 자취를 감추었다. 이 말은 다른 말로 하면 문학의 영역이 매우 축소되었다는 것뿐만 아니라 문학 관점이 전혀 다른 것으로 해

---

90 유협의 문필론의 범주에 편입시켜본다면 20세기 초 상당히 열렬했던 토론을 굳이 상기시킬 필요도 없다. 이미 린촨지아가 쓴 문학사의 범위에는 중국의 문자, 음운, 훈고, 경서, 제자, 사전, 이학, 사장 등뿐만 아니라 심지어 금석문이나 비문도 포함되어 있었다. 이는 중국의 문학사가 아니라 오히려 중국의 학술사이고 저술사이다.

석될 수 있겠다.

한 걸음 더 나아가 최근 출간된 위안싱페이袁行霈의 《중국문학사中國文學史》의 '진한 문학' 장을 보더라도 논의된 작가의 숫자가 별 차이를 보이지 않는다. 그렇다면 우리는 이 두 권의 대표 저작에서 논의하는 것이 주로 협의적으로는 산문과 소설, 사부, 사전 등을 논의 대상으로 삼는 것이지, 이미 유협이 《문심조룡》에서 논의한 비, 뇌, 주, 의 등에 관한 문장 대가들에 관해서는 언급한 바가 거의 없다고 해도 지나친 말이 아니다. 이러한 원인은 정전뒤의 관점이 순수문학적이라는 데에 기인하는데, 결과적으로 본다면 이들 진한 문학가들이 남겨둔 시가, 사부, 고소설 및 몇몇 미문은 평가 대상에서 제외되었고, 그들의 문장 역시 홀시되었다.[91]

---

91 그렇다면 현재 가장 큰 규모의 진한 문학사에는 얼마나 많은 작가와 작품이 수록되어 있는가? 《양한대문학사兩漢大文學史》에는 좀 더 자세하게 되어 있을 뿐 근본적으로 큰 변화는 없다. 왜냐하면 이 책은 모두 36장으로 되어 있는데, 논의된 작가의 숫자는 70여 명이다. 물론 이전의 문학사에 대해서는 양적인 발전을 이루었다고 볼 수 있다. 한편 차오다오헝曹道衡과 천위청沈玉成이 주편한 《중국문학가대사전中國文學家大辭典 — 선진한위진남북조권先秦漢魏晉南北朝卷》에 의거하면 이 책의 편찬 원칙이 다음과 같이 수록되어 있다. 첫째, 시 혹은 사부 등 문학작품으로 세상에 이름을 남긴 자, 문학비평 저작을 세상에 전한 자, 세상에 전하는 작품은 없으나 다른 사람의 작품 혹은 전기 등 관련 자료를 통해 생애를 고증할 수 있는 자, 기록에 의거하여 시인으로 분류된 자, 이외에도 다른 나라 사람이지만(이족) 한문으로 문학과 관련된 활동으로 종사한 자 등이다. 이렇게 하여 수록된 인물이 약 300명이다. 그렇다면 정전뒤과 달리 여섯 배의 양적인 증가가 이루어져 있다. 이것은 진한의 경우에 한정한다고 하더라도 100여 년 동안 문학의 범주가 좁아졌다가 다시 넓어지는 과정임을 알 수 있겠다. 그런데 이러한 방침이 과연 문학 관념과 부합하는가 하는 문제는 별개의 차원에 속하는 것이다. 즉 이렇게 한다면 매우 광범위하게 잡아 정리되던 문학의 범주를 다시 애매하게 해버리는 것이다.

4장

문학사 서술의 이념의 개입과 탈이념 문제

1

1930~1949년 신중국 성립 이전의 문학사 서술 시각 검토

순수문학적 영역 확대와 역사 본위의 문학사관

1930년대 이후의 중국 문학사 저작자들은 '무엇이 문학인가(什麽是文學)?'라는 물음에 대한 열렬한 토론에 많은 지면을 할애했다. 이 문제를 해결한다는 것은 중국 문학사를 쓰려는 사람들이 우선 규명해야만 하는 필연적 과정이었고, 이어 제기된 문제는 중국 문학의 범위에서 '문학에는 결국 어떤 것들이 있는가(文學究竟有哪些)?'라는 점으로 구체화되었다. 이 때문에 중국 문학사의 출현은 1930년대에 최고조에 이르러 주목할 만한 업적이 나왔다.

1930년에 천즈잔陳子展은 《최근 삼십년 중국문학사最近三十年中國文學史》라는 책을 지어 〈서론序論〉에서 과거科擧 폐지, 서양 모방, 소설사곡小說詞曲의 대아지당大雅之堂 등극, 언어의 해방과 문학의 평민화 등을 내세워 만청晩淸 문학을 중국 현대문학의 서단을 연 것으로 평가하면서[1] 만청晩淸과 5·4 신문화운동을 연계시켜 묘사했다. 여기서 그가 말하는 '평민화'는 바로 '대중화大衆化'라는 말과 동의어로 쓰이는데, 그는 대중이란 의미를 국민 전체라는 의미로 해석했다.[2] 그의 이러한 입장은 그 당시 첸지보錢基博의 《현대중국문학사現代中國文學史》(세계서국世界書局, 1932)에 의해 좀 더 구체화되면서 신문학의 범주가 더욱 확대된다. 이때 문단 분위기는 위상이 한층 강화된 소설을 문학사의 핵심 범주에 넣는 작업이 나오게 되며, 궈쩐이郭箴一의 《중국소설사中國小說史》(상무인서관商務印書館, 1939)에 의해 보다 구체화되고 논의를 보다 심층적으로 촉발시키는 작용을 하게 된다.

1932년에는 안후이대학安徽大學과 베이징대학의 강의안에 기초한 루칸루陸侃如의 《중국문학사간편中國文學史簡編》이 출간되었는데, 이 책은 상·하편, 20강講, 10만 자로 구성되어 있다. 상편 10강에는 중국 문학사의 기원中國文學的起源 1강, 고민족의 문학古民族的文學 3강, 악부고사樂府古辭 1강, 삼국 육조의 시三國六朝的詩 1강, 당대의 시唐代的詩 1강, 산문의 진전散文的進展 2강, 희극소설의 추형戲劇小說的雛形 1강이 포함되어 있고, 하편 10강에는 중국 문학의 신국면中國文學的新局面 2강, 송대의 사宋代的詞 1강, 원명산곡元明散曲 1강, 원명잡극元明雜劇 1강, 명明·청淸 전기傳奇 1강, 명·청 장회소설章回小說 1강, 근대의 산문近代的散文 1강, 문학과 혁명文學與革命 1강 등이다. 이 책은 출간되면서 호평을 받아 이 책의 〈서례序列〉에서 밝힌 겸사謙辭[3]를 무색하게 만들었다.

---

1 이 책은 상하이 고적출판사에서 2000년에 재발행되었다. 본문의 관련 내용은 121~122쪽에 있다.

2 그의 이런 견해는 4년 후(1934)에 발표된 〈문언文言-백화白話-대중어大衆語〉, 《신보申報·자유담自由談》에 수록되어 있다.

이런 시대적 배경에서 후원이胡雲翼는《중국문학사中國文學史》에서 기존의 중국 문학사 20종을 거론하면서 평가하고, 중국 문학 연구의 역사를 개관했으며, 후샤오스胡小石의 견해가 가장 합리적이라고 하면서 광의의 문학사 서술 방식에 찬사를 보냈다.[4] 그는《시경詩經》으로부터 최근 10여 년의 중국 문단(즉 현대문학)까지 10편 28장으로 나누어 서술하고,〈중국문학서목거요 및 설명中國文學書目擧要及說明〉을 부록으로 덧붙였다.〈자서自序〉에서 그는 문학사 서술 방식의 다양화와 역동성을 강조하면서 이렇게 말한다.

> 과거의 문학사는 대부분 무미건조한 정물적 서술에 치우쳐 단지 작자의 생애를 기술하거나 그 작품을 비평했다. 개별 시대의 문학사조의 기복, 각종 문체의 연원이나 변천 및 각종 문학의 배경과 원인에 대한 분석에 이르면, 대부분 그 익히 아는 바가 없다.[5]

---

3 그는 이렇게 말했다. "책 속에는 새로운 방법에 의거해 쓸 수가 없었고, 자료 방면에도 결함이 많다(書中未能依新的方法來寫, 材料方面也多缺陷)."

4 후원이胡雲翼,《중국문학사中國文學史》, 상하이: 북신서국北新書局, 1932, 5쪽. 사실상 후원이는《중국문학사》〈자서〉에서 이미 정식으로 출간된 책들을 비평하면서 후샤오스胡小石의 책이 후스胡適의 그것에 비해 서술의 치밀성과 객관성을 가지고 있다고 하면서 이렇게 말했다.

5 후원이,《신저중국문학사新著中國文學史·서序》, 상하이: 북신서점北新書店, 1932, 7쪽. "過去的文學史多偏重於死板板的靜物的敍述, 只知記述作家的身世, 批評其作品. 至於各個時代的文學思湖的起伏, 各種文體的淵源流變, 及貫於各種文學的背景及原因的分析, 皆非其所熟知."

이런 과정에서 정전뒤鄭振鐸는 《삽도본중국문학사揷圖本中國文學史》(1932년 11월 초판)에서 중국 문학사의 영역을 확장하고는 내용도 풍부하게 하면서 시대의 요구에 부응하려 했다. 공과대학 출신 정전뒤의 특이한 표지가 인상적인 《삽도본중국문학사》는 3권으로 이루어져 있으며, 편폭이 커서 일단 환영받는 듯했으나 루쉰魯迅이 '역사보다는 자료를 길게 늘어놓은 것 같다.'라고 혹평[6]했다. 하지만 자오칭선趙景深[7]에게는 "자료의 새로움과 해박함과 기술의 아름다움과 유창함에 장점이 있고, 특히 일찍이 보지 못했던 작품에 대해서 충분히 논할 수 있었다."[8]라는 긍정적 평가도 받았다.

그는 이 책을 출간하기 10년 전인 1922년에 발표한 〈나의 한 요구我的一個要求〉란 글에서 문학사는 반드시 자신의 방향을 조정하면서 사료의 완비에 근거를 둔 "비교적 완비된 한 권의 중국 문학사(一本比較完备些的中國文學史)"[9]의 출현을 갈망하면서 낸 것이 이 책이니, 그는 후스胡適

---

6 1932년 8월 15일, 〈루쉰이 타이징농에게 보내는 서신魯迅致臺靜農信〉, 《루쉰 전집魯迅全集》 제12권, 베이징: 인민문학출판사, 1982, 102쪽.

7 자오칭선은 《중국문학소사》(1936)[타이베이: 장엄출판사莊嚴出版社, 1982년 영인본]라는 소책자도 출간했는데, 이 책의 제19판 〈자서〉에서 이 책의 성격을 "엄격히 말해서 아마도 '사史'라고 부를 수 없다. 왜냐하면 이 책은 문학 변천의 과정 및 그 정치 경제적 배경에 대해서 너무 적게 말했기 때문이다. 그러나 나는 독자들의 이해를 청하며 다만 한 권의 중국 문학의 상식 혹은 하나의 이야기를 말할 것이다."(1~2쪽)라고 했다.

8 자오칭선, 〈난 성실한 정원사가 되고 싶다我要做一介勤懇的園丁〉, 정전뒤 등편等編, 《나와 문학我與文學》, 상하이서점上海書店, 1981, 99쪽.

9 정전뒤, 《중국문학논집中國文學論集》, 상하이: 개명서점開明書店, 1934, 198쪽.

이후 진정한 문학사관을 가지고 있는 자각 있는 학자였다.[10]

물론 정전둬는 출간 2년 전에 상하이의 상무인서관에서 단대사 성격인《중국문학사中國文學史》를 출판한 적도 있는데, 본래 이 책의 초고는 그가 1929년 3월부터 그해 말까지《소설월간小說月刊》에 일부를 발표하기도 하는 등 문학사 서술에 남다른 관심을 기울인 산물이었다. 이 책의 출간보다 앞선 1920년대 초에는 소설과 희곡 방면의 자료를 수집하고 정리하여《중국소설제요中國小說提要》,《백설유음선白雪遺音選》,《중국희곡의 선본中國戲曲的選本》,《불곡서록佛曲敍錄》,《파리 국가도서관 중의 중국 소설과 희곡巴黎國家圖書館中之中國小說與戲曲》,《중국단편소설집中國短篇小說集》,《원곡서록元曲敍錄》 등의 성과물을 내놓기도 하면서 소설과 희곡 분야에 정진한 연구 경력을 가지고 있다. 1927년 정전둬는 〈중국문학사 연구의 새길研究中國文學史的新途徑〉이라는 글에서 "《문부文賦》로부터 최근에 이르기까지 중국 문학의 연구는 정말로 연구상의 올바른 궤도가 없었다(自《文賦》起, 到了最近止, 中國文學的硏究, 簡直沒有上過研究的正軌過)."[11]라고 하면서 자신의 문학사를 쓰게 된 동기를 암시했다. 특히 그는 1932년 6월《삽도본중국문학사》〈자서〉에서 다음과 같이 말한다.

---

10 커칭밍柯慶明,《중국현대문학비평술론中國現代文學批評述論》, 타이베이: 대안출판사大安出版社, 1988, 40쪽.

11 정전둬, 〈중국문학연구의 새 길研究中國文學的新途徑〉,《중국문학연구中國文學研究》, 상하이: 상무인서관, 1927, 4쪽.

내가 쓰려는 이 중국 문학사는 결코 대단한 야심도 없고 무슨 '일가一家의 말' 도 아니다. 사실대로 말해서 그러한 양식의 저작은 지금 또한 말할 수 없다. 왜냐하면 지금처럼 일찍이 비교적 완비된 중국 문학사가 없었기 때문에 독자들에게 중국 문학의 모든 발전의 과정과 모든 진실의 면목을 충분히 가르쳐줄 수 있기 때문이다. 중국 문학은 지금까지 역사가 없었으나, 최근 20~30년부터 시작된 것이다. 그러나 이 20~30년 사이에 간행된 것은 그 숫자가 10권의 중국 문학사도 안 되며, 거의 몇 권은 팔다리와 몸이 떨어져 나가지 않은 것이 없거나 혹은 빈혈증을 근심하게 한다. 쉽게 말해서 한두 권을 제외하면 서술한 것에 거의 여러 가지 결함이 있다.

인용문에서 알 수 있듯이, 정전둬는 그 당시 출간된 문학사들에 대해서 상당히 비판적이었으며, 그러한 의도에서 쓰려고 했음을 알 수 있다. 정전둬가 문학사에서 중점을 둔 것은 소설이나 희곡 등 민간문학의 중시와 중국 문학이나 외국 문학의 영향 관계를 서술하는 데 있다. 특히 그는 기존에 간과한 당 및 오대五代의 변문變文, 금金과 원元의 제궁조諸宮調, 송과 명의 단편평화短篇平話, 명과 청의 보권寶卷, 탄사彈詞 등 속문학을 문학사의 영역으로 끌어들여 논했다. 이 책은 모두 64장으로 구성되어 있으며, 시대와 작가, 사회 사건 등을 두루 망라하는 방식을 취하고 있다. 또한 문학사를 고대古代, 중세中世, 근대近代의 세 시기로 나누어 고대문학을 1~12장에서, 중세문학을 13~55장에서, 근대문학을 56~64장에서 다루었다.

여기서 따져봐야 할 문제가 있다. 문학사가 과연 역사의 일부분이냐

하는 문제인데, 이미 셰우량謝無量이 문학사를 "역사의 한 부문에 속한다(屬於歷史之一部)."(《중국대문학사中國大文學史》 제1편, 43쪽)라고 보았던 데서 알 수 있으며, 이 점에 대해서는 꾸스顧實, 후와이천胡外琛, 정전둬, 후윈이도 예외가 아니었다.

5·4 이래 후스를 제외하면 문학사 저술 작업이 문학 자체에 관한 접근보다는 역사성에 관한 지나친 중시로 해서 문학 자체의 예술성에 관해서는 소홀히 여긴 경향도 있었다. 루쉰은 중국 문학사를 쓰려면[12] "먼저 마땅히 입장과 관점이 정확하고 자료가 확실하며 믿을 만한 중국 통사로서 참고삼아야 한다(先該有一部立場觀點正確, 材料切實可顧考的中國通史作爲參考)."[13]라고 하여 중국 문학사의 시기 구분 역시 중국 역사 구분법에 의거할 것을 명확히 했다.

---

12 루쉰魯迅은 《중국소설사략中國小說史略》에서 현대적 과학 방법을 끌어들여 비언稗言으로 간주되던 소설을 체계적으로 정리했다.

13 왕스징王士菁, 〈루쉰의 중국문학사 집필방법을 말함談魯迅編寫中國文學史的方法〉, 《문학유산文學遺産》 제2기, 베이징: 중화서국中華書局, 1980. 또한 루쉰의 문학사 이론에 관해서는 거홍빙葛紅兵과 온판야溫潘亞의 《문학사형태학文學史形態學》(상하이대학 출판사上海大學出版社, 2001, 84~95쪽)에 상세하다. 이들은 루쉰의 문학사관에 관해서 첫째, 전진前進의 표준標準, 둘째, 진선미 통일眞善美統一의 표준標準, 셋째, 실사구시實事求是 지인논세知人論世의 표준標準, 넷째, 약고상근略古詳近의 원칙原則으로 요약했다(88~89쪽). 사실상 문학사가로 평가받는 루쉰은 《중국소설사략》의 〈서언序言〉에서 다음과 같이 말한다. "중국의 소설 분야에는 여태껏 사적史的으로 고찰해놓은 것이 없었다. 있다면, 먼저 외국인이 지은 중국 문학사 중에 나타났고, 그 후에 중국인이 지은 것 중에도 따라서 넣게 된 것이 있지만 그 양은 모두 전서全書의 10분의 1이 못 되었으므로 소설에 대해서는 여전히 상세하지 못했다."(정범진丁範鎭·정래동丁來東 공역共譯, 금문사錦文社, 1964, 3쪽)

왕야오王瑤 또한 "문학사의 연구는 다른 수많은 학과 근거가 있어야 하니 주요한 것은 사학, 광의의 사학이다. 이 말은 주 선생이 문학사를 쓴 태도이다(中國史的研究得有別的許多學科做根據, 主要的是史學, 廣義的史學. 這也是朱先生寫文學史的態度)."[14]라고 말했는데, 구체적인 역사 본위의 문학사관은 주쯔칭朱自淸이 《시언지변詩言志辨》의 〈서序〉에서 집필 의도를 밝힌 다음과 같은 글에 나타나 있다.

> 서방 문화의 수입은 우리의 '사史'의 의미를 바꾸었고, 우리의 '문학文學'의 의미도 바꾸었다. 우리는 문학사가 있고 나서 소설과 사곡詞曲을 문학사 안에 집어넣게 되었고, 또 '문文' 혹은 '문학文學'에 집어넣었으니 '곡曲'의 주요 부분인 '희곡' 또한 토론했으며 거의 시문과 평등한 지위를 가지게 되었다. 우리는 왕궈웨이 선생의 《송원희곡사》가 있으니 이는 우리의 첫 번째 문학 전문 역사 혹은 종류별 문학사이다. 신문학 운동이 새로운 문학 의미의 발전을 강화시켰다. 소설의 지위가 높아졌고, 우리는 루쉰 선생의 《중국소설사략》을 갖게 되었다.[15]

저명한 문학사가인 루쉰은 "문학사 저술 가운데 생산력과 생산의 관계를 언급한 것은 지극히 적었고 관심을 기울인 것은 한 시대의 사상,

14 왕야오王瑤, 〈주쯔칭 선생의 학술연구 업무朱自淸先生的學術研究工作〉, 1948. 9, 《국문월간國文月刊》 제1기.

15 원문의 시작은 "서방 문화의 수입西方文化的收入……." 《중국소설사략》, 화둥사대출판사華東師大出版社, 1996, 1쪽.

문화, 분위기와 지식인의 심리 상태이다."[16]라고 하면서 문학의 내면성에 주의를 기울였는데, 루쉰의 문학사관은 〈위진풍도 및 문장과 약 및 술의 관계魏晋風度及文章與葯及酒之關係〉에서 충분히 드러난다.[17] 우선 그가 이 글의 서두序頭에서 '문학사' 편찬의 어려움을 이렇게 토로하는 데서도 엿볼 수 있다.

> 중국 문학사를 연구해보면 정말로 쉽지 않다. 옛날 것을 연구하려면 자료가 너무 적은 것이 한스럽고, 오늘날 것을 연구하려면 자료가 너무 많다. 따라서 현재까지 중국에는 비교적 완전한 문학사가 출현하지 않았다. 지금 이야기하려는 제목은 문학사상의 한 부분이며, 또한 자료가 너무 적어 연구하려면 아주 곤란함이 있는 것이다. 때문에 우리는 어떤 한 시대의 문학을 연구하려고 생각하면 적어도 작자의 환경, 경력과 저작을 알아야 한다.[18]

이런 배경하에 1935년 출판된 장시즈張希之의 《중국문학유변사론中

---

16 천핑위안陳平原, 〈문학사가로서의 루쉰作爲文學史家的魯迅〉, 《문학사의 형성과 구축文學史的形成與建构》, 베이징대학 출판사, 1999, 45쪽.

17 이 글에서 루쉰은 위진풍도魏晉風度와 관련된 "주酒·약藥·여女·불佛" 네 가지야말로 중고 문학中古文學 현상을 설명할 수 있는 결정적인 요소라는 것인데, 이는 그의 《중국소설사략》에서도 '청 말 견책소설淸末遣責小說'이라는 장을 설정하고 나서 《관장현형기官場現形記》, 《이십년목도지괴현상二十年目睹之怪現狀》 등의 작품을 심층 분석하는 방식, 말하자면 하나의 범주를 설정하는 것이야말로 문학 탄생의 역사적 실체와 부합될 뿐만 아니라 독자에게도 유익한 경험과 교훈을 준다는 의미로 해석된다.

國文學流變史論》(베이징: 문화학사文化學社, 1935)에서도 문학사는 "특수한 역사과학(特殊的歷史科學)"(2쪽)이라고 강조했던 것이다.

또한 여기에서 주목해야 할 사항은 관점의 혼돈으로 인한 문학사의 집필 방향의 차이점은 매우 중대한 문제라는 점이다. 이미 이데올로기가 개입되기 전인 1936년, 주쯔칭은 문학사의 관점 부족을 비판하면서 "…… 경학, 사학, 자학, 문집을 포함하여 소설, 희곡, 팔고문八股文에 이르기까지 구체적이고 정미한 백과전서와 마찬가지로 부족한 것은 '관점觀點'이고 '견식見識'이니 곧 사관이다(…… 包羅經史子集直到小說戏曲八股文, 象具體而微的百科全書, 缺少的是 '見', 是 '識', 是史觀)."[19]라고 했으며, 1948년에 왕야오는 문학사에 대한 안목이 자료수집보다 훨씬 더 중요하다고 하면서 "문학사를 쓰려면 절대적, 초월적 객관이라는 식견을 쓴다는 것은 사실상 불가능한 것이다. 한 권의 역사적인 저작을 쓰는 것은 역사적 안목이 사료보다 더 중요하다(寫史要有所見, 絶對的超然的客觀, 事實上是不可能的. 寫一部歷史性的著作, 史識也許更重于史料)."[20]라고 안목의 중요성

18 "中國文學史, 研究起來, 可眞不容易, 研究古的, 恨材料太少, 研究今的, 材料又太多, 所以到現在, 中國較完全的文學史尙未出現. 今天講的題目是文學史上的一部分, 也是材料太少, 研究起來很有困難的地方. 因爲我們想研究某一時代的文學, 至少要知道作者的環境, 經歷和著作."

19 주쯔칭, 〈무엇이 중국문학사의 주류인가什麽是中國文學史的主潮—린겅林庚 저著 《중국문학간사中國文學簡史》 서序〉, 이 글은 본래 1935년 5월에 칭화대학에서 쓴 것인데 다시 1947년에 샤먼대학 출판사厦門大學出版社에서 출간할 때 재수록된 것이며, 이 글은 다시 1995년에 베이징대학에서 재출간된 린겅林庚 책의 부록으로 722쪽에 있다. 한편 이 글은 주쯔칭의 전집에 수록되어 있으니,《주쯔칭 전집朱自淸全集》 제3권, 208쪽이다.

을 피력했다.

이런 '사식史識'의 중요성에 대한 견해는 일찍이 루쉰의 문학과 연구에서도 드러나는 것으로서, 문학사 식견은 문학사 자료와 긴밀한 연계 관계를 이룬다는 것에서 출발한다. '사식'은 문학사가의 기본적인 문학 관념인 동시에 문학사의 여러 현상에 관한 과학적 인식이다.

또한 왕야오의 기본적인 문학사관은 '신新'과 '변變'의 추구라는 입장인데, 이에 관해서는 그가 1946년 11월 18일에 《신생보新生報》, '언어와 문학語言與文學' 제5기에 기고한 〈문학의 신과 변文學的新和變〉이란 글의 말미에 쓴 다음과 같은 말이 있다.

> 글자상으로 말한다면 문장에서 '신변'을 요구하는 것은 본래 아주 좋은 의미다. 또한 창작 태도는 말할 것도 없고 간혹 문학사 발전의 일반적 규율을 말한다고 하더라도 '청신清新', '변화變化'는 본래 또한 움직일 수 없는 이치다. 창작에서 '신변'을 요구하는 것은 곧 내용과 형식은 말할 것도 없이 '진부陳腐'와 '대충差不多'하지 말아야 하는 것이며, 문학사의 '신변'은 더욱더 역사 변천 발전의 필연적 현상으로, 이것은 모두 예나 지금이나 매한가지의 원리로써 움직일 수 없는 것이다. 그러나 만일 역사를 읽을 때 소홀히 하다 보면 제량시대齊梁時代의 '신변新變'과 우리의 현재 말하는 뜻이 완전히 같다고 생각하여 몇 가지 오해가 발생하지 않을 수 없다.[21]

---

20 왕야오, 〈린겅의 저작 《중국문학사》를 평하다評林庚著《中國文學史》〉, 1947. 10, 《칭화대학 학보清華大學學報》 제14권 제1기.

이러한 그의 문학사관은 기본적으로 주쯔칭의 그것과 일치하는 것으로서, 그는 《중고문학사론中古文學史論》의 〈후기後記〉에서 밝혔는데, 중판重版 〈후기〉에서는 루쉰의 〈위진풍도 및 문장과 약 및 술의 관계〉라는 글의 영향을 깊이 받았음을 함께 언급하고 있다.[22] 왕야오는 1948년 6월 7일에 쓴 《중고문학사론》 〈자서〉(베이징대학 출판사, 1998)에서 이 책의 특징을 설명하면서 자신의 문학사관을 류스페이劉師培가 쓴 용어인 '중고문학사中古文學史'라는 명칭[23]이 결코 아니며, "이 책의 목적은 이 시기 가운데 문학사의 여러 현상에 대한 세심하고 진지한 탐색과 해석을 하는 데 있다. 작자(필자)는 결코 객관적 논술로써 자만하지 않았는데, 왜냐하면 절대적, 초연적 객관은 현실 세계에서는 존재할 수 없기

---

21 여기서 왕야오는 자신의 신변 관념에 의거하여 문학사 발전 규율을 설명했다. 이 문장은 베이징대학 판의 397~401쪽에 전문이 실려 있고, 본 인용문은 401쪽에 있다.

22 실제로 1980년대에 이르러 왕야오는 더욱 문학사 연구에 과학적 방법론의 적용 문제를 검토하게 된다. 그는 루쉰의 《중국소설사략》, 《한문학사강요漢文學史綱要》, 《중국신문학대계中國新文學大系·소설2집小說二集·도언導言》 등 저작에 대해서 《중고문학사론中古文學史論》 중판 〈제기題記〉(1986)에서 "문학사 연구 사업의 방법론으로부터 보면, '전범 의의典范意義'를 갖추고 있다. 이러한 전범 의의는 그(루쉰)가 풍부하고 복잡한 역사 가운데 찾아낸 보편성을 띠고 있으며, 시대 특징과 본질 의의의 전형 현상을 반영할 수 있다. 그런 연후에 이런 현상의 구체적 분석과 깊이 있는 서술 중에서 문학의 발전 규율을 체현할 수 있다."라고 하면서 루쉰의 작업에 큰 의미를 부여했다.

23 이런 맥락에서 그는 《중고문학논집中古文學論集》 〈자서〉(1956년 4월 7일)에서도 이 책의 출간이 1942년부터 1948년 사이에 이루어진 '중국문학사 분기 연구中國文學史分期研究'(한위육조漢魏六朝)라는 강의 과정의 출판물임을 밝혀 주된 관심 분야가 '중고中古' 시기임을 분명히 했다.

때문이다. 다만 몇몇 실제적 역사 정황에 합당한 논단에 공헌할 수 있다면, 이것은 작자가 추구하는 바가 될 것이다."(4쪽)라고 했다. 그래서 왕야오는 "문학사를 하나의 독립된 학과로 삼는 것은 그것이 이미 작품의 예술 성취를 분석하고 평가하는 것을 임무로 삼는 문학비평과는 다르며, 문예의 일반적 보편 규율을 탐구하는 것을 목적으로 삼는 문예이론과도 다르기 때문이다. 그것의 성질은 마땅히 일정한 역사 시기의 문학 특징의 구체적 현상을 연구하여 체현하며 아울러 문학 발전의 과정과 그것의 규율성을 해석하는 것이다."[24]라고 했다.

이렇듯 1920~1930년대 및 1949년 이전까지의 문학사가들은 전통과 현대의 틈바구니에서 한편으로는 자신의 관점을 조정하고, 다른 한편으로는 역사와 접목시켜 문학사의 집필과 논의에 집중했다. 문학 관념에 대한 새로운 도전과 문학사의 표준 혹은 기준 정립에 대한 요청은 전통 문헌학에서 도출해낼 수 있었지만, 서방의 문학 관념의 중국 유입에 따른 합리적 해결 방안의 모색이라는 이중적 잣대에 고심해야만 했다.

류다제劉大杰 중국 문학사의 몇 가지 특징들

류다제의 초판 《중국문학발전사中國文學發展史》(상·하권)는 대내외적으로 중국 문학사의 고전적 위상을 확보한 탁월한 명저이다. 《중국문학발전사》는 항일抗日 전쟁의 와중에 쓴 것이다. 이때는 지식인들이 심각한

---

24 왕야오, 《중고문학사론》 중판 〈제기〉, 베이징대학 출판사, 1986.

고통을 나날이 당하고 있을 때로서, 그 또한 예외는 아니었다. 이 책을 쓰기 이전에 그는 《위진사상론魏晋思想論》과 《유럽문학사歐洲文學史》를 썼는데, 《유럽문학사》는 20만 자를 썼으나 끝까지 마치지는 못했다. 그의 《중국문학발전사》는 상권이 1931년에 완성되어 1941년 중화서국에서 출판되었고, 하권은 1943년에 완성되었으나 출판은 1949년 1월에서야 이루어졌다. 초판본인 《중국문학발전사》는 그에게 더할 수 없는 학문적 위상을 확인시켜주었다.

류다제는 전통적인 중국 학자이다. 그러면서도 그는 서방 색채가 강한 중문학자이다. 류다제는 5·4운동 이후에 성장한 학자로서, 1919년 5·4운동의 구호가 시작되었을 무렵 작은 공장에서 어린 시절을 마치고, 한편으로는 공부하고 한편으로는 일하는 학생으로 학업을 계속했다. 이 당시 그의 어머니가 겨우 《당시삼백편唐詩三百首》과 《아녀영웅전兒女英雄傳》 등을 가르쳐줄 정도였다.

1922년 류다제는 우창武昌에 있는 고등사범학교에 진학했는데, 이 학교는 국립 우창사범대학國立武昌師範大學으로 이름이 바뀌었고, 중문과에는 황칸黃侃과 후샤오스, 위다푸郁達夫 등의 저명한 학자들이 있었다. 특히 황칸과 후샤오스 두 사람은 고전문학에 조예가 깊었는데, 그 당시 류다제의 국학 수준이 높지 않아 크게 영향을 받지는 못했다. 다만 청년 류다제에게 심각한 영향을 끼친 사람은 위다푸였는데, 위다푸는 문학 창작에 대한 길로 이끌어주었고, 그를 일본으로 유학하도록 소개했는데, 이는 류다제의 학문 방향에 있어서 결정적인 역할을 하는 사건이었다.[25]

류다제는 1925년에 두 편의 소설을 정식으로 출판하게 된다. 이때부터 그의 문학적 재능은 두드러져 창작과 번역에도 온 힘을 쏟았다.[26] 1927년부터 류다제는 일본에 유학하여 1930년까지 3년여 동안 머무르게 된다. 그 당시 그는 유럽 문학을 전공하며 일본어와 영어도 배우면서 외국 문학을 번역할 만한 실력을 갖추게 된다. 이것은 그에게 문학사적 안목을 넓혀주었으니, 이 기간에 적지 않은 작품을 번역하여 중국에 보내 출판했다.

그의 중국 고전문학에 관한 연구와 저술은 1937년까지가 준비 기간이었고, 그 이후 1949년까지가 그 이전의 준비 작업이 빛을 내면서 이른바 성숙기로 접어든 시기였다. 따라서 그의 책을 보면 개인주의, 형식주의, 현실주의, 낭만주의와 같은 단어들이 그의 이론적 색채를 두드러지게 한다. 문학사는 마땅히 외국의 문학이론 지식도 습득해서 써야만 한다는 것을 충분히 실천하면서 그는 이 책을 지은 것이다.

---

25 동나이빈董乃斌, 〈류다제 문학사 연구의 성취와 교훈劉大杰文學史研究的成就和教訓〉, 왕야오 주편, 《중국문학 연구의 현대화 과정 이편中國文學研究現代化進程二編》, 베이징대학 출판사, 1996, 250~251쪽.

26 1927년에 극본인 《연애병 환자戀愛病患者》를 시작으로 하여 1928년에는 《입센 연구易卜生研究》라는 책을 냈고, 1935년에 이르기까지 단편소설을 번역하기도 하고, 《세 아이의 고학기三兒苦學記》(1935)라는 자전적 장편소설도 출간했다. 그는 이러한 번역 행위를 생활비를 벌기 위해서라고 밝히기도 했는데, 이 말은 그가 1929년에 《벽색의 나라碧色的國》(상하이: 계지서점啓智書店)의 〈서문〉에서 한 말이다. 물론 류다제의 소설 작품에 대한 평가는 그다지 좋지 못했다. 다만, 양이楊義만이 그를 낭만파 서정 소설가의 지류급으로 소개한 것이 전부였다. 류다제는 1920년대 후반기와 1930년대 전기에 현실주의로 전향했으나, 그에게는 현실주의 색채 위에 농후한 주관적 감정을 드러내고 있을 뿐이었다. 자세한 것은 양이의 《중국현대소설사中國現代小說史》 제1권 8장 2절, 베이징: 인민문학출판사, 1986 참조.

《중국문학발전사》 초판 〈자서自序〉에서 구체적으로 확인된다.

> 프랑스의 문학사가 귀스타브 랑송Gustave Lanson은 〈문학사의 방법론〉이라는 글에서 이렇게 말했다. 한 민족의 문학은 곧 그 민족 생활의 현상이며, 이러한 민족이 오랫동안 충만한 발전 가운데에서 그들의 문학은 곧 다양한 정치적, 사회적 사실 혹은 제도를 서술하고 기록하는 가운데 있으며, 연장되거나 기탁되는 정감과 사상의 활동은 더욱이 일찍이 행동하는 상상 혹은 고통스럽고 신비스러운 내면적 생활에서 실현될 수 없는 경우가 가장 많다고 했다. 이로써 문학이란 곧 인류의 심령이니, 문학 발전사는 곧 인류의 정감과 사상 발전의 역사라는 것이다. 인류의 심령 활동은 비록 신비에 가깝지만 항상 외물의 반영을 벗어날 수 없으니, 사회 물질생활이 나날이 진화하는 가운데에서 정신문화도 자연적으로 같은 걸음을 취하게 된다. 20세기에 과학적 세계에 사는 사람들은 그들의 뇌리에 점치는 시대의 종교적 관념은 없다. 이러한 상태에서 문학의 발전은 반드시 진화하는 것이지 퇴화하는 것일 수 없다.

이 단락을 보면 그의 이론적 관점이 명확히 드러나 있는데, 문학을 심령 활동의 기록으로 보고 문학사를 심령사心靈史[27]라고 했으니, 그는 서양의 순문학 관념과 결합하려는 의도를 드러냈고, '고거考據'와 이항 대립적 의미를 지니는 것으로 해석한 것이다. 랑송은 문학사는 문화사

27 이러한 말로 인하여 1958년에 있었던 '대비판大批判' 가운데 그는 학술적 책임을 저버렸다는 비판을 면치 못했으며, 그로 인해 수정할 생각을 품게 된 것이다.

의 일부라고 생각했으며, 문학은 과거인 동시에 현재라는 입장을 견지하면서도 특정 대상인 작품의 감각적이고 미적인 특성에 주의하려면 상상력과 취향의 동요를 느껴야 한다고 한 저명한 문학사가였다. 류다제는《시경》과《초사楚辭》를 각기 다른 이론적 배경을 가지고 설명했는데, 랑송의 영향을 받아 사회성이 깔려 있으면서도 순수하고 낭만적 색채가 짙은 문학사를 저술했던[28] 것이다.

문학사 서술 방식을 살펴보면 류다제의 책은 정통 중국 역사의 기전체 방식도 아니고 편년체 혹은 기사본말체도 아니었으니, 장절체章節体라는 말이 적절하다. 그 구성 방식은 봉건왕조를 주축으로 삼고 문학 양식을 보조로 삼으면서 작가와 작품을 그 아래에 두는 방식이었다.

주목할 점은 30장에 걸쳐 문학사는 작품으로 결실을 맺는다는 진보

---

28 이 점에 관한 논의가 좀 더 필요한데, 사실 이 책을 쓰기 전인 1920년대 말에 류다제는 인문 정신과 현실비판 정신을 함께 소유한 자로서 일본 사람들이 외세의 압력에서 개혁을 핍박당한 것을 중국의 독자들에게 알리려 했다. 그는 일본 사람들의 정신을 묘사하여 마음을 비우고 외래 문명을 수용하려는 정신을 가진 사람으로 생각했으니, 그가 외국 문학을 대량으로 번역 소개한 것도 중국 사회의 개조에 도움을 주려는 것이었다. 둘째, 그의 전공은 문학이지만 시종 조국과 민족의 운명에 주의를 기울였다. 그는 "문학은 다만 작자의 개성을 벗어날 수 없을 뿐 아니라 국민성과 시대정신의 표현이다(文學不僅不能離開作者的個性, 同時也是國民性與時代精神的表現)."(《독일문학개론德國文學概論》제1장, 상하이: 북신서국, 1928)라고 했다. 이렇듯 그는 문학관에 있어서 사회 비평적 요소를 지니고 있었다. 그는 마음속에 중국의 현 상황을 잊지 않았다. 그가 톨스토이의 생애와 사상 및 작품을 번역할 때, 중국인에 관해서 언급하지 않은 적이 없었다. 그는 중국의 국민성에 대해 끊임없는 각성을 촉구했는데, 그 당시 중국인 대부분이 생각하지도 못했던 중국인의 병폐를 그 누구보다 철저하게 깨달은 지식인이었기에 가능한 일이었다.

적 입장을 견지한 것인데, 각 시대에 있었던 문학작품에 대해 작가를 소개하고 작품의 특징을 소상하게 밝히는 작업을 했다. 또한 왕조 교체에 따른 분기법이 이전의 문학사가 두루 적용한 것이지만, 류씨는 조대를 나누지 않고 다시 분기하고는 문학사의 성질과 문체 발전의 역사를 관련시켜 서술의 틀을 잡았다. 류씨에게 마르크스주의가 인류 지식의 결정체라는 인식은 결코 없었다. 왜냐하면 마르크스주의가 중국에 들어온 지 그다지 오래되지 않았으므로[29] 마르크스주의가 체계적으로 소개되기는 쉽지 않았기 때문이다.

초창기 문학사 저작들과 후스·정전둬·류다제 등의 문학사 서술 방식에서 알 수 있듯이, 문학사 서술의 방향은 설정되었으나 서술 방식에 있어 서로 확연한 차이가 있었던 것은 엄연한 사실이었으며, 필자들은 각자 개별적인 시각을 가지고 있었고, 특히 류다제의 작업은 기존의 작업과는 확연하게 구분되는 독창성이 있었다. 이 당시 이 책은 가장 강력한 영향력을 행사한 저서로서 문학혁명 이전의 전통적 맥락을 유지하면서도 문학혁명 이후의 새로운 관념과 새로운 문학사관을 적용하여 진정한 '창작' 정신을 발휘한 것이다.

즉, 이 책의 장, 절에 보이는 '문학사조', '문학 추세', '문학 신발견' 등과 같이 문학사상과 사회 환경의 관계 양상을 규명하면서도 결코 균형

---

29 본래 마르크스주의가 중국 학술계에 진입한 시기는 1920년대였고, 1930년대부터 문학의 영역으로 확산되기 시작했으나 보편성을 획득하지는 못했다. 즉, 1949년 신중국 성립 이후 마르크스주의의 계급 분석 방법이 문학사 연구에 적용되어 문학 현상을 정치투쟁과 경제제도적 측면에서 바라보기 시작한 것이다.

감각을 잃지 않은 것이야말로 신구를 융합하려는 독창적인 문학사관이 있었기에 가능한 것이었다.

2

1949년 신중국 성립 이후의 문학사 서술 방식

서술 방식 변화의 시대적·문단적 배경

문학의 탄생에는 일정한 사회적 기반이 있다. 사회적 기반이란 정치·경제·종교·사상 등 복합적 기반을 의미한다. 문학을 사회현상으로 보고 경제적 생산구조의 반영으로 규정하는 것이 마르크스주의 문학관의 일반론이다.

문제는 중화인민공화국 성립 시기인 1949년 이후 문학은 하나의 이념적 범주에 얽매이게 되면서 이전의 서술 방식과 전혀 다른 방향으로 전환했으니, 마르크스·레닌주의와 마오쩌둥毛澤東 사상에 입각한 문학사 서술 방식이 그것이다. 중화인민공화국이 성립되면서 구시대를 청산하고 신중국을 건설한다는 강령 아래, 모든 학문 분야를 국가의 통제하에 두게 되면서 문학사의 서술도 기존과 전혀 다른 방향으로 나아가게 되었다. 특히 마오쩌둥은 사회주의 문화 건설을 위해 문학사 서술도 그 노선을 따르도록 노력을 기울였고, 많은 문학사가는 그의 방침에 따라 문학사 서술에 참여했으며, 기존에 했던 작업도 관점을 바꾸어 재해석해서 독자 앞에 내놓았다.

좀 더 그 배경을 살펴보면, 1949년 신중국의 출범에 맞추어 7월에 '신사학연구회新史學研究會'의 주비위원회籌備委員會 회의가 소집되면서 구사학舊史學에서 신사학新史學으로 전환하려는 시도가 있었다. 이 상황을 마오둔茅盾은 "중국 문학사에 대해서 더욱이 '5·4'부터 지금까지의 신문예운동사는 마땅히 전문가들을 조직해서 새로운 관점으로 연구해야 한다."[30]라고 했다. 또한 1949년 왕야오는 칭화대학에 중국 신문학사 과정을 설치하고는 60만 자 분량의 《중국신문학사고中國新文學史考》를 완성하게 된다. 그는 대표작 《중고문학사론》에 미치지는 못하지만 중국 현대문학사에 초석을 다지는 중요한 업적을 남겼다.[31] 그의 이러한 사관 변화에 대해 쑨위스孫玉石는 〈문학사가로서의 왕야오作爲文學史家的王瑤〉라는 글[32]에서 다음과 같이 지적한다.

---

30 "對于中國文學史, 尤其是'五四'到現在的新文藝運動史, 也應該組織專家們總新的觀點來研究." 마오둔茅盾, 〈일치한 요구의 기대一致的要求的期望〉, 《문예보文藝報》 제1권 제1기, 1949. 09.

31 옌자옌嚴家炎, 〈왕야오 학술사상 토론회 개막사王瑤學术思想討論會開幕詞〉, 《선구자적 족적—왕야오 학술사상 연구 논문집先驅者的足迹—王瑤學術思想研究論文集》, 허난대학 출판사大學出版社, 1996. 06, 1쪽. 그는 1952년에 《루쉰과 중국문학魯迅與中國文學》도 저술했으며, 1950년대에 《중국문학논총中國文學論叢》(1953), 《이백李白》(1954), 《중국 고전문학에 관한 문제貫於中國古典文學問題》(1956) , 《중국 시가 발전 강화中國詩歌發展講話》(1956) 등을 저술했다.

32 천핑위안 주편, 《중국문학연구현대화여정이편中國文學研究現代化進程二编》, 471쪽 재인용.

그는 마르크스주의의 역사유물론으로 중국 고대 사회를 연구하여 '한 번에 이름을 얻으려는' 궈모러에게 '학습'하려고 결심하여 자신의 '옛 글의 지식'과 마르크스주의 이론 수양을 기초로 삼아 '중국 고전문학의 연구 방면에 제일류의 학자가 되고자' 결심했다(他決心要向以馬克思主義的歷史唯物論研究中國古代社會而'一擧成名'的郭沫若'學習', 以自身的'古書的知識'和馬克思主義理論修養的基礎, 決心'要在中國古典文學的硏究方面成爲第一流的學者').

이러한 쑨위스의 지적은 왕야오가 '신민주주의론新民主主義論'을 지도 이념으로 삼아 현대문학의 의의를 중국 현대 혁명의 역사와 연계시키는 방법으로 《중국신문학사론中國新文學史稿》를 집필한 것[33]과 같은 맥락이다. 이듬해인 1950년 4월에 장쭈이蔣祖怡는 《중국인민문학사中國人民文學史》를 출간하면서 "문학혁명의 진영에서 충격적일 때의 외침으로 삼는다(在文學革命的陣營里, 作一聲沖鋒時候的吶喊)."(25쪽)라고 하면서 변증유물론적 문학사관[34]에 충실하면서 문학의 '대중화大衆化'를 주된 의제로 삼아 문학사를 서술했다. 그의 견해는 마오쩌둥이 작가들에게 한

33 왕야오는 '인민의 문학이 중국 현대문학의 주류(人民的文學中國現代文學的主流)'라고 분명히 선언했다. 다만 역설적으로 그가 고전문학 연구에도 매력을 느꼈다는 것은 신문학 연구로는 일류 학자가 될 수 없다는 의식 때문이었다. 왕야오, 앞의 논문 499쪽.

34 그의 관점은 이 책의 9, 11, 20쪽에 나온다. 또한 그는 이 책의 12~18쪽에서 '인민문학人民文學'의 특징은 구어적, 집단 창작적, 새로운 것의 흡수에 과감할 것, 신선 활발하고 소박할 것 등을 내걸었다.

〈연안문예좌담회상의 강화在延安文藝座談上的講話〉(1942)에 의거한[35] 것이며, 구어口語의 문학사를 표방했다. 그래서 그는 유조 민가六朝民家, 당송唐宋 이후의 강사보권講史寶卷, 탄사대고彈詞大鼓, 지방희地方戱 등을 문학사의 정통에 두고, 한대 악부시부漢代樂府詩賦, 위진육조 변문魏晋六朝騈文, 당대 전기唐代傳記, 송대 원곡宋代元曲, 청대 고문淸代古文 등을 봉건정신 유지를 위한 것들로 해석했다. 이러한 분석은 그의 문학사관이 중국 문학사의 정통은 '인민人民'들이 창조한 것이어야 한다는 확신이 담겨 있기 때문이다.

이러한 문학사 집필의 서술 방향 설정은 저우양周揚이 1953년 9월 중국 문학, 예술 종사자 제2차 대표대회에서 다음과 같이 '현실주의現實主義'[36]라는 말을 쓰고 있는 것과 연관된다.

---

35 물론 이러한 문제가 어느 한 개인의 문제는 아니었다. 일본의 중문학자 스즈키 슈지鈴木修次는《중국문학과 일본문학中國文學與日本文學》(지린대학 일본연구소吉林大學日本研究所 문학연구실文學研究室 옮김, 푸저우: 해협문예출판사海峽文藝出版社, 1989)에서 마오쩌둥의 '강화講話'에서 기본적으로 제시하는 것이 정치가 예술보다 우선한다는 것으로서, 그 당시 학자들이 중국 문학의 발전을 연구하는 데 기본적인 주장으로 삼았다고 했다.

36 '현실주의現實主義'라는 말과 '사실주의寫實主義'라는 말은 그 쓰임이 다르다. 1930년대 이전에 'Realism'이라는 용어가 중국에서 대부분 '사실주의'로 번역되었는데, 1920년대 말 일본과 러시아 무산계급 문학운동의 영향을 받아 좌익 작가들은 사회계급 관계를 반영하고, 역사의 필연과 발전을 구현하는 사실주의에 영향을 받아 취추바이瞿秋白는 이때를 틈타 현실주의로 번역하여 구사실주의와 구분해야 함을 명백하게 했다. 그는 '사실'은 순수하고 낙관적이라는 의미이고, '현실'은 사회와의 관계하에서만 드러난다고 했다.

우리 문학상의 현실주의 전통은 《시경》과 《초사》로부터 루쉰의 작품에 이르기까지 끊임없이 2,000여 년이라는 오랫동안 시종 썩지 않는 빛을 뿜어냈다.[37]

그의 이러한 발언은 루칸루가 〈무엇이 중국문학사의 주류인가(什麽是中國文學史的主流)〉(《문사철文史哲》, 1954. 1)라는 글에서 "원시시대의 구두 창작 이래로 몇천 년 문학사의 주류가 현실주의가 아니라는 것은 불가능하다."라는 말로 확대되어 문학사 서술의 방향에 지렛대 역할을 하게 된다.

1953년 3월 25일 루칸루는 《인민일보人民日報》에 막심 고리키Maxim Gorky의 '내가 어떻게 창작을 배우기 시작했는가?'라는 문장에서 한 말에 대한 나름의 소감을 밝혔는데, 그 주된 관점은 '마오쩌둥 문예사상이 중국 고전문학의 교수법으로 어떻게 확장되었는가'에 대한 모색이었다. 그 당시 러시아 문학원의 교과과정에서 마르크스·레닌주의와 정치, 경제 이외의 가장 중요한 위치를 점유하는 부문이 문학사로서, 이러한 정황에 비추어보면 중국 문학사라는 과목이 얼마나 중요한지를

---

37 "我們文學上的現實主義傳統, 從詩經楚辭到魯迅的作品, 綿延兩千多年之久, 始終放射着不朽的光輝." 《문예보文藝報》 1953년 19호에 수록된 이 글의 제목은 '더욱 많은 우수한 문학예술 작품을 창조하기 위한 분투爲創造更多的優秀的文學藝術作品而奮鬪'이다. 그는 5년 후에 〈문예전선상의 대변론文藝戰線上的一場大辯論〉, 《문예보》(5)를 발표하면서, 문학사는 시대의 창작을 실천하고 사상투쟁의 경험을 총괄해야 한다는 입장을 견지했으며, 그의 이러한 태도는 1960년대 초기에 중국 현대문학사의 편찬 작업으로 구체화되었다.

유추할 수 있다. 그래서 1950년대 이후의 중국 교육과정 체제는 러시아의 그것과 상호 의존적 관계가 있었으니, 이 시기에는 특히 자산계급資産階級 학자들을 인정하고 현실주의적 역사 관념을 지닌 문학사 저작의 필요성을 모두 공감하고 있었다.

제도적인 면에서 볼 때, 1957년에 《중국문학사교학대강中國文學史教學大綱》이란 책이 교육부의 심사를 거쳐 고등교육 출판사에서 출판되었는데, 이 책의 편찬 과정에 대해서 여우궈언游國恩은 1954년에 교육부가 먼저 몇몇 고등학교 중문과와 문학연구소를 지정하여 대략적인 것을 쓰도록 하고, 이듬해 고전 부문을 담당하는 각 학교의 담당자에게 먼저 나누어 주고 해당 전문가에게 평론을 들어 1956년 7월과 11월에 토론회를 개최하고는 초안이 작성되었다. 이러한 편찬 과정에서 알 수 있듯이, 문학사는 철저히 교육적 시각에서 편찬되었지 개인 관점을 요구하지는 않았다.[38] 따라서 주도면밀하지도 않고 1년이라는 시간 내에 모두 끝낼 수 있도록 안배되었다.

타오둥평陶東風의 《문학사철학文學史哲學》이라는 저서에서 지적한 것처럼, 1950년대 이후에서 지금까지 주도적 위치를 차지하는 문학사 패러다임에 존재하는 문제는 다섯 가지로 귀결되니[39], ①기계적·타율적他律性 추구, ②전통문화와 문학사 방법의 관계 해명, ③자율성의 상실과 형식 연구의 결핍, ④계통 관념의 상실과 유파 연구의 결핍, ⑤서술

---

38 여우궈언游國恩, 〈중국 문학사 편찬에 관한 몇 가지 의견對於編寫中國文學史的幾點意見〉, 《광명일보光明日報》 1957년 1월 6일자.

39 타오둥평陶東風, 《문학사철학文學史哲學》, 허난: 인민출판사, 1994, 12~20쪽.

방식의 천편일률성과 연구 주체성의 상실 등이었다.

1950~1960년대의 저명한 문학사 집필자들은 대체로 학문의 박학함과 심오함으로 존경받는 학자들인데, 이들의 문학사관은 심각한 결함을 가지고 있었다. 즉 '계급분석법階級分析法', '인민성人民性', '정치표준제일政治標準第一' 등을 의도적으로 개입시켜 문학사관으로 하여금 계급 성격이 강한 역사로 변하게 하여 문학사의 본성이 이미 함몰되었기 때문이다. 이러한 문학사를 돌이켜 보면, 모든 것은 문학에서 출발하여 그 본성을 회복해야 하는데, 이들은 한부漢賦, 궁체시宮體詩, 명·청 시문詩文 등과 같은 문학작품에 대해 계급 분석법에 의해서 홀시하거나 '조박糟粕'한 것으로 치부했다. 아울러 사회주의적 현실주의는 문학사 전개의 주요한 목표가 되었으니, 우선 소설을 문학사의 주류로 삼는[40] 개별 장르의 시대도 성큼 다가왔다는 점이다.

류다제劉大杰, 여우궈언游國恩 등의 수정판 문학사 작업의 성과

여기에 '다시 쓰는 문학사'라는 말이 신중국이라는 시대적 요청 혹은 정치적 이념에 충실하다는 문학사가들의 불순한 의도와 맞물려 진행되었다. 류다제는 마오쩌둥과 고전문학에 관해서 두 차례 담화를 한 이후에 《중국문학발전사》를 다시 쓰기로 했다. 그는 베네데토 크로체의 "모

---

40 이 문제에 관해서는 검토가 필요하다. 소설이 이때만 주류였던 것은 아니나 이 시기에 한층 강화된 주도적 장르가 되었다는 것이다. 소설은 이미 20세기의 전환기에 주로 일본의 영향을 받으면서 근대문학을 대변하는 장르로 탄생했기 때문이다. 즉 1890년 후반부터 량치차오梁啓超를 중심으로 하여 소설계 혁명론을 제기하면서 기존에 천시되던 소설의 가치를 활발하게 재인식하기 시작했기 때문이다.

든 역사는 현대사다."라는 명제를 적극적으로 실천한 사람이었다. 그러나 문제는 단순하지 않았다. 시대가 다르고, 문화적 배경이 다르고, 시각도 다르고, 학문적 소양도 다른 그러한 풍토에서 한 사람이 역사적 관점에 따라 해석하는 것은 말처럼 쉬운 일이 아니었다. 그에게 있어서 역사의식은 그가 처한 당대적 갈등이라는 측면에서 결코 자유로울 수 없었다.[41] 다만 근본적인 방법론적 반성과 이념 지향적인 방법을 고집하면서 문학의 순수함이나 그 내재적 의미는 백안시할 뿐만 아니라 운명적으로 거부하고자 했다.

여기서 그 구체적인 예로 류다제의 수정판 작업의 실례를 먼저 검토하기로 한다.

학자적 기질이 농후했던 류다제는 저작에 관한 나름의 겸사를 피력하여 수정하려고 했으니, 그는 초판본 〈자서〉에서 "나 자신 또한 알고 있다. 이러한 범위의 방대한 일에 종사하다 보면 잘못되고 빠뜨리는 부분을 면할 수는 없다. 나는 진심으로 고명한 독자들에게 바라니, 비평과 교정을 더하고, 아울러 나에게 수정 증보할 기회를 한번 주기를 바란다."라고 했다.

그러나 이런 스스로의 다짐보다는 시대적 상황이 수정판 작업의 좀 더 중요한 동기가 된다. 1958년 '대비판大批判' 운동 가운데에서 류다제

---

41 닝중이寧宗一, 〈문학사관과 문학사 편사에 관한 약간의 단상關於文學史觀與文學史編寫的若干斷想〉, 《문학유산》 제5기, 1992, 4~5쪽. 그는 이 논문에서 당대 의식으로 중국 문학사를 재구하자는 논의를 하면서 문학사를 심사心史로서 연구하고 문화적 시각의 필요성을 강조한다.

의 문학사는 맹렬한 비판을 받았고, 비판의 초점은 이 책의 이론 체계로 집중되었다. 사실 그 당시에 그가 비판받은 가장 주요한 근거는 그의《중국문학발전사》에 자산계급의 색채가 짙다는 것이었다.

오늘날의 안목에서 보면, 류씨의 작업은 민족과 시대, 환경의 3요소와 문학과의 관계를 벗어나 문학 발전의 외부적 조건에 대한 명쾌한 분석을 시도했고, 장르 인식과 문학 발전의 상관관계를 논하면서는 진화론에 입각하여 문학 창작의 개성과 주체성을 강조했는데, 그 당시 문단 상황에서 보면 전혀 아니었다. 이보다 4년 앞선 1954년부터 전국의 지식인들이 《백화문학사白話文學史》의 저자인 후스를 본격적으로 비판하기 시작한 시대적 상황과 무관하지 않다.[42] 그 당시 비판 운동의 선봉은 학술과 사상계의 최고 권위라고 할 중국과학원장 궈모러郭沫若였다.

그래서 류씨는 1957년에 1차 수정을 가하게 되는데, 그 의의를 "이번에 출간하는 것은 문자상 단지 몇 가지를 고쳤으나 체제와 내용은 옛 책과 같다(這次印出來的只在文字上作了些改動, 體制內容, 仍如舊書)."라고 했으나, 그 구체적 사례를 보면 고친 폭이 적지 않았다. 다만 1957년 판에는 '사마천과 사전문학司馬遷與史傳文學'이란 장을 보충했고, 《한서漢書》와 정론문政論文을 덧붙였으며, 왕충王充의 문학관文學觀도 신설했다. 아울러 좀 더 구체적으로 개고했으니 우선 차례만 보아도 다음과 같이 확연

---

42 이러한 시대적 상황에서 류다제는 초연한 자세를 가질 수 없었을 것이다. 이 당시 후스 비판에 관한 논문은 민두기의 〈중공에 있어서의 호적사상 비판운동(1954~1955)〉, 《동아시아문제연구 동향총간》 제7호(1979. 06)에 있으며, 이 내용의 요약이 민두기의 앞의 책 228~234쪽에 있다.

히 드러난다.

잡극을 예로 들어 살펴보면, 관한경關漢卿의 잡극 《옥경대玉鏡台》를 설명하면서, 초판본에서는 이렇게 말했다.

> 이러한 풍류적이고 아름다운 문자는 그와 같은 소년의 신분과 그러한 낭만적 제재와 교묘하게 서로 부합되며 그 부합됨이 그 화려하고 고운 점은 결코 《서상기》보다 못하지 않다(這種風流嫵媚的文字，巧與那少年的新份和那浪漫的題材相合，其華艳之處，并不在《西厢》之下).

그런데 1957년 판에는 이 아래에 한 문장이 첨가되어 어감을 강화했다.

> 이 희극 안에서는 유천영의 어리석음을 반대하고 자주를 추구하는 적극 정신이 표현되어 있다(在這本喜劇里，表現了劉倩英的反愚弄，求自主的積極情神).

아울러 《배월정拜月亭》을 분석함에 있어서도 "강열하게 봉건 예교에 반항하는 사상 내용(强烈反抗封建禮教的思想內容)"이라는 말을 덧붙였고, 《두아원竇娥冤》이라는 극본에 있어서 두아가 형 집행 전에 한 세 가지 소원이 모두 영험을 얻은 것을 비유하여 "그것은 모든 봉건사회 제도에 대하여 비판과 호소를 전개하여 강열한 인민성을 갖추고 있다(它對整个的封建社會制度, 展開了批判和控訴, 而具有强烈的)."라고 했다. 특히 이 장점의 맨 마지막에는 희곡사에 있어서 관한경의 지위를 셰익스피어의 그것에 비유하면서 그의 성취는 '현실주의적 창작 방법'으로 인민 생활의 사상·

감정을 반영하는 인물 형상 수법에 있다고 했으니, 이는 그가 새로운 문예이론인 '반영론反映論', '현실주의', '적극적 낭만주의' 등에 심취하여 집필했음을 의미한다.

또한 류씨는《요재지이聊齋志異》를 설명하면서 초판에서는 "이 점에 관해서 말한다면《요재지이》는 독이 있는 한 권의 책이다(由這一點說來,《聊齋志異》是一部有毒的書)."라고 한 것이, 1957년 판에서는 "작자의 저작 목적이 귀신 세계를 빌려 인간 생활과 사회 현실을 반영하고 투사하고 아울러 비판하고 폭로한 것이며, 자신의 발분을 발설한 것이다(可知作者的著書目的, 是借鬼神世界, 反映, 影射人間生活和社會現實, 而加以批判, 揭露, 來發泄自己的悲憤的)."라고 바꾸어 현실주의 정신이 배어 있음을 시사했다.

이러한 류씨의 서술 방식은 자신의 관점의 오류를 찾아서 수정한 것이 아니고, 자신에 관한 비판의 요소들을 가려내어 의도적으로 비판론자들의 입장에 맞춰보려는 의도와 상당 부분 관련된 것 같다.

류다제가 '중국 고전문학中國古典文學의 거저巨著'라고 하면서 18세기 중국의 가장 위대한 문학뿐만 아니라 현실주의 문학의 최고봉이요 세계적인 문학 가치가 있다고 한《홍루몽紅樓夢》의 경우[43]를 보더라도, 1949년 이후 광풍처럼 몰아친 '홍학紅學'의 열풍과 함께 형성된《홍루몽》연구열과 무관하지 않아 편폭이 많이 늘었는데, 그의 주된 시각은 시대적 분위기에 편승하려는 의도가 짙게 배어 있다. 그는 이 책에 대

---

43 1954년 3월에 이렇게 평가했으며, 이 글은 그의 책《류다제 고전문학론 선집劉大杰古典文學論文選集》(1984, 189~200쪽)에 수록되어 있다. 그는 특히《홍루몽》에 관한 글을 여러 편 발표했는데, 이 책의 201~224쪽에 실려 있다.

해 각양각색의 모순과 충돌을 그려내고 있으며, 귀족 지주와 농민의 모순, 귀족 통치자와 수많은 노비의 모순, 봉건제도 옹호자와 봉건제도에 대한 반역자의 모순에서 봉건 통치계급 내부의 모순에 이르기까지 다양하다고 했다. 《수호전水滸傳》에 대해서도 초판에서는 "무산계급의 혁명 소설(無産階級的革命小說)"이라고 하더니, 개정판에서는 "농민 혁명을 노래한 소설(歌頌農民革命的小說)"이라고 했다. 이러한 예는 다른 작품들 《삼국지평화三國志平話》나 《구풍진救風塵》에 대한 분석에서도 계급 성향에 입각한 이데올로기의 개입이 확연히 드러난다.

이러한 몇몇 실례에서 볼 수 있듯이, 그의 수정판 작업은 우선 명백한 신문예이론의 색채가 있고, 마르크스·레닌주의에 의해 보충할 것은 보충하고 고칠 것은 고쳤다는 것이다. 그는 어떤 작품이든지 고전이 되려면 주관적 동기보다 객관적 효과가 더 중요하다고 하면서, "우수한 고전 작품은 그것이 객관적인 예술 효과로 왕왕 그것의 주관적 의도를 초월하며, 그것의 사상 내용은 왕왕 주관적 부분에 비해 훨씬 더 풍부하고 훨씬 더 드넓다."[44]라고 했다. 아울러 작가와 작문 분석을 강화하여 문장 표현의 구체화와 신문학이론에 입각한 논의를 강행하여 다음과 같은 찬사를 듣기도 했다.

> 넓고 크며 깊이 있는 류씨의 저서는 바로 민국 시기를 위한 문학사 편찬으로써 하나의 원만한 구두점을 찍었고, 세기 초의 중국 문학사학이

---

44 류다제, 《중국문학발전사》 하책下冊, 1957, 307쪽.

성숙으로 향하게 하는 데에 견인차 역할을 했으며 중요한 이정표를 세웠다.[45]

이 말은 천상쥔陳尚君이 1998년에 한 말인데, 사실상 류씨의 수정개정판 작업은 단순한 것이 아니었다. 출간 무렵인 1957년 8월 30일 병중에 쓴 〈신서新序〉에서 다음과 같이 작업의 의미를 언급한다.

> 《중국문학발전사》는 나의 옛 저작이다. 상권은 1939년에 완성되었고, 하권은 1943년에 완성되어 앞뒤로 하여 차례로 중화서국에서 출간되었다. 상권은 1941년에 출간된 것이고, 하권은 출판사의 여러 가지 원인으로 인하여 1949년 1월로 늦추어져서 출판되었다. 당시 생활은 매우 곤궁했고, 한편으로는 글을 가르쳤고, 한편으로는 저술하여 끊어졌다 이어졌다 하면서 6~7년을 썼다. 그 6~7년은 바로 항일전쟁의 국란이 일어난 시기로, 회상해보니 이미 10여 년 전의 일이 되어버렸다. 현재는 새로운 사회, 새로운 중국이 도래하고, 온갖 꽃이 밝고 아름답게 피어난 새로운 봄이 되었다.
>
> 해방 후, 나는 마르크스·레닌주의의 초보적인 학습을 받았고, 이전에는 보지 못했던 사료史料로 말미암아 중국 문학사의 몇 가지 문제에 대해

---

45 "博大深沉的劉著, 正好爲民國時期的文學史撰寫, 劃上了一个圓滿的句號, 也爲發於世紀初的中國文學史學的走向成熟, 建立了重要的里程碑." 천상쥔陳尚君, 〈류다제 선생과 그의 《중국문학발전사》劉大杰先生和他的《中國文學發展史》—《중국문학발전사》 초판 중판 사이에 쓰다寫在《中國文學發展史》初版重印之際〉, 톈진: 백화문예출판사百花文藝出版社, 1992년 중인重印.

서 이미 다른 관점을 갖게 되었다. 나는 일찌감치 계획하여, 이 책을 다시 한 차례 쓰려고 생각하여 내용을 늘리고 4권으로 나누어 상고上古부터 시작하여 1949년에 머물렀다. 완전히 다시 쓰려면 충분한 시간이 필요한데 몇 년 사이 나는 글을 가르치느라 너무 바빠서 이러한 조건을 얻지 못했다. 이로 인해서 줄곧 진지하게 진행하지 못하고 단지 몇몇 자료를 수집하고, 시기를 나누고 장을 나누는 준비 작업을 했다.

이번에 출간하는 것은 문자상 단지 몇 가지를 고쳤으나 체제와 내용은 여전히 옛 책과 같다. 본래는 두 권이었으나 현재는 세 권으로 나누었다. 책 속의 결점과 잘못은 당연히 아주 많을 것이다. 독자의 질정을 희망하며, 앞으로 내가 정식으로 이 책을 다시 쓰게 하여 더욱더 수정과 보충을 하기를 바란다.[46]

이러한 류씨의 발언은 그의 약속처럼 세 차례에 걸친 수정 작업의 중간 단계에서의 검증이다. 그는 적어도 세상을 떠나기 직전까지 22년 동안 문학사를 저술했으며, 이것은 그가 중국 사회가 정치, 경제에서 문화에 이르기까지 새로운 이데올로기의 개입 여부라는 문학적 역정을 지나온 과정과 다를 바 없다.[47]

---

46 류다제, 《중국문학발전사》 상권 재판본, 상하이: 고적출판사古籍出版社, 1984, 2쪽. 그는 수정판의 의의를 "옛 책을 수정하는 것은 마치 옛날의 집을 수리하는 것과 마찬가지로 다만 새는 것을 보충해주고, 벽을 바르고 칠하며, 가구를 더하거나 빼고, 집기류를 옮겨서 옛날의 규모에서 형평을 대략 추구할 뿐이다(修改舊書, 正如修理舊的房屋一樣, 只是通沟補漏, 粉壁涂墻, 增減家具, 移動擺設, 在舊的規模上略求平衡而已)."라고 했다. 《중국문학발전사》 〈신서新序〉, 1957년.

수정판 이후인 1958~1959년 동안 류다제의 저작에 대한 비판이 거셌는데 푸단대학復旦大學의 스승과 학생들까지 동원될 정도로 심각하여 그 당시 권위지인 《문학평론文學評論》에 이런 사항들이 실릴 정도였다. 그 비판의 원칙은 정치가 우선이고 예술은 부차적이라는 입장에서 이루어진 것이었다. 그러나 류씨는 〈《중국문학발전사》에 관한 비평關於《中國文學發展史》的批評〉(1959. 03)이라는 논문[48]에서 자신의 《중국문학발

47 철학자 평유란馮友蘭이 초판 《중국철학사中國哲學史》에서 공자와 맹자로 지칭되는 유가儒家에 대해 존중하다가 1973년부터 1974년 사이 적극적으로 공자 비판에 나서 학술계의 경학과 의혹을 자아냈던 것은 상당히 의미 있는 일이다. 물론 1920~1930년대에 평馮 선생의 공자관이 폄하적이라는 견해도 있다. 그러나 스스로 자신의 학술 관점을 부정하면서 정치적 필요에 영합하고 개인의 학술과 인격의 존엄성을 돌아보지 않은 것은 지식인으로서 곡학아세의 전형이 아닐 수 없다. 이 점에 관해서는 진춘펑金春峰의 〈평유란 선생의 공자 비판의 전후 및 그 교훈馮友蘭先生批孔的前前後後及其敎訓—《신이학》 체계가 신유학사상이 아님을 겸하여 논하다兼論《新理學》體系非新儒學思想〉(중국문철연구집中國文哲硏究集 간刊 제5기, 1994. 09, 51~96쪽)라는 글이 상세하다. 평유란은 6권으로 쓴 《중국철학사신론中國哲學史新編》 제1책冊(1964년 초판, 1982년 제3판, 베이징: 인민출판사)의 〈자서〉에서 "내가 바라는 것은 마르크스주의의 입장과 관점 방법을 사용하여 한 권의 중국 철학사를 쓰는 것이다."라고 하여 자신의 의도를 분명히 드러냈으며, 이런 의식은 예외 없이 류다제에게도 적용되었다.

48 이 논문은 그의 《류다제 고전문학론 선집劉大杰古典文學論文選集》(후난: 인민출판사, 1984, 66~81쪽)에 수록되어 있다. 류씨는 이 책에서 '중국 고전문학과 현실주의 문제中國古典文學與現實主義問題', '중국 고전문학사 중의 현실주의 형성 문제中國古典文學史中現實主義形成問題', '현실주의에 관한 문제現實主義的問題', '중국문학사 중 사상투쟁 문제中國文學史中思想鬪爭問題' 등과 같은 쟁론 성격의 글을 발표했다. 그러나 이런 노력에도 불구하고 자신이 문학사를 써야 한다는 생각은 분명하게 가지고 있었다.

전사》에 관해 네 명의 학자가 비판한 것에 대해서 다음과 같이 반론을 제기한다. 그 당시 네 명의 학자는 류씨의 저작에 ①용속사회학庸俗社會學, ②공담사상감정空談思想感情, ③형식주의形式主義 등의 문제가 있다고 했다. 류씨는 첫 번째에 대해서는 동의를 표하지만 다른 두 가지 관점에 대해서는 동의하지 않고 비판했다.

류씨는 다시 1962년에 수정 작업을 해서 출간했으나, 개정판인 1957년 판과 그다지 차이가 없었다. 그러나 허치팡何其芳이 《문학유산文學遺產》을 통해 세 차례[49]나 비판적 글을 실은 데 대해 류씨는 신경 쓰지 않을 수 없었다.

1962년 이후부터 중국의 정치 상황이 급변하여 계급투쟁이 더욱 심해지고 1966년에 '문화대혁명'이 발생하여 극좌파가 힘을 얻으면서, 류다제는 또다시 '자산계급'의 지식분자로 취급되어 심각한 이념적 비판 대상이 되었다. 그런데 류씨는 1965년에 상하이에서 마오쩌둥을 만나 중국 문학사의 문제점을 토론할 기회를 얻으면서 다시 수정판 작업에 착수하는데, 모든 지식인이 농촌으로 쫓겨 가서 밭을 가는 상황에서 서재에서 수정 작업을 하기는 쉽지 않았다. 류씨는 1973년에 상하이 인민출판사에서 1권을 출간하고 사인방四人幇이 출현하면서 실권자들의 관심 하에서 1976년 8월에 2권[50]을 출간하게 된다. 이미 사인방이 '비림비공批林批孔' 운동을 시작한 터라 류씨는 큰 부담을 느끼게 되었다. 그는 1권의 '전언前言'에 이런 말을 남겼다.

---

49 구체적인 날짜는 1959년 7월 26일, 8월 2일, 8월 9일이다.

무산계급 문화대혁명 가운데에서 나는 심각한 계급투쟁과 노선 투쟁의 교육을 받았다. 학술 영역에서는 자산계급 사상에 대한 비판이 나로 하여금 이 책 가운데 존재하는 바의 몇 가지 역사 유심주의 관점을 인식하게 만들었다. 현재 나는 다시 몇몇을 수정했다. 문학 유산 문제에 관해서 마오쩌둥 주석은 지극히 많은 것을 정밀하게 논술했으며, 이는 내가 수정 작업하는 가운데 반드시 따라야만 하는 지도 원칙이다.

윗글의 말처럼 유심주의唯心主意 관점에서 자아비판적 언급이 있으니 역사와 현실이라는 대립 국면에서 수정판의 원칙을 마오쩌둥의 관점에 따른 것임을 알 수 있다.[51] 즉, 그의 문학사에 관류하는 노선은 현실주의와 반현실주의 투쟁이라는 것이었으며, 공자와 맹자 등 유가 인

---

50 제2책冊은 당대 문학唐代文學 부분만 확충하여 원래의 5장 14만 자를 13장 37만 자로 2.5배나 늘렸다. 특히 역사 인물을 조명함에 있어서 유가 아니면 법가를 규정해버린 것이 특색인데, 그가 이백李白을 설명한 부분에서 "이백의 시정 비판과 권세에 대한 멸시의 시편은 마찬가지로 그 당시의 유가와 법가 투쟁이 문학 영역 가운데로 표현된 것이다(李白的針砭時政, 蔑視權貴的詩篇, 同樣是當時的儒法鬪爭在文學領域中的表現)."라고 했다. 그는 '존법배유尊法非儒'의 관점에서 서술했다.

51 그러므로 그의 책은 초판본이 타이완의 중화서국에서 출판된 때에 학술적 가치가 지대했고, 정치적 색채는 드러나지 않았다. 중화서국에서 몇 글자 없애버리고 다시 출간한 것이 광범위하게 유통된 것도 이 때문이었다. 그러나 1973년 작자는 정치적 요소로 인하여 원서의 편목과 내용을 대대적으로 개정하여 상하이 인민출판사에서 출판하게 된다. 이 판본에서는 정치적인 의미가 두드러지고 그에 비례하여 학술적 가치 역시 손상될 수밖에 없었다. 때문에 천위탕陳玉堂은《중국문학사서목제요中國文學史書目提要》에서 말하기를 "이 판의 관점은 대부분 오류가 있어 다른 사람에게 취해지지 않는다(本版之觀點, 多有謬誤,不爲人取)."라고 혹평했다.

물의 사상이나 문학을 설명함에 있어서 '신흥 지주계급의 대표(新興地主階級的代表)'(1962)일 뿐이라고 했다.

류다제의 책에 대한 비판과 수정 작업이 이루어지는 와중에 여우궈언, 왕치王起, 샤오디페이蕭滌非, 지전화이季鎭淮 등이 주편한 《중국문학사中國文學史》(4책)가 나와 시대를 풍미했다. 이 책도 상당히 알려진 책인데, 중국 인민문학출판사에서 1963년에 초판이 출간되었고, 중국 문학사의 교과서로 지어진 것이다. 1950년대 후반기에 베이징대학, 푸단대학, 지린대학吉林大學 등의 중문과 학생들은 '대약진大躍進'의 국면에서 각기 베이징과 상하이 등지에서 집단으로 중국 문학사를 편찬했는데, 그 시기는 《중국문학사교학대강中國文學史教學大綱》의 출간 시기와 얼마 떨어지지 않으며, 좀 더 충격적인 사실은 학습자에 불과한 학생들이 교과서의 제작 주체가 되어 스승과 함께 편찬했다는 점이다. 이것을 베이징대학의 몇몇 교수들은 "홍색 '중국 문학사'의 과학적 성취(紅色'中國文學史'的科學成就)"라고[52] 칭찬하면서 자신들의 학생들이 집단적인 지혜를 발휘하여 거듭 토론을 거쳐 시대와 사회에 걸맞은 문학을 완성했다고 했다. 이 책의 집필 의도는 이러했다.

이 책은 대학 중문과를 위해 편찬한 중국 문학사 교과서로서, 교학教學상

52 양후이楊晦·지전화이季鎭淮·펑중이馮鐘芸·천이신陳貽焮·리사오광李紹廣, 〈홍색 '중국문학사'의 과학성취—북경대중문계전문화 오오급집체 편저의 중국문학사紅色'中國文學史'的科學成就—評北大中文系專門化五五級集體編著的中國文學史〉, 《광명일보》, 1958년 11월 30일자.

의 수요에 맞추기 위해 자료 선택과 장·절 안배에서 교학의 실제에 부합하도록 힘을 기울였다. 내용에 있어서 동학들에게 비교적 전체적이고 계통적인 문학사 지식과 정확한 역사 관념을 주기를 바란다. 이 책의 편찬자는 마르크스 사상[53]과 레닌주의, 마오쩌둥 사상의 원칙에 따라 우리나라 문학 역사 발전의 과정 및 그 규율을 서술하고 탐구함으로써 각 시대의 작자와 작품에 마땅히 있어야만 하는 역사적 지위와 합당한 평가를 힘써 모색했다. 그러나 우리 수준과 능력의 한계로 말미암아 우리가 이 책에서 이미 이룬 것과 이루려 했던 것은 여전히 커다란 거리가 있으므로 동시에 또한 지적하고자 한다. 마르크스주의를 운용하여 우리나라 문학사가 다만 겨우 간단한 역사가 있다는 것은 중국 문학 발전에 관한 중대한 문제가 있다는 것이며, 또한 문학 교수 종사자와 문학 연구 종사자가 장기간 깊이 있고 세심하게 연구하고 토론해야만 비로소 해결할 수 있다.[54]

이렇듯 심각한 계급 성향의 서술 방향은 심각하게 드러나며, 애초부터 방향을 확고히 정했다. 이 책의 주편 페이전강費振剛은 2002년 수정판(재수정판 후기)에서[55] 다음과 같이 이 책의 경과에 관해 설명했다. 본

---

53 중국 사상사에 있어서 마르크스주의의 중국 유입에 관해서는 리쩌허우李澤厚, 《중국현대사상사론中國現代思想史論》(베이징: 신화서점新華書店, 1988) 143~208쪽에 1918년부터 1927년 제1기, 1927년부터 1949년까지 제2기, 1949년부터 1976년까지 제3기, 1976년부터 현재까지 제4기로 나누어 각기 특색을 서술하고 있다.

54 "本書是 …… 才能得到解決." 1쪽.

55 《중국문학사中國文學史》 4책, 458~459쪽에 있다.

래 이《중국문학사中國文學史》는 1961년부터 1963년 사이에 편찬된 것으로 계급투쟁이 고조된 사이에 실사구시實事求是를 강조하면서 기존의 연구 성과를 종합하고 온당하고 합당한 것을 추구하여 여우궈언과 왕치, 샤오디페이, 지전화이 등 선배 학자들의 박학한 학식과 근엄한 학풍에 의해 쓰인 것이다.[56]

아울러 여우궈언 등 다섯 명은 수십 명이 편찬한《중국문학사中國文學史》에 의거하여 다시《중국문학사대강中國文學史大綱》(홍콩: 싼롄서점 본, 1979)을 썼는데, 이 책의 '설명' 부분에서 "건국 이래 각 학교 중국 문학사의 교학 경험과 국내 전문 학자의 연구 성과를 흡수하여 쓴 것이다."(1쪽)라고 했다. 그들은 중국 문학사가 교과서로 되려면 반드시 지식의 계통성과 완정성에 주의해야 한다고 했다. 그러나 이 책 역시 다섯 명의 학자가 주축이 되어 집필했으므로 개인의 관점보다는 집단적 의식의 산물이었다. 이들은 맨 마지막 장인 〈맺음말(結束語)〉에서 "우리 문학의 발전과 우리 사회의 정치, 경제의 발전은 밀접한 불가분의 관계다."(325쪽)라고 했고, 다시 "우리 고대문학의 발전은 또한 레닌이 논한 두 민족 문화의 원리의 정확성을 증명했다. 우리 고대문학은 계급사회의 문학으로써, 진보와 반동이라는 두 방면이 있어 서로 다른 두 가지 역사 전통을 구성했으니, 이것은 곧 두 민족 문화의 반영이다. 우리 인민은 과거 몇천 년의 역사에서 확실히 마오 주석毛主席이 지적한 사실

56 《중국문학사》는 1999년 8월까지 베이징에서만 85만 권이 팔렸으며, 40여 년이 지난 지금까지 200만 질 이상이 팔려나가 중국 문학사 과정의 교재로 쓰일 정도로 절대적 영향력을 지녔다.

처럼 곧 자유를 매우 사랑하고 평등을 찬성하며, 내외의 압력에 반항하는 영광스러운 혁명 전통을 가지고 있고, 이러한 혁명 전통은 곧 진보적 문학 전통의 기본이다. 그것은 민주주의, 애국주의, 인민성 등과 같은 개념을 포함하고 있는 내용이다."(327쪽)라고 했으니, 이러한 집필의 원칙은 이 책 또한 철저히 마르크스·레닌주의와 마오쩌둥 사상에 근거하여 쓴 것임을 의미하는 것이다.

이 책의 수정도 류다제의 그것처럼 3차에 걸쳐 이루어졌다. 제1차는 1978년 10월 27일에 있었고, 제2차는 1998년부터 1999년 사이에 이루어졌는데, 2차 수정에서는 문맥을 손질하고 사회와 학술의 새로운 성과를 반영하여 잘못된 점을 바로잡으려 했다. 특히 고문과 고대 시에 관해서 적극적인 자료 검토가 이루어져 거의 800군데 이상 수정했다는 것이 주편자主編者의 주장이다. 제3차 수정은 2000년부터 2001년까지 2년 동안 진행되었는데, 이미 이 책의 초판본 편찬자인 네 명의 저자들은 세상을 떠나 이 작업에는 참여하지 못하고 철저히 페이전강의 주도하에 랴오중안廖仲安, 쑨징孫靜, 리슈성李修生, 선톈여沈天佑 등이 참여했다. 3차 수정에서 관점이 적지 않게 바뀌어 문학 발전에 있어서 작자와 작품에 대한 이해를 좀 더 강화해서 서술했으며, 반드시 읽어야 하는 서목도 첨가했다.

비단 류다제, 여우궈언뿐만 아니라, 《중국문학사간편》(1932년 초판, 1957년 수정판)의 루칸루와 펑위안쥔馮沅君이 공저한 것의 수정판도 이러한 이념성을 띠고 있다. 이 책은 초판본이 이미 나와 있었으나, 신중국 성립 이후에 사회주의 문학관의 입장을 강화해서 수정한 재판본再版本으로서 이념을 지향한다는 구체적인 면모에 관해서는 이 책 〈인언引言〉

의 다음과 같은 발언에서 확인된다.

> 우리 조상들이 문예 영역에서 이룬 노동 성과를 종합하고, 문학 발전의 법칙을 탐구하며, 문학과 사회생활이 계급투쟁과 관계 맺는 법칙을 탐구하여 중요 작가와 작품에 대해 타당한 평가를 내리고, 과거엔 소수만이 접촉할 수 있었던 보물을 광대한 인민들 손에 넘겨주는 일, 그로 하여금 조국의 사회주의 건설에서 마땅한 작용을 발휘할 수 있게 만드는 일, 이것이 문학사의 주요 임무이다.[57]

이러한 선언은 그 당시 중국에서 출간된 다른 문학사 저술의 상황을 검토해보면 좀 더 분명한 노선 설정이 있음을 알 수 있다.

아울러 18명이 편찬에 참여한 사회과학원社會科學院 문학연구소文學研究所의 《중국문학사中國文學史》도 "마르크스·레닌주의의 관점에 따라서 중국 고전문학의 발전 과정을 비교적 체계적으로 설명하고, 고전 작가와 작품에 대한 제대로 된 평가를 제공하려고 힘써 시도했다."[58]라고 그 집필 방향의 설정을 분명히 하고는 봉건사회 이전 문학과 봉건사회 문학으로 크게 나누고 전국시대 문학부터 청 말의 문학까지 다루었다.

---

57 루칸루·펑위안쥔, 《중국문학사간편》(수정판), 베이징: 작가출판사作家出版社, 1957, 1쪽.

58 "力圖遵循馬克思列寧主義的觀點, 比較系統地介紹中國古代文學的發展過程, 幷給古代作家和作品以較爲恰當的評價." 베이징: 인민문학출판사, 1962, 1쪽. 한편 이 책은 《중국문학사中國文學史》(3책) 중국과학원 문학연구소中國科學院文學研究所 중국문학사편사조中國文學史編寫組가 주편한 것이며, 전체가 1,141쪽이다.

이 책 역시 문학사에 대한 논쟁을 거쳐 발간된 것으로, 신중국에 있어서의 중국 문학사를 대표하고 있다.

사실상 중국의 경우만 보더라도 지금까지 출간된 중국 문학사가 각고의 노력에도 불구하고 크게 1949년 이전과 이후로 나뉘어 문학사의 서술 방향이 확연히 달라진 것임을 알 수 있었다. 1840년 중국과 영국의 아편전쟁 이후 본격적으로 유입되기 시작한 서구 문화의 충격을 받아, 1900년 이후의 초창기 중국 문학사 서술 관점, 즉 문학사관의 논의 자체는 필연적으로 뒤따를 수밖에 없는 선택적 갈등을 예고했다. 물론 내부적으로는 다양한 논의가 치열하게 전개되고 있었으나, 이념성의 개입은 찾아보기 어려웠고, 활발한 문학적 담론만이 전개되고 있었다.

이러한 논의가 1949년 신중국이 성립하면서 마르크스주의 유물론이라는 이념성이 개입되면서 문학 자체가 갖는 내재적 원리나 작품 탄생의 순수한 이유를 배제하고 문학의 해석에 있어서 획일적 혹은 강요된 잣대를 적용하게 되었다. 그래서 이 시기 이후에 간행된 문학사와 류다제의 수정판 작업에서 볼 수 있듯이, 그 이전의 문학사 서술 방향과는 현저히 달랐으니, 그 심각성은 사관의 부재라고 해도 과언이 아니었다.

더구나 1949년 이후 1970년대에 이르기까지 통일된 교재를 표방하는 문학사 저작은 그 수적인 우세에도 불구하고 개별적인 분석에서 기본적인 관점이 하나의 이데올로기 개입에 따른 '현실주의'라는 패러다임에 귀속시킬 수 있다는 점이다. 이념에 입각한 교재 편찬[59]이라는 것이 교학 역량의 강화와 수업을 받는 학생의 수요에 따라 결정되는 바이지만, 천편일률적인 문학사 서술은 독립된 사고와 분석, 주관적 판단력을 저해하게 되어 서술의 보편타당성을 떨어뜨릴 수밖에 없다는 것이다. 더구나 정치 이념의 혼란과 갈등이 지속되면서 상응하는 문학사관 정립이 쉽지 않았고, 새로운 이론으로 문학사를 서술하는 것은 어려워 문학의 독자성을 확보하는 업적에 큰 걸림돌로 작용했다.

이렇듯 1950~1960년대 중국 문학사는 교재 성격이 두드러지고 문학사 서술의 시각도 이념에 충실해야 하는 속성을 드러내면서 순수문학적 측면은 고려되지 않았다.[60] 즉 1949년 이후 마르크스 사상이 중국에 크게 유입되면서 학술 연구가 영향을 받았고 문학사 편찬도 이와 같았으니, 여우궈언과 류다제의 작업은 현저한 예다.

문학과 사회의 관계가 필연적인 것은 굳이 문학사회학의 입장이 아니더라도 충분히 말할 수 있다. 그러나 문학은 사회의 발전 과정과 소통 행위의 과정을 거치면서 창작되는 것이며, 사회의 부속물이 아님을 감안한다면, 이 두 사람을 주축으로 한 문학사 서술은 분명한 시각적

---

59 류다제의《중국문학발전사》의 첫 표지에 보면 책의 제목 위에 '고등학교문과 교재高等學校文科教材'라고 되어 있고, 위안싱페이袁行霈가 주편한《중국문학사中國文學史》의 경우에도 책의 제목 위에 '21세기를 향한 과정 교재面向21世紀課程教材'라고 되어 있고, 궈위헝郭預衡이 주편한《중국고대문학사中國古代文學史》(4책, 상하이: 고적출판사古籍出版社, 1998)에도 표지에 '고등학교 문학 교재高等院校文學教材'라고 되어 있는 것을 보면, 교재 편찬의 문제는 단지 그 시대적 상황의 문제가 아니라 오늘날에 이르기까지도 이어지는 사업임이 틀림없다. 한 걸음 더 나아가 최근 출간된 동나이빈 외 여러 명이 주편한《중국문학사학사中國文學史學史》(3책, 허베이성 스자좡石家庄: 인민출판사, 2003)에서도 '본서는 중국사회과학 "95"계획 중점항목으로 중국사회과학원 중점항목(本書系中國社會科學"九五"計劃重點項目, 中國社會科學院重點項目)'이라고 명시했다.

문제가 있는 것이다.

그러므로 이런 집필 과정의 산물인 기존의 문학사에 대해서 오늘날의 학자들이 1949년 이후의 문학사 저작에 관해 부정적 태도를 지니는 것은 어쩌면 당연한 일이다. 이를테면, 양여우산楊有山은 "해방 후의 문학사의 결함은 하나의 좋은 문학사관이 없는 데에서 비롯된다. 문화대혁명 가운데 쓴《중국문학발전사》가 곧 하나의 예다."라고 비판했고, 닝중이寧宗一는 지적하기를 "문학사관은 연구하려는 바의 대상에 대한 책임을 져야 하는데, 이것은 한 지식인이라면 마땅히 구비해야 하는 입장

---

60 그렇다면 이 시기인 1950~1960년대 미국의 중국 문학 연구 성향을 보면 첫째, 제대로 된 번역서와 서양의 학문 방법의 활용, 비교 시각적 관점, 여성 문학에 대한 관심 등으로 요약된다. 그래서 A. 자일스A. Giles를 비롯하여 J. R. 하이타워J. R. Hightower의《중국 문학의 주제들: 개요와 참고문헌 목록Topics in Chinese Literature: Outlines and Bibliographies》(Cambridge, Mass.: Harvard Univ. Press, 1950, 개정판 1953, 1962) 및 천서우이Chen Shou-yi의《중국 문학: 역사적 개관Chinese Literature: A Historical Introduction》(New York: Ronald Press, 1961), B. 왓슨B. Watson의《고대 중국 문학Early Chinese Literature》(New York: Columbia Univ. 1961), 라이 밍Lai Ming의《중국문학사A History of Chinese Literature》(New York: John Day Co. 1964) 등이 있어 이념 편향의 중국 서술 방식과 많은 차이를 보인다. 실제로 우리에게 널리 알려진 윌리엄 H. 니엔하우저 주니어William H. Nienhauser, Jr 편집의《중국 고전문학의 인디아나 대학의 동반자The Indiana Companion To Traditional Chinese Literature》에서 중국 문학의 갈래를 다음과 같이 나누어 서술의 방향을 잡았다. ①불교문학Buddhist literature(1쪽), ②드라마Drama(13쪽), ③소설Fiction(31쪽), ④문학비평Literary Criticism(49쪽), ⑤시Poetry(59쪽), ⑥대중문학Popular Literature(75쪽), ⑦산문Prose(93쪽), ⑧수사학Rhetoric(121쪽), ⑨도교문학Taoist Literature(138쪽), ⑩여성문학Women's Literature(175쪽) 이렇게 구분함으로써 중국에서 출간된 어떤 종류의 문학서와 확연한 차별성을 보여주었다.

이고, 바람을 보면서 붓을 대거나 정치를 위해서 좌지우지되어 학술적인 개성을 상실할 수는 없다."[61]라고 신랄하게 비판했다. 일찍이 여우궈언이 편찬한 문학사 재개정 작업에 참여했던 리슈셩도 "1958년에는 일찍이 논지로써 역사적 성향을 띠어서 우리는 역사에 논지를 기탁했다. …… 1978년에 문학사를 수정할 때는 정치적인 영향이 비교적 커서 명백하게 잘못된 부분을 수정하려고 했는데, 사실적으로는 조금 고치고 수정했을 뿐 전체적인 개편 작업은 이미 불가능한 일이었다."라고 하여 자신이 한 작업의 정치적 편향성을 인정했다. 물론 몇몇 학자는 이전의 문학사 작업에 대해서 그 기본적 의의를 인정하는 등 비교적 관용적 태도를 취하기도 했으니, 천샹야오陳祥耀는 이렇게 지적했다.

> 이전의 이러한 문학사 저작은 양적인 측면에서 또한 내용은 상세하나 대부분 관점이 부족하며 질적인 측면에서도 완전하다고는 할 수 없고 이상적인 것도 부족하다. 그러나 우리나라 고대문학 발전의 주요한 면모는 기본적으로 이러한 저작 중에 명백하게 나타난다. 따라서 이전의 문학사에 대한 부정적 태도로 그것이 겨우 전 과학적前科學的 상태에 처해 있다고 말하는 것에는 동의할 수 없다.[62]

---

61 닝중이, 앞의 논문, 4쪽.

62 예칭빙葉慶炳, 〈중국 문학사의 다양성과 적용성文學史的多樣性與適用性〉, 《중외문학中外文學》 제23권 제4기, 1994, 12쪽 재인용. 이 논문에 양여우산楊有山의 말도 수록되어 있다.

그러나 부정적인 태도 여하를 막론하고 시대가 요구하는 새로운 문학사의 출현 혹은 새로운 문학사를 써야만 하는 것은 이미 급선무의 과제가 되었다는 것은 학자들의 공통된 관심사였다.[63] 이미 이데올로기의 개입으로 굳어진 문학 연구의 서술 방식은 새로운 방향으로 바뀔 필요가 있었으며, 이것은 학문의 성장 과정에 불가결한 것이기에 그렇다. 어떠한 한 시기의 문학 관념도 과거라는 전통 속에서 머무르게 되고 문학사관 역시 여전히 형성되는 중이라고 본다면, 특정한 시기의 정치사회적 특수성을 지나치게 감안한 서술은 문학사 저작에 해당 시기의 색채를 물들게 하여 문학사 서술에 심각한 장애[64]를 초래하게 될 수밖에 없다.

1976년 문화대혁명이 끝나고 1978년 개혁개방의 노선이 정해지면서 중국 문학사의 서술[65]은 문화심리학의 적용, 문학의 내적 메커니즘의 탐구, 언어 구조의 분석 등과 같은 다면적 혹은 다원적 연구 방법이 적

---

63 예칭빙, 앞의 논문, 7~8쪽. 부연하면 사실상 이러한 부정적 태도는 류다제 등 대륙 학자들에게 한정된 것은 아니었다. 그러므로 웨이톈충尉天驄은 "내가 느끼기에 오늘날의 많은 문학사는 반드시 새로운 정리와 개정이 필요하다." 또 어떤 다른 학자는 "시대는 새로운 문학사의 출현을 불러일으킨다."라는 식의 견해로 문학사의 재검토를 요구한다. 또한 중국 대륙의 문학사 저작 가운데서 왕야오의《중국신문학사中國新文學史》에 대해 심각한 불만을 표시했는데, 1949년 이후 타이완에도 적지 않은 새로운 문학사가 출현했으나 이러한 문학사의 저작에는 정치적인 요소가 개입된 것이 드물었고, 이로 인하여 이 시기 문학사를 토론함에 있어서는 주로 학술 방면에 국한되었다. 바로 이러한 점이 중국 대륙과 타이완, 말하자면 공산주의와 자본주의 두 나라 사이에 존재하는 시각의 차이를 웅변적으로 말해준다고 하겠다.

용되면서 기계적 유물사관으로 일관되었던 문학사 서술 방식에서 탈피하기 시작했다. 특히, 다른 학과와의 제휴 혹은 교류를 통하여 연구의 시야를 확보하게 되었다.

그러므로 1980년대 말부터 중국의 학술계는 문학사를 다시 써야 한다는 구호를 외치기 시작하면서 많은 사람이 기존 문학사의 문제점과 한계를 지적하며[66] 한편으로는 새로운 관점에서 고전문학에 관한 이해에 바탕을 두고 문학사를 서술하려고 하고, 이는 어느 정도의 성과를

---

64 이와 상반되게 타이완의 문학사가인 황궁웨이黃公偉는《중국문학사中國文學史》(1967, 713쪽)를 출간하면서 서설序說, 원고문학遠古文學(개창시대開創時代), 상고문학上古文學(시가시대詩歌時代), 중고문학中古文學(사부시대辭賦時代, 병체시대騈體時代), 근고문학近古文學(고문시대古文時代), 근세문학近世文學(어체문시대語體文時代), 근대문학近代文學(혁신시대革新時代) 등으로 나누고는, 이 책을 쓴 목적이 "유물唯物을 배격하고 중국 학술문화의 정통을 바로 잡기 위하여(12쪽)"라고 분명히 밝히기도 했다. 한편 1962년 8월 타이완 둥하이대학東海大學의 량룽뤄梁容若는 자신의 저서인《중국문학사제요中國文學史提要》에서 "중국 문학사 연구의 역정을 두루 살펴보면 1950년 이래에 진보의 자취가 확연하다. 범위로 말한다면, 잡다하고 번잡스러운 학술사로부터 순정한 문학사로 진입했다. 사료로서 말한다면 진위가 불분명하고 전설만을 독실하게 믿었는데 명백하게 판별하는 시대로 이르러 참모습을 탐구하게 되었다. 사관으로 말한다면 퇴화론에서 진화론으로 변했고 주관적 인상 비평에서 객관적 사실 해석으로 들어서 깊이가 있고 정확하여 매우 의의가 있다."라고 하기도 했다.

65 개혁개방 이후 문학사관의 변천과 문학사학의 성립에 관해서는 정상홍의 〈개혁개방 이후 중국문학사 연구의 현황과 전망: 文學史觀의 변천과 文學史學 성립을 중심으로〉(《중국문학연구》 제21집, 2000. 12, 295~330쪽)에 있으므로 자세한 논의를 생략한다. 정상홍은 이 논문을 통해 1985년 이후로 문학사 연구는 다원화 발전의 단계에 정식으로 진입했으며 지금도 계속되고 있다. 문학사 연구 방향은 문학 및 역사에 대한 관념, 문학 사료의 축적·개척 및 활용, 강의와 저술 형태의 세 가지로 분류했다.

거두고 있는 것이 분명하다.[67] 그러나 문학사의 집필은 온고지신溫故知新이라는 말처럼 옛사람의 성과의 장단점을 제대로 파악해보고 타산지석他山之石으로 삼아야만 어느 정도 가능한 일이다.

서술의 구체적인 방법론적인 전환은 1990년에 이르러서 시작된다.[68] 왕종링王鍾陵은 《문학사신방법론文學史新方法論》에서 '문학사학文學史學'

66 1991년 《문학유산》 제1기에서는 '문학사관文學史觀'과 '문학사文學史'에 대한 학술회의에 관한 내용이 집중적으로 수록되었다. 《문학유산》 편집부와 광시사범대학廣西師範大學 중문과 등 여덟 개 단위에서 연합하여 1990년 10월 15일부터 20일까지 중국 구이린桂林에서 거행된 이 회의는 120여 명의 학자가 참여한 것을 기록한 것이다. 아울러, 타이완에서는 중앙연구원中央研究員 중국문철연구소中國文哲研究所가 1991년 2월 21부터 22일까지 이틀간, 류다제의 《중국문학발전사》와 예칭빙의 《중국문학사中國文學史》 두 권의 기본 관점과 서술 방식 등에 대한 대규모의 토론회가 있었다. 이 토론의 간략한 내용은 예칭빙의 글인 〈중국문학사의 상관문제를 적다撰寫中國文學史的相關問題〉, 《중국문철연구통신中國文哲研究通訊》 제1권 제1기(17~21쪽)에 기록되어 있다. 두 토론회를 통해 1950년대 이래 문학사에 대한 논의가 상당히 치열하게 전개되었음을 유추하게 된다. 아울러 1994년 4월 1일에서 5일까지 푸젠성 장저우漳州에서 '문학사관과 문학사학 토론회文學史觀與文學史學研討會'가 개최되었으며, 이와 관련된 논의는 1994년 《문학유산》 제5기 뒤에 수록되어 있다. 또한 1997년 12월에 푸젠성福建省의 푸톈시莆田市에서 '문학사학 토론회文學史學研討會'가 개최되었다. 이에 비해 한국의 중국 학계는 최용철 교수가 국내 출간본에서 중국 문학사에 대해 간략하게 검토한 것 이외에는 기존 문학사에 대한 깊이 있거나 심각한 검토는 거의 없는 실정이다. 단지 전남대의 이등연 교수가 수년 전부터 중국 문학사의 서술 방법에 관한 여러 편의 논문을 써서 이 방면에 괄목할 만한 업적을 냈으며, 이들보다 실천적인 노력을 기울인 학자는 서울대 서경호 교수가 미국에서의 연구를 바탕으로 자신의 관점을 위주로 서술한 두툼한 학술서인 《중국 문학의 발생과 그 변화의 궤적》(문학과지성사, 2003)과 《중국 소설사》(서울대학교 출판부, 2004)를 잇달아 출간하여 기존의 중국 문학사들과 구분 지으려는 시도를 했다.

혹은 '문학사철학文學史哲學'의 재건을 시도하려는 관점[69]을 가지고 문학사에서 논리성과 우연성, 다양성 및 수월성을 통일하고자 했다. 여기에 천핑위안陳平原, 양롄제楊聯芥, 쑨위스 등이 문학사 방법론에 관한 획기적 저작들을 출간한다. 첸즈시錢志熙도 문학사 연구를 논하는 세 가지 기본 방법으로 "심미審美', '역사歷史', '논리邏輯', 즉 '심미안과 역사적 안목, 논리성 등을 갖추어야 한다."[70]라고 말했지만, 문학사 연구는 우선 사관을 갖추고서 이러한 일련의 구체적이고도 많은 문학작품을 천착해 들어가야만 한다. 문학사는 자신의 능동적 자세가 있고 복잡한

---

67 위안싱페이가 주편한 문학사는 '문학 본위文學本位'의 관념에서 출발하여 〈총 서론總緖論〉에서 다음과 같이 말한다. "문학을 문학의 입장에서 연구하고 문학사 저작은 마땅히 문학 본위에 충족하며 문학이 아울러 예술 감화력의 특징 및 심미적 가치가 있는 까닭을 중시해야 한다(把文學當成文學來研究, 文學史著作應立足於文學本位, 重視文學之所以爲文學并具有藝術感染力的特點及其審美價値)." 분명히 말해서 이 책은 기존의 중국 대륙에서 출간된 문학사류와는 그 유형을 달리하리라고 여겨진다. 푸쉬안위傅璇琮 선생은 이 책을 최근 20년 이래 출간된 문학사 서적 중에서 가장 뛰어난 것으로 평가하여 이 책의 필자 30명의 그간의 노고를 고무시켰다. 이러한 발언은 2000년 9월 20일 중국 베이징에서 개최된 이 책의 품평회에서 했다.

68 1990년대부터 문학사관이라는 용어가 학술대회의 화두로 등장하는 것은 문학사 집필에 있어서 사관이 전제되어야만 문학사의 올바른 전개가 가능하다는 보편적 인식 때문이다. 천보하이陳伯海는 《중국문학사의 거시적 관점中國文學史之宏觀》의 제6장 〈전통문학사관의 진보傳統文學史觀之演進〉(149쪽)에서 민족문학사관의 건설을 통한 문학사 저술이라는 방법론을 제시했다.

69 이 책은 쑤저우대학교 출판사蘇州大學出版社에서 1993년에 출간되었고, 해당 원문은 83쪽에 있다.

70 첸즈시錢志熙, 〈심미, 역사, 논리 — 문학사 연구의 세 가지 기본 방법을 논하다審美, 歷史, 邏輯 — 論文學史研究的三種基本方法〉, 《문학유산》 제5기, 1994, 4쪽.

인소가 있는 것인데, 이전의 서술 방법은 대부분 수동적인 것이므로 다원화된 사회의 변화를 관찰하면 문학사의 서술 역시 능동적이고 주체적으로 바뀌어야 한다. 능동적 방법의 전제는 어떤 사물이든지 자신의 본성을 가지고 있다는 것이며, 문학의 발전은 곧 문학 그 자체의 본질을 실현하는 과정[71]이므로 문학사 서술의 가운데 논리적 방법을 적용하는 것이 요구된다는 것이다.

71 우윈吳云이 최근 출간된 위안싱페이가 주편한《중국문학사》에 대해 "首先, 它堅持了唯物史觀的基本立場, 以實事求是的態度, 對數千年古典文學作了重新審視, 作了比較切實的描述. 突出的一點就是它避免了機械唯物論和庸俗社會學, 體現了學術界經過上世紀80年代拔亂反正, 在學術觀念上所取得的重要進步."(우윈吳云, 〈약평略評〉,《중국문학사中國文學史》,《문학유산》 제3기, 2001, 13쪽)라고 한 것을 보면 위안싱페이의 이 책 역시 이념적 성향에서 벗어나지 못함을 알 수 있다. 우윈의 논점은 중국의 문학계가 1950년대부터 1970년대까지 용속사회학庸俗社會學의 범람으로 인하여 학술에 엄중한 피해를 입혔으며, 이것이 많은 영역에 침투되었고, 문학사의 서술 역시 예외가 아니라는 점을 견제하고 있다.

5장

새로운 문학사 서술 담론을 위하여

이 책을 통해 필자는 '문학사와 권력'이라는 주제 의식을 가지고 문학사 서술 시각이 어떤 의미를 던져주는가 하는 문제를 기존의 주요 문학사의 사례를 통해 검토했다.

과연 문학사란 무엇이고 현 단계에서 새로운 시각에 의한 중국 문학사는 가능한가 하는 문제는 단순하지도 않고 간단한 문제도 아니다. 문학사를 집필하는 것은 현 단계의 제반 상황[1]을 고려하면 상당히 어려운 작업임이 틀림없고, 단시간에 성과가 나타날 수도 없다.

물론 이 방대한 작업을 통해 문학의 심미성과 연구자의 이성성이 조우하면서 충돌할 여지가 많은 것은 어찌할 수 없는 일이다. 중국 문학사의 서술자가 때로는 중국 문학 전공자가 아닐 수도 있는 상황도 있다.[2]

중국 문학사의 전개는 일반적으로 생각하듯 단선적이고 도식적인 과정이 아니며, 이처럼 급변시키기에는 중국의 문학적 전통이 너무나도 탄탄한 힘을 가지고 있기에 '현실주의'로의 패러다임 변화가 결코 합리적 대안이라고 볼 수 없다. 새로운 방식을 과거의 방식 혹은 방법과 상관하지 않고 강요하듯 적용될 때 그 문제점은 심각하게 부각될 수밖에 없다.

완벽한 문학사는 있을 수 없고, 가능하면 완벽함을 위해 노력하는 길

---

1 제반 상황이란 말은 복합적인데, 문학사가 중국에 많이 있는데 왜 다시 거론하느냐 하는 상투적인 회의론이라든지, 문학사는 누가 써도 그게 그거 아니냐는 식의 근본적인 회의론 등등을 두고 하는 말이다. 특히 후자의 경우는 좀 더 심각한 문제를 야기하는데, 학계의 연구 성과를 제대로 반영하지 않는 문학사가 존재하는 한 그 토대 위에서 연구하는 문학 관련 논문들은 일정 수준 이상을 벗어날 수 없는 문제가 존재한다는 말이다. 물론 이 정도의 노력을 기울인 독보적인 문학사가가 김학주 교수라는 점은 널리 알려진 사실이다. 덧붙여서 연구사적 기반이 다른 탓도 있겠지만, 조동일의 《한국문학통사》(지식산업사, 2020)의 경우 지금까지 여섯 차례 이상의 개정판 작업 등을 통해 글자 그대로 통사라는 이름을 전면에 내세우면서 한국문학 연구자의 수준을 상당 부분 끌어올렸다고 감히 생각해볼 수 있겠다.

2 이를테면 다음과 같은 방식으로 다른 전공자들도 서술하고 있는 실정이다. "사마천司馬遷도 많은 자료를 수집해서 이용한 것을 가장 큰 가치로 삼으면서 당시까지 알려진 역사 전체를 다루었다. 그 점에서 선행 역사서인 《서경書經》이나 《춘추春秋》 같은 것들보다 월등하다. 그러나 역사서가 자료집일 수는 없다. 자료를 정리하고 배열해서 체계를 만든 것이 저술의 내용이고 주제이다. …… 자료를 많이 모아 힘써 다루고자 한 과제는 통치자의 권력이다. 역대의 제왕이 국가를 세워 흥하고 망한 내력의 자료를 최초의 제왕에서 시작해서 자기 당대의 한 무제漢武帝에 이르기까지 '본기本紀' 12편으로 정리한 것이 근간을 이루었다. '본기'를 종축으로 해서 역사의 전개를 한 줄기로 정리하고, 거기다 여러 횡축의 곁가지를 붙였다. 두 축을 연결하는 접합점은 '연표年表'이다. '서書'는 제도 측면의 횡축이고, '세가世家'와 '열전列傳'은 사람 측면의 횡축이다. 권력의 서열에서 상위의 인물은 '세가'에다, 하위의 인물은 '열전'에다 소속시켰다." 조동일, 《세계문학사의 전개》, 지식산업사, 2002, 54쪽. 만일 여기서 다른 전공자는 중국 문학사를 쓸 수 없다는 식으로 편협하게 말하려는 것은 아니지만, 우리가 이러한 분위기만은 감지해야 한다는 말로 이해하기 바란다.

이 문학사 서술 작업임을 염두에 둔 문학사가라면[3], 시각의 객관성을 확보하는 것이 우선적이어야 한다. 물론 그 집필의 과정에서 당대의 가능성과 한계가 어쩔 수 없이 드러날 수밖에 없지만 말이다. 이는 역사 해석학적 입장에서 보더라도 그 문학사 사료가 되는 텍스트에 관한 사실적 접근이 선행조건으로 따라붙어야 한다는 점을 기본 맥락으로 한다는 논리다. 사실과 역사, 문학과 역사, 진실과 상상 사이에는 나눌 수 없는 근본적 속성이 자리 잡고 있는데, 문학사는 능동적인 서사 주체가 진실된 역사의 행렬 속으로 들어가야만 하는 것이다.

요컨대, 중국의 화이사관과 민족사관의 충돌과 상호 교섭적 화해라는 그 방법론의 요체는 우리가 중국 문학사 서술의 당대적 요청에 의해 제기된 것으로써 화이사관이 야기하는 서술 방식의 문제점을 점검하면서 궁극적으로는 소통 가능한 문학사 서술 시각을 확보하기 위한 것이었다.

역사적 보편성은 다양한 실체를 갖춘 역사적 사실들에 의해서 보편적으로 구성되는 하나의 원리인데, 여기에서 문학사가 특정 관념에 지

3 《전목의 중국문학사》에 대해 문학가가 아닌 사학가의 저술이라는 점에서 칭찬과 폄훼가 엇갈렸다. 중국 문학계의 석학들은 첸무錢穆 특유의 문학사관이 반영된 개성적이고 훌륭한 책이라고 말한다. 이 책은 31편으로 구성되어 있고, 문학의 기원에서부터 명·청 장회소설까지 언급했는데, 구성이 상당히 완전하다는 평가를 받는다. 첸무는 말한다. "오늘에 이르기까지 중국에는 아직 이상적이라 할 만한 문학사가 나오지 않았다. …… 역사는 생명이 있는 것이기에 문학사를 얘기하려면 반드시 그 안에서 많은 문제를 찾아내야 한다."(전목〔강의〕, 섭룡〔기록 정리〕, 유병례·윤현숙 옮김, 《전목의 중국문학사》, 뿌리와이파리, 2016, 432쪽)

배된다면 소수민족의 실질적이고 민족적인 위상에서 비롯된 문학적 성과가 결국 중화라는 의식 속에 함몰될 수밖에 없다. 해당 인물의 호적부터 나열하면서 서술하는 관례를 충실히 이행하면서도 그 출신 성분에 대한 의도적인 왜곡이나 쟁점을 회피하고[4], 그들의 문학적 성과에 대한 평가도 애매하게 하면서 우리에게 어느덧 판사 없는 법정의 판례처럼 관례로 자리 잡게 되었다. 이 말은 문학사 서술이란 열린 공간이며, 학자라면 누구나 쓸 수 있고, 논점에 관해 공방을 벌여야 함에도 불구하고 비합리적 기준에 의해 오판을 하고, 심지어 미학적 평가를 거부한다면 문학사란 말 자체는 거부되어야 할 명제가 되어야 한다는 말이다. 우리는 문학이 개인의 산물임을 인정하는 동시에 문학사 작업 또한 문학사가의 개인적 관점[5]에 의해서 구축된다는 점을 인식한 상황에서, 문학사는 주관적[6]이면서도 상대적인 것이어야만 한다.

그러기 위해서는 화이사관에 대한 전면적인 재고에서 출발해야 한다고 보는데, 이는 화이 공존의 국면을 조성한 이족들의 위상에 대한 합당한 의미 부여와 동일 선상에서 고려될 사안으로서 흔히 중화=주류,

4 이런 점에서 "'이제 우리의 문학사 연구도 방만 늘일 것이 아니라 집 전체의 설계를 고려해야 할 것'이라는 인식에 합의했다는 김인환의 언급이 있었으나 실제 모든 것이 제대로 실행되었는지는 불분명하다."(이영미, 〈문학사학(文學史學)을 위한 시론〉, 92쪽)라는 말을 떠올릴 필요가 있다.

5 이러한 관점은 주지하는 바와 같이 해당 저서의 〈서문序文〉과 〈제기題記〉, 〈인언引言〉, 〈총론總論〉, 〈발문跋文〉 등에 구체적으로 드러나 있다. 의도적이건 아니건 중국의 소수민족 정책이 시행된 지 60여 년을 경과하면서도 여전히 중국 문학사 서술 영역에서 다민족의 위상은 고사하고, 정당한 지위를 차지하지 못한 채 화이사관의 팽배 속에 표류하고 있다.

이족=비주류라는 등식을 벗어나기 위한 전제 요건인 것이다.[7] 왜냐하면 문학사 서술은 특정 이데올로기나 특정 집단의 특수한 입장이 반영되어서도 안 되지만, 다원 공존이라는 당대의 지배적 담론의 장에서 형성된 인류의 보편 가치를 지향하는 방향에서 그 서술의 기본 시각을 정해야 하기 때문이다.

물론 논의가 쉬운 것은 아니다. 균형 잡힌 문학사관의 정립 필요성을 인정하면서도, 이 용어 자체가 역으로 한족과의 대립각을 내세워 그야말로 소수에 머물러 있던 소수민족의 문학사적 위상을 과대 해석하여 도리어 고립을 자초할 수도 있다는 우려가 생길 소지가 다분하기 때문이다. 흔히 주류와 비주류, 중심부와 주변부라는 이분법적 도식에서 벗어나 보편주의라는 것으로 나아가려고 하지만, 이 보편주의 지향도 그 한계는 주류와 비주류라는 현실적 실체를 인정하고 난 다음에 존재하는 것이다. 절대적 공평성은 존재하기 어렵고 현실적으로 존재하기도 힘든 것이 아닌가? 우리가 추상적 개념에 속하는 다원주의 혹은 보편

---

6 "문학사는 파편적인 정보나 단편적인 지식을 나열하는 것이 아니라 문학의 역사에 대한 객관적인 자료를 통시적이고 총체적으로 기술하는 것이다. …… 또한 문학사는 과거의 맥락 속에서 문학의 객관적인 존재를 확인하는 것이기도 하지만, 현재의 시점에서 과거의 문학을 바라보는 집필자의 주관적인 관점을 기술한 것이기도 하다." 윤여탁, 〈현재의 시각에서 바라본 과거〉, 토지문화재단 엮음, 《한국문학사 어떻게 쓸 것인가》, 한길사, 2001, 57쪽.

7 이 주류와 비주류의 문제는 매우 민감하면서도 상대적인 가치 개념이라 이렇게 단순화시켜 논의하는 데 대한 거부감이 생길 수 있겠다. 적자생존이나 약육강식의 진화론에 의거하지 않더라도 살아남는 자가 강한 것이고, 주류와 비주류의 층위는 늘 존재해왔기에 우리는 이런 단순 도식화의 태생적 한계를 실감하지 않을 수 없다.

주의의 염원을 확실히 해야만 구체적이고 개별적인 사실을 포괄할 수 있겠지만, 한자라는 동아시아 문명 공동체를 만든 창시자가 한족이고 그런 한자를 매개로 해서 작품을 창작했다고 가정할 때, 그 근본적인 불균형은 어찌할 수 없는 속성이다. 문학사 서술에 필요한 필수 요건인 작가·작품·독자의 자리가 공유하는 공간인 셈인데, 문학의 토대와 매개를 기계적 인과율로 단정하는 것은 치명적 오류를 낳을 개연성도 배제할 수 없다.[8]

G2로 성장한 오늘의 중국이라는 거대한 중심 권력을 바라볼 때, 필자가 주장하듯 중심과 주변의 간극과 경계선을 완전히 없애버리고 융합과 통합을 내세워 공존을 모색하는 것 역시 그 한계[9]가 여전히 존재

---

8 조동일은 《하나이면서 여럿인 동아시아문학》에서 말한다. "동아시아문학이 하나이면서 여럿인 것은 중세 보편주의의 공통된 이상을 여러 민족이 각기 다르게 구현했기 때문이다. …… 동아시아문학을 통괄해서 이해하는데 중국 문학 못지않게 다른 여러 민족의 문학이 소중하고, 문학은 민족의 대소나 강약에 따라서 평가될 수 없다는 사실을 입증한다. 문명권 중심과 변방의 관계를 진지하게 검토하면서 중심의 우위를 불변의 전제로 여기는 단견에서 벗어나 변방의 기여가 시대에 따라서 어떻게 달라져 왔는가 파악하는 이론을 도출하는 것이 긴요한 과제이다."(지식산업사, 2003, 5쪽)

9 에드워드 사이드Edward W. Said는 《문화와 제국주의Culture and Imperialism》(박홍규 옮김, 문예출판사, 2005)라는 책에서 동양주의를 비판하고 있는데, 이것은 미국에서 자란 영문학자의 신분으로 미국학계를 무대로 삼아 활동하는 아랍인이라는 태생적 한계가 논의를 제한할 수밖에 없는 것과 같다. 이 말은 비록 소수민족 작가라 하더라도 자신이 소속된 소수민족보다 거대한 힘을 갖춘 한족의 영역에서 활동하기 위해서는 어쩔 수 없이 타협적 전개, 혹은 제3자로서의 객관화된 관점을 확보하지 못하는 결정적 한계를 지닐 수밖에 없다.

할 수밖에 없다.

다민족이 공존하는 그런 문학사라는 관점을 염두에 두고 협력과 상생의 견지에서 출발하려 한다 해도, 그 축적된 성과물이 미흡하다면 소수민족은 어쩔 수 없이 한족 문학의 우수성을 인정하고 그로부터 파생되어 나온 새로운 문학사관을 마련해야 하는 현실적 한계를 인정해야 한다는 점에서 벗어날 수 없기 때문이다. 물론 한족 중심주의라는 커다란 울타리 속에서 모두 자신들의 정체성을 찾으려 하는 데서 반론[10]이 있을 수 있지만, 우리가 지나친 소수민족 문학을 과대평가하는 데서 야기될 수 있는 중국 문학의 타자화 또한 경계해야 할 문제이기 때문이다.

단지, 우리는 엄연히 다른 두 층위라고 할 화華와 이夷가 소통하는 문학사 서술 작업이 되기 위해서 한족 중심주의의 작동 문제에 대해 엄존하는 문제점을 냉철하게 살펴보고 합당한 해결책을 모색하고 보완함으로써 설득력 있는 문학사, 모두가 공감하는 문학사로 재탄생될 수 있다고 믿는 것이다.

중국 문학사의 서술은 그 역사만큼이나 긴 세월에 이르는 동안 외견상 변화의 진폭이 느껴진 사항이었다. 여기서 이른바 우리는 '반反'문학사文學史라는 말을 되새길 필요가 있다. '반反'이 의미하는 것은 문학사를 반대하는 부정의 의미가 아니라 반성 혹은 해체 등을 의미하는 것이

10 대부분의 문학작품이 한문으로 남아 있는 텍스트 자체의 문제로부터 본다면, 소수민족 작가의 작품을 순수하게 해당 민족의 작품으로 간주해서는 곤란하다는 반론이다. 그러나 분명한 점은 한자는 수단이요 도구에 불과할 뿐이지 그것을 창작한 창작 주체의 출신에 따라야 하는 것은 당연한 이치다. 이 점에서 정체성 문제에 관한 충돌은 필연적일 수밖에 없다.

다. 말하자면 반문학사라는 명제는 문학사를 자신의 방식에 의해 구성하여 이미 타자화되어버린 문학사를 자아 확신이 드는 그런 문학사로 만드는 것이다.

그렇다면 어떠한 이념에 의해서 문학사를 써야만 하는가? 우리가 생각하는 문학사는 각 역사적 시기의 문학 발전에 부합되는 당시 대다수가 받아들인 문학 관념에 대한 명확한 인식이 있어야만 하며, 그것은 오늘의 입장에서 보아도 보편성과 객관성을 갖추어야 한다.

말하자면, 문학의 관념은 서로 다른 역사적 시기마다 다르므로 문학사의 편찬자 역시 역사를 존중하여 역사적 안목에 따라 발전된 시각을 적용해야만 하며, 그 당시 사람들이 이해하는 문학 관념에 의거하여 당시의 문학 현상과 문학적 사실을 써야만 한다.

만일 필자가 제시한 최초의 문제의식으로 돌아갈 수 있다면, 우리가 쓰는 문학 관련 논문도 광의의 범주에서 보면 문학사 집필 작업의 한 부분일 수 있겠다. 역사적 안목이 없는 연구 작업이 아무런 의미가 될 수 없기 때문이다. 제대로 된 문학사를 써야 한다는 생각, 그것은 기존의 문학사에 관한 관념, 즉 문학사관을 어떻게 뛰어넘어야 하고, 기존의 문학사를 뛰어넘으려는 노력과 더불어 구체화될 수 있기에 더욱 그러하다.

이제까지의 논의를 통해 알 수 있듯이, 문학 관념의 역사적 변천과 문학 발전의 내재적 관계를 탐구하며, 문학 관념을 변하게 만든 역사적 발전의 면모를 검토한 이후에야 비로소 의미 있는 중국 문학사가 탄생할 수 있다.

우리에게 남은 문제는 무엇이 '사史'이고, 무엇이 '문학文學'이며, 무엇이 '문학사文學史'이고, 무엇이 '문학사文學史 서술敍述'인가 하는 점이다. 문학사가 다루는 것은 문학과 시간의 관계이지만 문학이 형성된 배경과 과정의 자연스러운 연계를 다루는 것도 바람직하다. 물론 문학사 집필 과정에서 필연적으로 수반되는 집필자의 능동적 혹은 주체적 역할 문제가 신뢰성을 주기 위해서는 반드시 '사관史觀'이라는 것을 필연적으로 가져야 하며, 그 사관은 이데올로기에 의한 획일적 잣대에 의해 적용되어서는 안 되는 것이다. 특히 중국 문학사는 1949년을 기점으로 한 이념의 개입, 하나의 중국을 내세우지만 엄연히 존재하는 중국 대륙과 타이완의 분단 및 개혁 개방을 내세운 1978년 이후 자본주의의 도입에 따른 이념적 갈등 등 역사적 상황에 침윤되어 있으므로 지배 이데올로기의 이해관계에서 쉽게 빠져나오지 못하는 점을 염두에 둔다면, 기존 중국 문학사의 관점의 차이를 조명하는 것은 우리 학계의 중국 문학 연구가 당면한 핵심 과제일 수밖에 없다.

참고 문헌

姜義華 主編,《胡適學術文集·新文學運動》, 北京: 中華書局, 1993.

———,《胡適口述自傳》, 北京: 花文出版社, 1992.

———,《胡適來往書信選》中册, 北京: 中花書局, 1979.

———,《胡適文存》一集, 上海: 亞東圖書館, 1921.

———,《胡適文存二集》2卷, 上海: 亞東圖書館, 1929.

———,《胡適留學日記》3卷, 臺北: 臺灣遠流出版公司, 1988.

高樹海,〈論中國文學史觀的發展變遷—二十世紀上半葉文學史觀探尋〉,《學習與探索》第2期, 1999.

顧實,《中國文學史大綱》, 上海: 商務印書館, 第3版, 1933.

關紀新,《20世紀中華各民族文學關系研究》, 民族出版社, 2006.

關紀新·朝戈金,《多重選擇的世界》, 中央民族大學出版社, 1995.

曠新年,〈重寫文學史的終結與中國現代文學研究轉型〉,《南方文壇》第1期, 2003.

寧宗一,〈關於文學史觀與文學史編寫的若干斷想〉,《文學遺產》第5期, 1992.

譚正壁,《中國文學進化史》, 上海: 光明書局, 1929.

戴燕,《文學史的勸力》, 北京: 北京大學出版社, 2002.

董乃斌,〈劉大杰文學史研究的成就和教訓〉, 王瑤 主編《中國文學研究現代化進程2編》, 北京: 北京大學出版社, 1996.

童行白,《中國文學史綱》, 上海: 大東書局, 1933.

杜晓勤,《初盛唐诗歌的文化阐释》, 東方出版社, 1997.

鄧敏文,《中國多民族文學史論》, 社會科學文献出版社, 1995.

鄧紹基,《元代文學史》, 人民文學出版社, 1991.

羅宗强,《中國古代文學發展史》(上), 天津: 南開大學出版社, 2003.

樂黛云,《〈中國各民族文學關系研究〉出版座談會專家發言紀要》,《民族文學研究》第3期, 2006.

郎櫻·扎拉嘎,《中國各民族文學關系研究》(元明清卷), 貴州人民出版社, 2005.

吕微,《文化視野與中國文學研究國際研討會紀要》,《文學評論》, 2001.

陸侃如·馮沅君,《中國文學史簡編》(修訂本), 北京: 作家出版社, 1957.

凌獨見,《中國文學史綱》, 上海: 商務印書館, 1922.

李晓峰,〈多民族文學: 中國文學史觀的缺失〉,《民族文學研究》, 2007. 03.

林庚,〈關于中國文學史的分期問題〉,《文學評論》第2期, 人民文學出版社, 1958.

方豪,《中西交通史》, 岳麓書社, 1987.

白振奎·蔣凡,〈魯迅, 胡適早期文學史觀與文學史方法論比較研究〉,《學術月刊》第3期, 2002.

范文瀾,《文心雕龍注》, 台北: 學海出版社, 1980.

費孝通,《中華民族的多元一体格局》, 北京大學學報(社会科學版), 1989.

費孝通,《中華民族的多元一体格局》, 北京大學學報(社会科學版), 1989.

费孝通 等,《中華民族多元一體格局》, 中央民族學院出版社, 1989.

謝無量,《中國大文學史》, 上海: 中华書局, 1918年 初版, 中州古籍出版社, 1992.

徐新建,《多民族文學史觀簡論》,《民族文學研究》第2期, 2007.

楊義,《北方文學的宏觀價值與基本功能》, 南京師範大學文學院學報, 2002.

楊聯芬,《晚清至五四 — 中國文學現代性的發生》, 北京: 北京大學出版社, 2003.

楊聯芬,《晚清至五四 — 中國文學現代性的發生》, 北京: 北京大學出版社, 2003.

余英時,〈五四運動與中國傳統〉,《中國思想傳統及其現代變遷》, 南寧廣西師範大學出版社, 2004.

余英時,《中國近代思想史上的胡適》, 臺北: 聯經出版事業公司, 1984.

葉慶炳,〈文學史的多樣性與適用性〉,《中外文學》第23卷 第4期, 1994. 09.

葉慶炳,〈文學史的多樣性與適用性〉,《中外文學》第23卷 第4期, 1994. 09.

葉玉華,〈試論中國文學史分期問題: 兼與陸侃如·馮沅君二先生商榷〉,《文學評論》第3期, 人民文學出版社, 1957.

王夢曾,《中國文學史》, 上海: 商務印書館, 1914年 初版, 1926年 第20版.

王士菁,〈談魯迅編寫中國文學史的方法〉,《文學遺產》第2期, 北京: 中華書局, 1980.

王瑤,〈朱自淸先生的學術研究工作〉,《國文月刊》第1期, 1948. 09.

——,《中古文學史論》, 北京: 北京大學出版社, 1986.

——, 〈評林庚著《中國文學史》〉, 《清華學報》 弟14卷 第1期, 1947. 10.
王瑤 主編, 《中國文學研究現代化進程》, 北京大學出版社, 1996.
姚新勇, 《關于'多民族文學史'研究的断想》, 《民族文學研究》 第2期, 2007.
袁行霈 主編, 《中國文學史》 四册, 北京: 高等教育出版社, 1999.
劉達科, 《中國古代北方民族文學的歷史意義》, 社會科學戰線, 2003.
劉大杰, 《碧色的國》, 上海: 啓智書店. 1929.
———, 《中國文學發展史》(上卷), 上海: 古籍出版社, 1984.
劉麟生, 《中國文學史》, 上海: 世界書局, 1932年 初版.
劉師培, 〈蒐集文章志材料方法〉, 《劉申叔遺書》 下册, 江蘇古籍出版社, 1997.
劉堯漢, 《中國文明源頭新探》, 云南: 人民出版社, 1985.
陸侃如·馮沅君, 〈關于中國文學史分期問題的商榷〉, 《文學評論》 第5期, 人民文學出版社, 1957.
張文勳, 《劉勰的文學史論》, 北京: 人民文學出版社, 1984.
張之純, 《中國文學史》, 上海: 商務印書館 , 1915年 初版, 1918年 第3版.
张海洋, 《中國的多元文化與中國人的認同》, 民族出版社, 2006.
錢志熙, 〈審美, 歷史, 邏輯 — 論文學史研究的三種基本方法〉, 《文學遺産》 第5期, 1994.
戴燕, 《文學史的權力》, 北京: 北京大學出版社, 2002.
鄭振鐸, 〈中國文學史的分期問題〉, 《文學評論》 第1期, 人民文學出版社, 1958.
鄭振鐸, 《中國文學論集》, 上海: 開明書店, 1934.
趙景深, 〈我要做一介勤懇的園丁〉, 鄭振鐸 等編, 《我與文學》, 上海書店, 1981.
———, 《中國文學小史》, 上海: 光華書局, 1926年 初版, 1931年 10版.
曹道衡, 〈試論中國文學史的分期問題〉, 《文學評論》 第1期, 人民文學出版社, 1960.
曹順慶·付品晶, 〈多民族文學史的編寫問題〉, 《民族文學研究》, 2008. 02.
鍾軍紅, 〈胡適新詩創作及理論的定位分析 — 兼論進化論的文學史觀與20世紀新詩批評〉, 《文藝研究》 第2期, 2001.
朱自清, 〈文學的標準與尺度〉(1947), 《朱自清古典文學論文集》 上册, 上海古籍出版社, 1981.
朱自清, 〈什麼是中國文學史的主潮 — 林庚著《中國文學史》序〉, 《朱自清全集》 第3卷.
周荷初, 〈胡適與公安派的文學史觀比較論〉, 《魯迅研究月刊》 第1期, 2003.

朱希祖,《中國文學史要綱》, 北京大學文科教材, 1916年 講義, 1920.
曾毅,《中國文學史》, 上海: 秦東書局, 1915年 初版, 1924年 第6版.
陳國球,《文學史書寫形態與文化政治》, 北京: 北京大學出版社, 2004.
陳伯海,《中國文學史之宏觀》, 北京: 中國社會科學出版社, 1995.
陳思和,《中國當代文學史教程》前言, 复旦大學出版社, 1999.
陳尙君, 〈劉大杰先生和他的《中國文學發展史》— 寫在《中國文學發展史》初版重印之際〉, 天津: 百花文藝出版社, 1992.
陳平原, 〈作爲文學史家的魯迅〉,《文學史的形成與建构》, 北京: 北京大學出版社, 1999.
胡適,《白話文學史》, 上海: 新月書店, 1928年 初版.
胡怀琛,《中國文學史略》, 上海: 梁溪圖書館, 1924年 初版, 1926年 第4版.
胡小石,《中國文學史》, 上海: 人民出版社, 1928년 初版 ,《胡小石論文集續編》本, 上海古籍出版社, 1991.
胡雲翼,《新著中國文學史》, 上海: 北新書局, 1932年版.
胡雲翼,《新著中國文學史 · 自序》, 上海: 北新書店, 1932年版.
黃人,《中國文學史》, 國學扶輪社, 出刊 年月不詳, 約1905年.
胡適, 〈國語的進化〉,《中國新文學大概 — 建設理論集》, 上海: 文藝出版社, 2003.
——, 〈國語與國語文法〉,《中國新文學大概 — 建設理論集》, 上海: 文藝出版社, 2003.
——,《胡適文集 — 古典文學研究上》5卷, 北京: 人民文學出版社, 1998.
——,《胡適文集 — 古典文學研究上》6卷, 北京: 人民文學出版社, 1998.
——,《胡適文集 — 文論》3卷, 北京: 人民文學出版社, 1998.
——,《胡適文集 — 文學史》4卷, 北京: 人民文學出版社, 1998.
Chow Tse-tsung, The May Fourth Movement. Cambridge, Mass.: Harvard UP, 1960.
J. B. Grieder, Hu Shih and the Chinese Renaissance. Cambridge, Mass.: Harvard UP, 1970.

고유림, 〈중국조선족문학사의 저술현황과 서술양상〉,《한국학연구》 제51집, 2018.
고찬경, 〈다시 쓰는 중국현대문학사, 그 터 위에 피어난 꽃 천쓰허陳思和〉, 노정은·박난영 옮김,《중국당대문학사》(문학동네, 2008. 8) ,《코기토》 제67집, 2010.
금지아, 〈계승과 초월의 접점 — 중국문학과 한국한문학〉,《비교한국학》 제16집, 2008. 06.

김미정, 〈周作人의 전통문학관―'載道'와 '言志'의 문학관을 중심으로〉, 《중국문학》 제22집, 1994.

김수연, 〈신문학운동과 후스의 문학사 실천―〈중국문학 50년〉을 중심으로〉, 《중국어문논총》, 제78집, 2016.

김영구, 《중국문학사강의》, 한국방송통신대학교 출판부, 2005.

김원중, 〈5·4 신문화운동기에 있어서 진화론進化論과 문학사관의 관련양상〉, 《중어중문학》 제39집, 2006.

――, 〈5·4 신문화운동기에 있어서 胡適의 백화문학사관白話文學史觀에 관한 검토〉, 《중국인문과학》 제34집, 2006.

――, 〈중국문학사 서술의 이념성 개입여부와 서술향방의 관련양상―1949년 전후 주요 문학사의 사관史觀을 중심으로〉, 《국제중국학연구》 제51집, 한국중국학회, 2005.

――, 〈중국문학사 서술의 설득 커뮤니케이션 문제와 그 객관성 전략―華夷史觀의 문제점에 관한 방법론적인 검토를 兼하여―〉, 《중국인문과학》 제43집, 2009.

――, 중국고전 문학사 다시 쓰기(rewriting) 작업을 위한 몇 가지 전제 , 《중국학논총》 제24집, 2007.

――, 〈중국 한국문학사 2종의 한국고전문학사 인식과 서술 양상: 남북한문학사와 자국문학사의 수용과 변용을 중심으로〉, 《비교문화연구》 제48집, 2017.

김월회, 〈중국의 문학사유와 그 내면―중국문학사 서술 시각의 다양화를 위한 한 시도―〉, 《중국문학》 제36집, 2001.

――, 〈'G2'시대의 중국문학사 教學〉, 《중국문학》 제78집, 2014.

김윤식·김현, 《한국문학사》, 민음사, 1983.

김장선, 〈중국 대학 《동방문학사》 교재속의 한국(조선)문학〉, 《국제문화연구》, 제4집, 2011.

김태연, 〈문학사의 건설과 교육 시스템―張畢來와 1950년대 중국 신문학사 교육〉, 《중국현대문학》 제93집, 2020.

김하나, 〈중국 '新女性'의 계보와 문학사의 정형화 문제 고찰〉, 《세계문학비교연구》 제52집, 2015.

김학주, 《중국문학사를 위하여》, 명문당, 2016.

김현,《한국문학의 위상/문학사회학》, 문학과지성사, 2002.
김현·김주연 편,《문학이란 무엇인가》, 문학과지성사, 1989.
동방문학비교연구회,《동아시아문학의 연구》, 국학자료원, 1997.
루쉰 지음, 루쉰전집번역위원회 옮김,《한문학사강요漢文學史綱要》, 루쉰전집 12, 그린비, 2016.
류준필, 〈중국문학사 서술 비교(1)—《春秋左氏傳》 관련 서술을 중심으로〉,《동북아문화연구》, 2019.
마성은, 〈1980~1990년대 중국조선족아동소설 연구—《20세기중국조선족아동문학선집》에 수록된 작품들을 중심으로—〉,《한국아동문학연구》 제21집, 2011.
마크 C. 엘리엇 지음, 이훈·김선민 옮김 ,《만주족의 청제국》, 푸른역사, 2009.
민두기,《중국에서의 자유주의의 실험—호적胡適(1891~1962)의 사상과 활동》, 지식산업사, 1997.
박소현, 〈새로운 중국문학사를 위한 제언〉,《중국어문학논집》 제103집, 2017.
박정희, 〈王瑤와 그의 中國新文學史稿〉,《동북아문화연구》 제12집, 2007.
배규범, 〈중국문학사 서술의 역사와 방향성〉,《동아시아고대학》 제55집, 2019.
백지윤, 〈소수민족문학사 서술의 전략—오상순 외의《중국조선족문학사》를 중심으로〉,《한국민족문화》 제69집, 2018.
사카이 히로부미, 〈〈文学史〉 研究の現在と展望—中国近代文学史を例に—〉,《인문과학》 제97집, 2013.
서경호,《중국 문학의 발생과 그 변화의 궤적》, 문학과지성사, 2003.
서영빈, 〈통일문학사 서술 시각에서 본 중국 조선족문학〉,《한국문학이론과 비평》 제10집, 2006.
성근제, 〈1980년대 중국문학사 서술의 맹점—路遙의 사례를 중심으로〉,《중국현대문학》 제81집, 2017.
양중석, 〈중국 문학사의《사기》 서술 경향 연구—기술상의 문제점과 정치적 의도를 중심으로〉,《중국문학》 제102집, 2020.
양태근, 〈'사회문화운동으로서의 중국문학사' 고찰—후스(胡適) 문학사 서사를 중심으로〉,《중국현대문학》 제79집, 2016.
온경신, 〈《四庫全書總目提要》與黃人《中國文學史》之编纂概觀—兼及20世紀初期的文學

史編纂〉, 《중국학논총》 제32집, 2011.

———, 〈有關黃人《中國文學史》的編撰體例與分期問題—兼論以章節體修撰文學史之利弊〉, 《중국학논총》 제27집, 2010.

원행패 지음, 김해명 옮김, 《중국문학개론》, 연세대학교 출판부, 2010.

위행복, 〈중국현대문학사에 있어서의 啓蒙과 救亡—'胡風事件'을 중심으로—〉, 《중국어문학지》 제19집, 2005.

이등연, 〈주요 중국문학사의 소설 장르 서술관점 분석: 초기 중국문학사 二種의 경우〉, 《중국어문논총》 제15집, 1998.

———, 〈서양의 주요 중국문학사 서술 체제와 시각 분석〉, 《중국인문과학》 제28집, 2004.

———, 〈1980년대 주요 중국문학사의 서술 시각 분석〉, 《중국인문과학》 제35집, 2007.

———, 〈1950~60년대 주요 중국문학사 서술 시각 검토〉, 《외국문학연구》 제8집, 2001.

이선영, 〈한국문학사대계 편찬의 기본시각〉, 토지문화재단 엮음, 《한국문학사 어떻게 쓸 것인가》, 한길사, 2001.

이선이, 〈중국에서 저술된 한국근현대문학사의 문화횡단적 실천—남한문학사·북한문학사·자국문학사라는 세 겹의 프리즘—〉, 《비교문화연구》 제48집, 2017.

임소양, 〈전통 '文'개념으로 다시 읽는 중국현대문학사〉, 《중국현대문학》 제62집, 2012.

임춘성, 〈중국근현대 문학사론의 검토와 과제〉, 《중국현대문학》 제12집, 1997.

———, 《중국 근현대문학사 담론과 타자화》, 문학동네, 2013.

임형택, 〈한국문학사의 서술방향과 체계〉, 토지문화재단 엮음, 《한국문학사 어떻게 쓸 것인가》, 한길사, 2001.

전목(강의), 섭룡(기록 정리), 유병례·윤현숙 옮김, 《전목의 중국문학사》, 뿌리와이파리, 2018.

전형준, 〈1990년대 중국문학의 신상태와 신해석에 대한 연구—신해석의 관점에서 본 신시기 문학사와 신상태 문학〉, 《중국문학》 제45집, 2005.

———, 《동아시아적 시각으로 보는 중국문학》, 서울대학교 출판부, 2004.

전홍철, 〈중국 민간문학의 문학사적 자리〉, 《중국학연구》 제21집, 2001.

정상홍, 〈개혁개방 이후 중국문학사 연구의 현황과 전망: 文學史觀의 변천과 文學史學 성립을 중심으로〉, 《중국문학연구》 제21집, 2000.

정재서, 〈세계화·唐·오늘의 中國〉, 《중어중문학》 제43집, 2008.

정진배, 《중국 현대 문학과 현대성 이데올로기》, 문학과지성사, 2001.

조경란, 〈'중국'을 회의하며 계몽하다—중국문학사 연구자 첸리췬(錢理群)—〉, 《동방학지》 제163집, 2013.

조관희, 〈노신의 중국소설사학에 대한 비판적 검토〉, 《중국소설논총》 제6집, 1997.

조동일, 《한국문학과 세계문학》, 지식산업사, 1992.

———, 《세계문학사의 허실》, 지식산업사, 2006.

———, 《동아시아문학사비교론》, 서울대학교 출판부, 1993.

———, 《하나이면서 여럿인 동아시아문학》, 지식산업사, 2003.

지세화, 〈中國古代文學史 硏究方法論의 硏究史的 考察—許世旭 著, 《中國古典文學史 上, 下》(法文社, 1986. 3 초판 / 1996. 8 초판)에 대한 검토와 함께〉, 《중국학연구》 제58집, 2011.

천쓰허 지음, 노정은·박난영 옮김, 《중국당대문학사》, 문학동네, 2008.

천정환·소영현·임태훈 외 편저, 《문학사 이후의 문학사》, 푸른역사, 2013.

최성경, 〈周作人의 '人的文學'에 관한 고찰〉, 《중국어문논총》 제24집, 2003.

최용철, 〈한국에서의 중국문학사 저술과 번역〉, 《중국어문논총》 제18집, 2000.

토지문화재단 엮음, 《한국문학사 어떻게 쓸 것인가》, 한길사, 2001.

팽철호, 〈對聯의 중국문학사적 위상에 대하여〉, 《중국문학》 제59집, 2009.

표언복, 〈중국 유이민소설의 문학사적 의의와 한계〉, 《어문연구》 제52집, 2006.

한지연, 〈'학문'으로서의 문학사 서술—錢基博 《現代中國文學史》의 新文學論을 중심으로〉, 《중국현대문학》 제82집, 2017.

———, 〈周作人, 錢鍾書의 文學史的 논쟁과 그 의의—《中國新文學的源流》를 둘러싼 인식론적 차이를 중심으로—〉, 《한중언어문화연구》 제44집, 2017.

홍석표, 〈노신의 중국고전 집록과 문학사 서술에 관한 연구〉, 《중국현대문학》 제28집, 2004.

홍준형, 〈1910년대 말 문학 관념의 재편과 '문장'인식의 변화 : 《新青年》에서의 '문학' 논의를 중심으로〉, 《중국문학연구》 제28집, 2004.

황정일, 〈중국문학사 다시쓰기 작업의 문화사적 의미—魯迅의 《中國小說史略》을 중심으로〉, 《중국어문학논집》 제123집, 2020.

찾아보기

ㅅ

ㅋ · ㅌ

ㅍ

ㅎ

문학사와 권력, 권력의 문학사
- 중국 문학사 서술 시각에 관한 담론

1판 1쇄 발행일 2021년 9월 27일

지은이 김원중

발행인 김학원
발행처 (주)휴머니스트출판그룹
출판등록 제313-2007-000007호(2007년 1월 5일)
주소 (03991) 서울시 마포구 동교로23길 76(연남동)
전화 02-335-4422 **팩스** 02-334-3427
저자·독자 서비스 humanist@humanistbooks.com
홈페이지 www.humanistbooks.com
유튜브 youtube.com/user/humanistma **포스트** post.naver.com/hmcv
페이스북 facebook.com/hmcv2001 **인스타그램** @humanist_insta

편집주간 황서현 **기획** 전두현 **편집** 임미영 **디자인** 유주현
조판 홍영사 **용지** 화인페이퍼 **인쇄** 삼조인쇄 **제본** 민성사

ISBN 979-11-6080-713-4 93820